I0761460

Los nombres de Feliza

Juan Gabriel Vásquez

Los nombres de Feliza

Primera edición: enero de 2025

Impreso en Colombia - *Printed in Colombia*

ISBN: 979-88-909834-4-2

25 26 27 28 29 10 9 8 7 6 5 4 3 2 1

A Pablo Leyva

Quiero vivir los nombres
Que el incendio del mundo ha dado
Al cuerpo que los mortales se disputan.

JORGE GAITÁN DURÁN

Me encierran en su Prosa.

EMILY DICKINSON

I. El invierno en París

De manera que así, pensando en la vida breve de Feliza Bursztyn, se me iban los días. Todas las mañanas, desde el comienzo de un otoño demasiado cálido, salía temprano de mi apartamento prestado y caminaba por los bulevares amplios hasta el barrio de Montparnasse, donde Feliza aprendió a modelar la arcilla en su juventud y donde murió de muerte prematura un cuarto de siglo más tarde. Era un recorrido de veinte minutos que empezaba cerca del metro Gobelins, pasaba frente al edificio donde vivió la escultora Camille Claudel y acababa en mi lugar de trabajo, una habitación pequeña cuyo ventanal daba a una acacia de ramas largas y a la rue de la Grande Chaumière. Allí, en esa calle corta que era visible desde mi ventana, estaba la academia de arte donde estudió Feliza en los años cincuenta, y bastaba darle la vuelta a la cuadra, caminar tres o cuatro minutos más, para llegar al local donde murió en 1982. Toda una vida contenida en un par de cuadras parisinas, pensaba yo mientras recorría esas calles, absurdamente convencido de que sólo así, viendo con frecuencia lo mismo que ella había visto, podría comprender lo que pasó para que muriera tan joven, con apenas cuarenta y ocho años, y además tan lejos, a ocho mil kilómetros de ese país nuestro que ella siempre quiso a pesar de haberlo padecido tanto.

Pero muy pronto me di cuenta de que entender a Feliza era una empresa difícil. Nada era sencillo cuando se trataba de ella. No era sencillo ni siquiera su nombre, que les enredaba la lengua a todos los que la conocieron y la obligó a pasarse la vida haciendo aclaraciones, corrigiendo ortografías, lamentando la errata ya irremediable de un titular de prensa o explicando ante cualquiera la historia entera de su familia, todo para terminar con la evidencia de que no había nadie más colombiano que ella, a pesar de los orígenes remotos de su genealogía y las demasiadas consonantes de su apellido. No fue sencillo ninguno de los hechos de su vida: ni los errores ni los aciertos fueron sencillos, ni tampoco los amores ni los desamores; no fueron sencillos los fracasos, ni lo fue el malentendido de sus éxitos. La vida de Feliza tuvo mucho de leyenda, pero fue ella misma quien se encargó de construirla: con su libertad ostentosa, que a los ojos de tantos era un insulto, y con las respuestas crípticas que daba a los periodistas, como si nada la divirtiera más que despistarlos, y desde luego con las criaturas que salían de su taller, esos artilugios de metales diversos retorcidos con soplete, o esas instalaciones sibilinas que provocaban y confundían por partes iguales, pues nadie entendía que no tuvieran forma humana y consiguieran sin embargo despertar la compasión o la rabia o la risa o la lujuria como cualquier escena mitológica hecha con mármol de Carrara.

A veces, al llegar a la calle de la academia, me detenía unos segundos frente a su puerta, siempre cerrada para todo el que no fuera alumno o instructor. Sobre la fachada, junto a los ventanales traslúcidos, una sucesión de placas de mármol anunciaba los nombres de los viejos maestros como si vivieran todavía —Wlérick, Brayer, Jérôme, Artozoul—, y en medio de todos ellos, en letras doradas sobre fondo gris, el nombre del que fue maestro de Feliza, Ossip Zadkine, con la escueta enunciación de su oficio: *Escultura*. No sé cuántas veces caminó Feliza por esta acera, ni cuántas veces pasó frente a estos ventanales, pero en algún momento de mi otoño comencé a imaginarla así, entrando por la puerta estrecha con sus pasos largos, soltando sus carcajadas estrepitosas que parecían llevar consigo su propio eco, sin sospechar siquiera que moriría a pocas cuadras de allí, en un restaurante ruso, frente a cinco personas que la querían. Y aquí estaba yo, en una habitación pequeña de la misma calle de la academia, cuarenta y un años y ocho meses después de la muerte de Feliza, dedicando mi vida a la suya, pensando en ella seis, diez, catorce horas al día, tratando de verla con claridad, mirándola con atención o mirando su fantasma: imaginándola, en resumen, como si tuviera que esculpirla en barro. No lo hacía sin ayuda, por supuesto. En mi lugar de trabajo se acumulaban las fotografías y los documentos que hablaban de Feliza, todos aquellos emisarios del pasado de los que yo echaba mano para reconstruir su vida; en mi memoria vivían las conversaciones, las horas de conversaciones que había tenido en el curso de los años con la gente que compartió el mundo con ella, y en particular con el hombre que era su marido en el momento de su muerte: Pablo Leyva.

Nos habíamos conocido en Bogotá, seis meses antes de mi llegada a París, cuando él aceptó que yo lo visitara en su apartamento de los cerros orientales para hablar de sus últimos días con Feliza, o más bien de esos días que vivieron juntos en París sin saber que eran los últimos. Pablo llevaba varios años escribiendo artículos informados y combativos sobre asuntos medioambientales, su obsesión y su labor de toda la vida, y haciéndolo además en *El Espectador*, el periódico donde yo escribí mis propias columnas de opinión durante un tiempo; así que su cara —o la versión de su cara que se reproduce en la foto borrosa de una página de prensa— no me era desconocida. Ahora, a sus ochenta y tres años, conservaba la misma barba que había llevado desde su juventud ya remota, pero menos tupida y más canosa. Me habló con cortesía desde una mecedora, frente a una mesa de centro donde brillaban dos figuras de bronce que reconocí de inmediato: eran obra de Feliza Bursztyn. Allí, ante aquellos testigos de otro tiempo, estuvo haciendo memoria sobre esa mujer que seguía presente de formas diversas en su vida.

Pero los recuerdos, sobre todo los que son dolorosos, no acuden de manera automática cuando los invocamos, sino que es necesario cortejarlos, porque son como animales reticentes que no se atreven a acercarse, y a veces tenemos que ponerles una carnada para que salgan de su escondite. Hubiera querido disculparme por obligarlo a recordar momentos difíciles, porque nadie debería hacerlo para satisfacer el interés de otro, o más bien porque debería ser sagrado el derecho al olvido. ¿Era yo un intruso, un impertinente, por querer saber de Feliza Bursztyn, por querer incluso conocerla hasta donde fuera posible, o conocerla tan bien como para contar el mundo desde sus ojos? En todo caso me di cuenta de que allí, durante esa conversación, Pablo estaba recordando ciertos detalles por primera vez en muchos años, y era visible —en sus palabras que parecían avanzar a tientas, en sus ojos cerrados como si le ardieran— el esfuerzo que le costaba la memoria. «No, de eso no me acuerdo bien», me dijo más de una vez. O bien: «Voy a tener que pensarlo mejor». Pero nunca me dijo: «De eso no quiero hablar».

A lo largo de los meses que siguieron, la memoria reticente de Pablo fue rindiendo sus secretos. Mientras yo me instalaba en mi apartamento prestado de París para continuar con mis investigaciones, y hablaba con otros testigos de la vida de Feliza y recababa otras informaciones y coleccionaba otros documentos, y mientras el tablero de fieltro verde de mi lugar de trabajo se iba cubriendo de viejos recortes de periódicos y fotografías en blanco y negro, comencé con Pablo una relación epistolar que no hubiera desentonado en una novela de otro siglo. Él me mandaba largos archivos de Word en los cuales contestaba a mis preguntas y también a preguntas que yo no le había hecho, y con frecuencia me hacía también sus propias preguntas, que podían resumirse en una: ¿qué buscaba yo con estas conversaciones? En cierto momento escribió: «¿Qué quieres saber?». Yo hubiera podido esgrimir argumentos grandilocuentes sobre mi vieja obsesión con las fuerzas incontrolables de la historia y la política, o, más bien, con la manera que tienen esas fuerzas de trastornar nuestras vidas privadas. Pero no lo hice. Le hablé de mi primera llegada a París, en 1996; de la enfermedad desconocida que sufrí pocos meses después y de los diagnósticos errados y de la preocupación de los médicos; y de la lectura, durante esos días de incertidumbre, de un libro que acababa de publicarse en Colombia y había venido en mi maleta acompañado de cinco novelas de Faulkner, cuatro de Vargas Llosa y las obras completas de Borges en tres tomos de letra abigarrada. Tal vez lo que leemos en momentos difíciles nos interpela de manera especial; en todo caso, eso fue lo que pasó con ese volumen, que me acompañó durante días en las salas de espera de los consultorios diversos o en los largos trayectos en metro, y que me parecía preferible a los otros porque se componía de piezas cortas y permitía la lectura esporádica de una atención preocupada por otras cosas. Se llamaba *Notas de prensa*, tenía unas alas de mariposa en la portada y recopilaba las columnas de opinión que Gabriel García Márquez había publicado entre 1980 y 1984. Una de esas columnas, la del 20 de enero de 1982, comenzaba diciendo:

> La escultora colombiana Feliza Bursztyn, exiliada en Francia, se murió de tristeza a las 10:15 de la noche del pasado viernes 8 de enero, en un restaurante de París.

Yo tenía veintitrés años y no sabía quién era Feliza Bursztyn. Habría podido preguntarme lo que me he preguntado con el tiempo: por qué estaba exiliada, por qué en Francia y por qué García Márquez sabía tantas cosas sobre ella. Pero la pregunta que se formó en mi cabeza en ese momento, la pregunta sin la cual acaso no se habrían producido las otras, la pregunta original que no me había dejado en paz en los veintisiete años transcurridos desde entonces, era distinta.

«Por qué de tristeza», le contesté a Pablo. «Eso es lo que quiero saber. Por qué estaba triste Feliza, y por qué lo estaba tanto que se murió de eso».

A finales de septiembre, Pablo vino a pasar unos días en París. Había vivido en esta ciudad años cruciales de su juventud, poco antes de comenzar su relación con Feliza: llegó con veinticuatro años, su diploma de ingeniero químico y una beca generosa que ofrecían varias instituciones colombianas —el Banco de la República, la Federación Nacional de Cafeteros— y que él había ganado por méritos académicos. En lugar de irse a Estados Unidos, como hicieron todos sus compañeros de generación, prefirió venir a esta ciudad que le quedaba más lejos en geografía, pero más cerca en temperamento. Aquí terminó un doctorado que trazaría el itinerario de su vida entera; aquí presenció las revoluciones de la calle en mayo de 1968, y ayudó con frecuencia a los estudiantes heridos tras los enfrentamientos con la policía; pero no tomó parte en ellos, porque fue también aquí donde descubrió su alergia congénita a la violencia de cualquier tipo. «¿Sabes cómo es de fuerte mi relación con París?», me dijo por teléfono. «Aquí me dejé crecer la barba por primera vez. Y mira, hasta el sol de hoy». Nos dimos cita en el Café du Métro, un local del boulevard Saint-Germain que propuse yo por una razón muy simple: quedaba a pocos pasos de la rue de Bièvre, donde Pablo y Feliza vivieron juntos. En ese café, durante una tarde que se convirtió en noche, en una mesa de terraza redonda y estrecha cuyos vecinos cambiaban y volvían a cambiar como en un juego de sillas, frente a una serie testaruda de tazas de café que se convirtieron con el paso de las horas en una copa de vino blanco, nos embarcamos en ese impulso que siempre es imperfecto: la reconstrucción del pasado, ese lugar incómodo que sólo existe mientras lo contamos. El cielo se despejó de nubes y cambió de color sobre nosotros y se encendieron las farolas, y la luz del mundo cambió en las caras de la gente, y allí estábamos nosotros, dos hombres separados por cuatro décadas de experiencia, yo atendiendo al relato de Pablo como si en él se escondiera un secreto importante de mi vida y él recordando, con todo el detalle de que era capaz, ese viernes de enero que tantas veces había querido condenar al olvido.

Cuando salimos del café ya era noche cerrada. «Por este mismo andén caminamos mucho», me dijo Pablo. «Se puede decir que éste era nuestro barrio». Avanzábamos en la dirección del tráfico vespertino, entre peatones que disfrutaban del aire todavía suave de ese otoño demasiado cálido, y nos dirigimos a la esquina de la rue de Bièvre como si fuera lo más natural del mundo. «Número 25», dijo Pablo. «La verdad es que hace rato que no venía por aquí». Pablo había mencionado en la conversación el rasgo más insólito de aquel edificio: el hecho de que justo en frente quedara la residencia privada del presidente François Mitterrand. Más de una vez se lo encontraron en la acera, casi un vecino como cualquier otro, y más de una vez lo vieron desde su ventana de la segunda planta. Al acercarnos al número 25, me pareció necesario confirmar que el portón de la casa de Mitterrand era visible desde allí, no porque pensara que la memoria de Pablo era inexacta, sino porque nunca he podido liberarme de una superstición de periodista que quiere corroborarlo todo, hasta los detalles sin importancia aparente, como si faltarles al respeto a las pequeñas verdades del mundo de los sentidos fuera a condenar toda una vida humana —la de Feliza, en este caso— al infierno de la mentira.

La rue de Bièvre era una calle corta y angosta que empezaba en el boulevard Saint-Germain y terminaba junto al río, con aceras tan estrechas y tráfico tan escaso que la gente prefería caminar por el medio de la calzada. «En esos días estaba cerrada, por seguridad», me dijo Pablo cuando llegamos. «En las bocacalles, de un lado y del otro, había dos gendarmes armados que sólo dejaban pasar a los residentes. A nosotros nos pidieron los documentos los primeros días y luego ya nos reconocían y nos dejaban pasar». Allí, en el número 25, en ese apartamento de la primera planta según las cuentan los franceses, se despertó Feliza ese viernes de enero que sería el último día de su vida. Era un edificio de fachada estrecha, con dos ventanas por nivel, cada ventana con marcos de madera blanca y velos entreabiertos detrás de los marcos. Y allí estaba yo, casi cuarenta y dos años después, en la calle oscurecida, pensando en esa mujer para contar su historia, tratando de saber qué estaba haciendo al comenzar su último día, o más bien preguntándome cómo comienza su último día quien ha vivido lo que ella vivió. Pablo, ajeno a mis pensamientos, estaba señalando las dos ventanas del apartamento que fue el suyo.

«No cerraban bien», me dijo. «El frío se metía por las rendijas. Y de esto me acuerdo porque todo el mundo repetía lo mismo: era uno de los inviernos más fríos de los últimos años. Y ese día era el más frío en lo que iba del invierno. Sí, de eso también me acuerdo: los noticieros habían dicho que esa noche iba a nevar».

Pero estaban contentos con el apartamento. No había sido fácil conseguir un lugar donde instalarse. Feliza había llegado sola a París, dos meses antes que él, y, aunque conocía a más de un colombiano en la ciudad, ninguno le prestó la ayuda que necesitaba. Sí lo hizo, en cambio, la Paya Contreras: una chilena legendaria entre los exiliados latinoamericanos por haber sido la secretaria y la amante de Salvador Allende en el momento del ataque a La Moneda. Mientras que sus compatriotas cubrían a Feliza de falsas promesas o solidaridades hipócritas o simplemente se escondían, temerosos de lo que pudiera significar que los asociaran con ella, la Paya se había portado como una amiga de verdad, y eso que su relación no era tan cercana como la que Feliza tenía con otros. Claro, la Paya era superviviente del cataclismo del golpe de Estado; en su exilio había recibido a incontables chilenos que huían de Pinochet, y era capaz de entender a una persona que hubiera perdido su país, o sido expulsada de él, o que se hubiera expulsado a sí misma para evitarse peores cosas. De manera que Feliza se había instalado en su casa, y desde allí había comenzado a buscar dónde vivir. Todos los días bajaba al teléfono público de la esquina, para que su anfitriona no corriera con esos gastos, y llamaba a los números de los anuncios hasta que se le acababan las monedas. Y luego se iba a caminar sin destino claro, tratando de paliar la frustración en esas calles que conocía tan bien, esperando a que Pablo llegara.

Él, mientras tanto, había tenido mejor suerte. A finales de noviembre seguía atascado en Bogotá, resolviendo lo necesario para venir a encontrarse con ella —trabajando más horas de lo que era saludable y ahorrando lo posible para comprar cheques viajeros, decidiendo qué se hacía con la casa en la que habían vivido juntos los últimos doce años, aceptando nuevos contratos para arañar unos dólares—, y todos los días se levantaba con la preocupación en el vientre de que Feliza no lograba todavía conseguir un lugar para los dos. Así que movió contactos, llamó a cada conocido que pudiera tener una relación cercana o distante con Francia y acabó dando con Clarisa Ruiz, una joven bogotana que había sido alumna de Feliza en su clase de dibujo. Clarisa le habló de este apartamento, propiedad de un artista argentino, que su hermano Pedro acababa de dejar para devolverse a Colombia; se hicieron llamadas, se hicieron recomendaciones; y el argentino estuvo de acuerdo en alquilárselo. Nunca llegaron a encontrarse con él. Sólo sabían que era el autor de ese mural espantoso: cubría una pared entera del apartamento, desde la puerta de la entrada hasta el ventanal de la calle, pasando por encima de la chimenea, ofreciéndose constantemente a la mirada. Era un oleaje o un remedo de oleaje, pintado en tonos azules y grises, que Feliza detestó con pasión desde que lo vio por primera vez.

«Siempre me decía que iba a pintar algo encima», me dijo Pablo. «O por lo menos cubrir estas olas con sábanas colgadas. Que si nos íbamos a quedar allí un buen tiempo, era la única manera».

El apartamento parecía existir en otra parte. Producían esta impresión la calle desierta, el silencio constante, la casa del presidente de Francia. Si seis meses atrás, antes de los hechos que les trastocaron la vida, alguien les hubiera dicho que acabarían viviendo allí, la posibilidad les habría parecido absurda y aun indeseable. En Colombia, la cercanía de los poderosos los había decepcionado: mejor tenerlos a distancia, mejor no dejarse devorar por su fuerza gravitatoria. ¿De qué le había servido a Feliza, de qué les había servido a los dos, moverse entre personas influyentes? Feliza había contado entre sus amigos a varios candidatos a la presidencia y a los periodistas más importantes del país, y allí habían acabado de todas formas, en ese apartamento de la rue de Bièvre con su mural espantoso y sus ventanas que no cerraban bien, viviendo esa vida nueva que no habían escogido y cumpliendo una pena por un delito que nadie les había explicado. Y mirando por la ventana la casa tejada del otro lado de la calle, con su puerta de madera y su dintel redondo y ese presidente que Pablo y Feliza imaginaban a veces mirando por su propia ventana la rue de Bièvre, desde la oscuridad anónima de su salón, resolviendo en la soledad de su cabeza sus propias tribulaciones, acaso sin saber quiénes eran los vecinos de en frente, ni por qué coincidencias habían llegado a vivir a su misma calle, ni cómo su gobierno les había dado la única buena noticia que habían recibido en mucho tiempo.

Así era. El Ministerio de Cultura le había ofrecido a Feliza una beca de artista, un taller para que trabajara en sus esculturas, que eran grandes y necesitaban espacio, y la posibilidad de organizar una exposición en alguna parte. El milagro había ocurrido gracias a la intervención de Régis Debray, el filósofo más célebre de la izquierda francesa, el amigo del Che y de Fidel Castro que asesoraba a Mitterrand en todo lo relacionado con América Latina; y si Debray había intercedido por ella, muy seguramente era gracias a Gabriel García Márquez, que había sido para Feliza lo más parecido a un ángel guardián. El ángel Gabriel. Gabo, el arcángel. Un señor no tan viejo con unas alas enormes. En los días de la rue de Bièvre, cuando bromeaban con la posibilidad de presentarse a Mitterrand la próxima vez que se lo encontraran, Pablo y Feliza se preguntaban dónde estarían sin la ayuda de Gabo. Así lo llamaban, como lo llamaban todos en el país aunque ni siquiera lo conocieran. A Mercedes, en cambio, Pablo y Feliza no la llamaban la Gaba, como hacía tanta gente: Pablo siempre usó su nombre completo; Feliza la llamaba Merce, pero sólo en privado. Y lo más importante de ese viernes 8 de enero, lo que más espacio ocupaba en los planes del día, era una cena con ellos dos. Mercedes había llamado dos semanas atrás para anunciar que pronto llegarían a París y para decir que tenían muchas ganas de verlos, de verlos a los dos, pero sobre todo de ver a Feliza, y por eso querían invitarlos a comer.

«Así nos cuentas cómo vas, cómo van las vainas, y nos ponemos al día», dijo Mercedes. «Gabo se va a volver loco si no habla contigo, y de paso me va a volver loca a mí».

Ese viernes, la idea de terminar el día cenando con ellos emocionaba a Feliza. Pablo recordaba que se había despertado muy temprano, más que de costumbre, y, aunque eso le había ocurrido con frecuencia en esos meses difíciles, en ese momento no le pareció que tuvieran la culpa las preocupaciones. Podía ser solamente el frío, el frío insidioso de la madrugada invernal, este frío que se les había pegado al cuerpo en los últimos días y que no conseguían sacarse de encima. Pero entonces, ¿por qué no se había quedado en el refugio tibio de la cama, sino que había preferido esperar el amanecer en el pequeño salón penumbroso, mirando por la ventana del segundo piso como si esperara algo importante, una revelación, un accidente? Así se la había encontrado él esa mañana. Se despertó en la cama, se dio cuenta de que estaba solo, se preocupó como se preocupaba con frecuencia. Y al salir a buscarla la encontró allí, de pie junto a los ventanales, tan cerca de los marcos de madera que Pablo, al abrazarla, sintió un soplo de aire gélido que erizaba la piel. Pablo buscó el cielo oscuro con la mirada, ese cielo de enero donde no había comenzado el día, y sólo vio una manta uniforme de lana sucia que reflejaba las luces amarillas de la ciudad dormida. Sí, era cierto: esa noche iba a nevar.

«Quiubo», le dijo a Feliza. «Y tú qué haces despierta tan temprano».

«Aquí, pensando», dijo ella. «¿Cómo dormiste?». Y luego: «Otra vez se despegaron las cintas».

Pablo buscó el interruptor de la pared y encendió las luces del salón. «A ver», dijo, «qué fue lo que pasó».

Se acercó a las ventanas y empezó a revisar las cintas de enmascarar que unos días atrás había usado para cubrir las rendijas por donde se colaba el frío. Era el problema con las ventanas viejas: las habían pintado tantas veces, tratando de camuflar las imperfecciones de la madera astillada, que habían acabado por no encajar debidamente, y el viento las movía y las desacomodaba y por los mínimos espacios se metían todos los fantasmas del invierno. Pablo encontró el rollo de cinta en un cajón de la cocina e hizo la reparación de nuevo, a pesar de que sabía —los dos sabían— que Feliza era mejor para todo lo que se hiciera con las manos.

«Así no hay manera de que se caliente este sitio», dijo ella. «Sólo se puede estar en el cuarto».

«Y esa chimenea ahí», dijo Pablo.

«Sí», dijo Feliza. «Toda calladita, como si la cosa no fuera con ella».

La chimenea había sido clausurada como el cuarto maldito de un muerto. Les habían explicado que se trataba de una regulación nueva para toda la ciudad, pero los dos recordaban con claridad las hogueras generosas que se podían hacer en París en otras épocas. Ahora todo era distinto: no se podían usar las chimeneas y a nadie parecía importarle que la gente se fuera a morir de frío cuando vivían en edificios viejos y sus ventanas no cerraban bien.

Pero Feliza estaba pensando en otra cosa.

«Esta noche comemos con ellos», dijo. «Les quiero llevar un regalo. Para darles bien las gracias. Para que sepan que estoy agradecida».

«Ellos saben», dijo Pablo.

«Les quiero llevar algo especial», dijo Feliza. «Pero no se me ocurre».

Pablo soltó un suspiro y un espectro de vapor se hizo visible en el aire. «Yo traje las chiquitas», dijo. Se refería a una serie de figuras de bronce, del tamaño de una mano abierta y de contornos vagamente humanos, en las que Feliza había trabajado mucho tiempo atrás. A ella siempre le habían gustado. Sus formas eran redondas y bruñidas, y tenían algo primitivo y conmovedor a la vez: eran como criaturas indefensas y daban ganas de cuidarlas. Le había pedido a Pablo que las trajera para que le ayudaran a conservar un vínculo con su país: más o menos como las migas de pan de los cuentos infantiles, que les sirven a los niños extraviados en el bosque para encontrar el camino de regreso.

«Sí, no es mala idea», dijo.

«Así quedan en buenas manos», dijo Pablo. «Nadie mejor que ellos para tenerlas».

Feliza sonrió con esfuerzo. «Podemos decidir esta tarde», dijo. «Bueno, me voy a dar una ducha. A ver si el agua caliente me desentume un poco». Movió la cabeza hacia la ventana: «Y ya puedes apagar la luz. Por fin, carajo. Yo pensé que no iba a amanecer jamás».

Según mis averiguaciones, el 8 de enero de 1982 el sol salió faltando 17 minutos para las 9 de la mañana. Cuando le enseñé el dato a Pablo, me dijo: «Sí, sí, yo me acuerdo. Amaneció tardísimo. Feliza dijo: carajo, por fin. Y yo recuerdo haber pensado otra cosa. Ahí estaba, sentado en el salón, haciéndome un café mientras Feliza se daba una ducha, y sólo podía pensar que por fin era viernes, que por fin se acababa la semana. Porque los dos estábamos agotados». Pero no se trataba sólo del cansancio acumulado, ni de la tensión o la ansiedad de la nueva vida. A Pablo lo alegraba absurdamente que se acabara la primera semana del año porque así se encontrarían una semana más lejos del año anterior. Ese *annus horribilis*, le había dicho a Feliza en algún momento, y ella había contestado:

«No me lo adornes con latín. Es simplemente un año de mierda».

Estaban contentos de dejarlo atrás. Habían puesto grandes esperanzas en el cambio de calendario, esa superstición tolerable: el planeta ha terminado una vuelta entera alrededor de una estrella, y al comenzar la vuelta siguiente cambiará la suerte de las criaturas que lo habitan. El permiso cósmico de los comienzos, el universo liberándonos de las cargas... Pablo nunca había logrado deshacerse de una racionalidad obstinada, y tenía problemas para interpretar el mundo en clave de magia; pero Feliza ya había recordado las cabañuelas, esa tradición que ve cada uno de los primeros doce días del año como una profecía del mes correspondiente. El 1 de enero había sido para ellos un día tranquilo: lo pasaron metidos en la cama, recuperándose de la fiesta del 31 y de la larga caminata de regreso por las calles de un París desolado. «Así va a ser todo el mes», dijo Feliza. «Nosotros solos sin que nadie moleste. Tú conmigo, yo contigo, y el mundo que se joda». Parecía satisfecha y aun serena, pero a Pablo lo embargaba una sensación distinta: en estos meses, los varios meses de la separación, algo impreciso le había ocurrido a Feliza.

Lo había pensado en el aeropuerto, el día de su aterrizaje en París, cuando salió por fin al zaguán de Llegadas y vio a Feliza abrirse paso para darle un abrazo de náufrago. Primero supo que le había hecho falta el contacto de sus labios, y luego la notó flaca y pálida de piel, aunque estas impresiones engañan cuando ha pasado tanto tiempo; lo que no podía ser un engaño, en cambio, era una leve sombra de melancolía que Feliza parecía llevar encima todo el tiempo. Había dejado de reír como antes, con esas carcajadas sonoras que asustaban a las mascotas ajenas y despertaban a los borrachos en las fiestas, y sobre las cuales sus amigos poetas habían escrito más de un octosílabo; las había reemplazado una sonrisa ladeada que sólo a veces mostraba los dientes, y alguien que no la conociera hubiera confundido el gesto de su boca con sequedad o ironía. Pero Pablo sabía que la causa era más simple: estaba desilusionada. Tanta gente que había tomado por amiga le había dado la espalda, rehuyéndola con excusas, guardando silencios cuando ella necesitó su ayuda... Por supuesto que parte de la culpa era suya, pues Feliza, que se había pasado la vida ayudando a la gente sin que nadie tuviera que pedírselo, había creído tal vez que la gente haría lo mismo. Pero nadie tendió la mano esperada, y Pablo, al llegar al apartamento de la rue de Bièvre, se dio cuenta de que las carencias habían sido más graves de lo imaginado. En la nevera dormían los restos de un huevo tibio y dos mendrugos que pronto deberían darse por perdidos, y sobre la mesa estrecha del comedor se secaban las aguadas que Feliza había pintado en estos días. A Pablo le alegró que hubiera sido capaz de concentrarse en ellas, pero entonces notó que las había pintado con café disuelto en agua tibia, para no tener que gastar en acuarelas.

«Ya no sé quiénes son mis amigos», le decía ella. «Ya no sé cuáles son los de verdad y cuáles no. A algunos me los he encontrado, otros me saludan como si nada y me dicen que un día nos vemos, que hay que hacer algo. Y luego no vuelvo a saber de ellos. Es como si yo fuera una apestada, te juro, como si me tuvieran miedo. Los que tienen poco o nada han asomado la cabeza, sí, pero los que podrían ayudar... Conozco gente aquí que vive en *hôtels particuliers*, que hubieran podido alojarme sin verme en todo el día. Y no, nada. Como si el contacto conmigo los contaminara, les metiera a Colombia en sus casas de París. Y luego pasan cosas raras, cosas incómodas. Como lo de los Hatem». Carmela y José eran dos colombianos que se habían ofrecido a ayudar desde el principio; citaron a Feliza en su apartamento vecino de la torre Eiffel para hablar de lo que podía hacerse, pero ella tuvo un percance y no pudo llegar a tiempo. «Y no me dieron una segunda oportunidad», contó. «Era como si me castigaran. Una cosa un poco ridícula». Pablo sabía quiénes eran y, sobre todo, sabía por qué estaban en París: habían recibido amenazas de alguna guerrilla e incluso llegaron a sufrir un intento de secuestro, o por lo menos eso era lo que se rumoraba. «¿Y no has vuelto a hablar con ellos?», preguntó. «Los llamo y me dan largas», dijo Feliza. «Que están ocupados, que van a estar de viaje. Ay, no, Pablo, que coman mierda. Que coman mucha mierda. Yo no pude ir a la cita, les pedí perdón, no sé qué más quieren que haga. Tengo más cosas en que pensar». Hizo un silencio y añadió: «De todas formas aquí en París hay mucha gente. Será cuestión de tiempo, de que se calmen las cosas». Luego, otro silencio. Y al final: «Y tú aquí, conmigo. Yo no sé si esto te tocaba».

Feliza lo había dicho más de una vez: la preocupaba la carrera de Pablo, o el hecho de que él hubiera suspendido sus proyectos para venir a estar con ella, sin fecha de regreso, en este exilio forzoso que nadie había previsto. Él llevaba varios años de estabilidad agradecida como asesor del Ministerio de Agricultura para temas de medio ambiente, un asunto que se había pasado la vida estudiando. «Por mí no te preocupes», le dijo él. «Yo aquí puedo buscar trabajo. Aquí estudié y de aquí es mi diploma. Además, tengo mi libro. Desocupado no voy a estar». Una historia de la agricultura y el medio ambiente en Colombia: éste era el libro que Pablo planeaba escribir en París, mientras recuperaba sus contactos de los años universitarios y buscaba un trabajo para reinventarse; y al mismo tiempo Feliza podría llevar adelante sus proyectos interrumpidos, la serie de esculturas de colores que tenía ya muy avanzada cuando tuvo que irse de su casa, de su taller, de su vida en Colombia. *Exiliada*: la palabra nunca le había gustado a Feliza, pero había llegado a aceptar que ninguna era más conveniente: *expatriada* no le bastaba, *refugiada* le parecía incómoda y *asilada* tenía algo débil, un olor de vulnerabilidad, la sugerencia de una invalidez. Y cuando le habló de eso a Pablo, él se puso serio. «Entiende una cosa», le dijo: «Aquí los exiliados somos los dos. Aquí estamos, aquí nos vamos a quedar. Tú vas a hacer tu trabajo y yo voy a hacer el mío. Y esta vaina va a seguir adelante». *Esta vaina*: la vida, la vida juntos. La vida va a seguir adelante.

«¿Y de qué vivimos?», preguntó Feliza.

«Yo he conseguido algo de plata», dijo él. «Vendí el carro, he trabajado mucho». Era verdad: una institución canadiense iba a financiar un estudio ambicioso; a París se había traído los mapas y los archivos para seguir trabajando. «Mejor dicho: tenemos para un año. Y vamos a estar más tranquilos cuando salga lo de tu beca».

«Si es que sale», dijo Feliza.

«Va a salir», dijo Pablo. «No tengo la menor duda».

Esta conversación había tenido lugar un par de días antes de Año Nuevo. Habían salido de su calle en dirección al río, cruzando el quai de la Tournelle para caminar por la orilla mientras hojeaban libros de segunda mano, pero antes de asomarse al primero de los *bouquinistes*, que los llamaba como una gran boca verde y abierta y dentada con blancas ediciones de bolsillo, Feliza estiró una mano y dijo: «Otro día quiero venir, y que me acompañes». Estaba señalando la punta de la isla, donde se levantaba el monumento a los Mártires de la Deportación. Pablo le propuso que lo visitaran en ese mismo instante, ya que lo tenían a mano, pero ella dijo: «No ahora, otro día. Pero tú me acompañas». Él se limitó a asentir: Feliza tendría sus razones. Nunca se le olvidaba que ella, a pesar de ser bogotana hasta en la forma de pedir un café con leche, venía de una familia de judíos polacos por la cual había pasado la brutal aplanadora del siglo XX. Le dijo que sí, otro día, cuando ella quisiera; y luego siguieron caminando, cambiando de acera en el parquecito donde los árboles ya habían perdido sus hojas, pasando frente a las vitrinas de Shakespeare and Company sin atreverse a entrar, y luego doblando por el boulevard Saint-Michel para alejarse del río, en busca de los espacios donde el viento soplara un poco menos.

La multitud se hizo densa de repente en la acera, y avanzar entre los cuerpos era como vadear un río crecido. Empezaron a hablar de la beca: se había fijado una fecha para ir a entregar los papeles; habría que completar el dossier y presentar todo en unas oficinas. Feliza le preguntó a Pablo si había traído de Colombia fotos de sus obras. «Todo», dijo Pablo. «No sólo fotos. Traje recortes de prensa como para hacer un álbum». Al acercarse al boulevard Saint-Germain, Pablo sintió que el brazo de Feliza se aferraba al suyo, no haciendo un gancho solamente, sino cerrando la mano con fuerza alrededor de su manga. Luego le parecería afortunado que lo hubiera hecho: porque fue entonces, al cruzar juntos la calle y encontrarse en la esquina del Museo de Cluny, cuando Feliza trastabilló de repente, y se habría ido de bruces contra el pavimento si el brazo de Pablo no le hubiera servido de apoyo. El tirón fue tan violento que Pablo sintió un crujido en su abrigo, como de costuras reventándose, y una mujer de pelo blanco se detuvo brevemente a preguntar si todo estaba bien.

«Carajo, casi me mato», dijo Feliza. «Con estos tacones no se puede andar».

Esa noche, abrazado a Feliza entre las cobijas, Pablo dijo de repente: «Pero el problema no son los tacones». Era cierto: Feliza había caminado kilómetros enteros con los mismos zapatos cuyos tacones eran altos, sí, pero cuadrados y estables, y nunca había tenido el más mínimo problema. Acostada a su lado, con la cabeza sobre su hombro, ella parecía dormida, como si no se hubiera enterado del comentario. Pablo estaba mirando los arabescos de yeso de los techos altos, apenas distinguibles en la oscuridad, cuando la oyó hablar. Sin moverse, sin cambiar de posición para mirarlo a la cara, soltando un hilo de voz que era casi un susurro, Feliza le contó que en estos días le había sucedido lo mismo dos veces más: dos veces se había tropezado; al no tener brazo del que aferrarse, las dos veces se había caído, y una de las caídas había terminado con una herida en la rodilla. «Más escandalosa que grave», dijo. Se lo había contado a la Paya, y las dos estuvieron de acuerdo en achacarle todo a un cansancio extremo que Feliza había traído consigo desde México, y antes de México, desde Colombia. «No es nada», dijo Feliza. «Pero mejor que sepas. Mejor dicho, ni sé para qué te cuento. Ahora te vas a preocupar, y no es nada. Estoy cansada, todo esto ha sido muy jodido. Pero nada más». Y se defendió aunque nadie la estuviera atacando: «Ahora va a resultar que no tengo derecho a torcerme un tobillo».

Pablo tuvo de repente una intuición.

«¿Y por eso no llegaste a la cita?», preguntó.

«¿Qué?».

«A la cita con los Hatem. ¿Por eso no llegaste?».

«Ah», dijo Feliza. Pausa. «Pues sí, ahora que lo dices. Pero ya qué importa».

Fue entonces cuando Pablo pensó por primera vez que Feliza no le estaba revelando toda la verdad. No, no son los tobillos que pueden troncharse o torcerse, no son los tacones que se doblan o se meten entre los adoquines: puede ser otra cosa. No le dijo nada, pero los dos sabían que los muchos años de trabajar con sus hierros —esos restos de accidentes de tráfico, esos desechos de sitios de construcción— habían terminado por hacerle daño en los pulmones: largos años de respirar los vapores de la soldadura, de acercar demasiado la cara al soplete protegida solamente por una careta de extraterrestre con una ventanilla rectangular. Se trataba de proteger los ojos de la intensa luminosidad del fuego, pero la careta enorme no le cubría la nariz ni la boca, porque veinte años atrás Feliza todavía menospreciaba el peligro de las emanaciones. ¿Cuándo había comenzado a ponerse su máscara antigás? La habían comprado durante su primer viaje a Estados Unidos, cuando apenas empezaban a vivir juntos. La máscara le daba a Feliza un aspecto temible, a medio camino entre un soldado de la Primera Guerra extraviado en Flandes y un mercenario de película de ciencia ficción. A veces no la usaba, se la quitaba con desespero, decía que no podía ver los detalles de las esculturas, y Pablo tenía que obligarla. Con el tiempo había aceptado que la máscara era necesaria, pero cuando sentía sus ahogos repentinos les echaba la culpa a los cigarrillos sin cuento que se había fumado en tantos años de vicio, o, si acababa de llegar de un viaje cualquiera, a los dos mil seiscientos metros de la altura bogotana. En París, casi a nivel del mar, había más oxígeno; ahora que el invierno había llegado, sin embargo, el aire tan frío irritaba las mucosas, cerraba los bronquios, hacía llorar los ojos por pura fisiología, y hasta los poros de la piel se daban cuenta de que era mejor evitarlo.

Pero a Pablo no le pareció que nada de eso fuera razón suficiente para perderse la fiesta de Año Nuevo. Feliza, en todo caso, no hubiera renunciado por nada del mundo. Aunque los había invitado el pintor Luis Caballero, la reunión era en el apartamento de otro artista: Saturnino Ramírez. Feliza se puso unas botas que le llegaban hasta la rodilla y un vestido de paño cuyo color verde intenso le llenaba la cara de tonos nuevos. Estaba entusiasmada. El lugar ya trepidaba de ruido cuando se abrió la puerta, y por sus ventanas se derramaba la fiesta a un patio interior; y a ese mundo de vapores humanos y música a todo volumen entraron Pablo y Feliza, convencidos de que asistir rodeados de amigos a la muerte natural de 1981 era lo mejor que podían hacer, una forma de darle carpetazo a la vida pasada. Feliza siempre se había sentido más cómoda en la compañía de sus amigos artistas, y allí se encontraba de nuevo, como tantas veces en Bogotá, rodeada de ellos y de sus cuadros, de los torsos al carboncillo que dibujaba Luis como si hubiera estudiado en el taller de Miguel Ángel, y de los billares de Saturnino, con esos jugadores de gafas oscuras y chaquetas de paño más verdadero que el paño de verdad. Eso hubiera bastado para aceptar la invitación: que Feliza volviera a ver a su tribu, que volviera a ser parte del círculo roto. En esas habitaciones estrechas, junto a treinta desconocidos de todas partes y un puñado de colombianos solidarios, Pablo y Feliza se sintieron acogidos, y se dieron cuenta de que eso no les había ocurrido en mucho tiempo.

Se disfrazaron con una colección de sombreros que alguien encontró en un armario, turnándoselos en el curso de la noche, pasándoselos de cabeza en cabeza: sombreros de bombín salidos de una pintura de Magritte, varios fedora que le gustaron a Pablo y hasta un tirolés estropeado por el uso. Bebieron vino barato y comieron empanadas mal hechas y pusieron un disco de salsa que debía de tener algún rasguño, porque siempre volvía al comienzo cuando Rubén Blades cantaba *La palabra adiós*. Comieron más empanadas mal hechas y bebieron más vino barato y hablaron, como hacen los latinoamericanos cuando se encuentran, de los problemas de América Latina: de las dictaduras en Uruguay y en Bolivia, de los muertos en El Salvador, de los muertos en Chile, de los muertos en Argentina; hablaron de la Junta Militar y de Leopoldo Galtieri; y hablaron de Colombia, sí, pero nadie cometió la indelicadeza de preguntarle a Feliza cómo había sido lo suyo, qué le había pasado realmente, y quién y cuándo y dónde.

Pasada la medianoche, pasados los brindis y los besos, Feliza se sintió cansada y quiso irse. «Todavía podemos coger el último metro», le dijo a Pablo. Pero Luis Caballero insistió —quédense un rato más, hace cuánto no nos veíamos, mire que estamos en París—, y a Feliza la sedujeron el cariño de los demás, la sensación de solidaridad, la impresión de que ya no estaba sola en el mundo. «Pero sólo un ratico», dijo. Dos horas más tarde, con las gargantas secas de humo y de alcohol, Pablo y Feliza decidieron volver a la rue de Bièvre. Los demás tenían la intención evidente de amanecer en la fiesta y salir a buscar el transporte de las seis de la mañana, y Feliza se sentía incapaz de aguantar tanto.

Salieron a una madrugada que parecía más oscura que de costumbre. El frío les pegó en la cara como un guante, y caminaron hacia la Bastilla con la firme intención de permitirse, por una vez, el lujo de un taxi para llegar a casa, pues ya el metro había dejado de funcionar. Pero en las calles no había nadie: ni un taxi, ni un bus, ni un conductor solo y caritativo al cual le pudieran enseñar un pulgar suplicante. Los parisinos se habían ido a dormir, los restaurantes habían cerrado ya, y ni siquiera un mendigo sin techo cometería la insensatez de estar en la calle si podía refugiarse en una estación de metro. La place Léon Blum les pareció enorme y la rue de la Roquette, interminable; pero no fue nada comparado con el tiempo que les tomó darle la vuelta a la plaza de la Bastilla, pegados el uno al otro para defenderse de la humedad helada que se metía bajo las ropas en aquellos espacios abiertos, caminando con la frustración de ver en la distancia la calle que les servía y tener, de todas formas, que dar un rodeo enorme por aceras desoladas. Al cruzar el río por el puente de Sully, bajo lámparas que fabricaban globos de neblina en el fondo de la noche, Feliza tosió una, dos veces, y luego, cuando llegaron a la rue de Bièvre al cabo de dos horas de caminar en la noche, y abrieron la puerta del edificio como quien vuelve de las estepas siberianas, Feliza se apoyó con tanta fuerza en el brazo de Pablo que pareció a punto de vencerse bajo su propio peso, y él pensó que, si alguno de los dos enfermara más tarde, podrían determinar con precisión científica en qué momento sucedió todo, en qué lugar exacto se les metieron los fríos en el cuerpo.

Feliza nunca entendió por qué era necesario ir hasta Montmartre, siendo que les quedaba tan lejos, pero no se plantearon ni siquiera la posibilidad de desobedecer las instrucciones. En la mañana del 5 de enero, el primer martes del año, tomaron el metro y encontraron las oficinas fácilmente, un lugar desangelado y frío a espaldas del edificio formidable de la alcaldía del barrio. Feliza levantó la mirada y señaló un parche azul en el cielo lanoso: «Por una vez que está bonito», dijo, «y nos toca meternos a un sitio de éstos. Te apuesto que ni ventanas hay». Tenía razón: era un sótano iluminado con tubos de neón que les pintaban bajo los ojos grandes ojeras del color de las aceitunas, tanto a ellos como a los tristes funcionarios que esperaban detrás de sus mesas, en cubículos separados por láminas de aluminio. Al cabo de diez minutos se oyó el nombre de Feliza, pero Pablo tardó en entenderlo porque la pronunciación francesa parecía terminar con una vocal distinta: «Burstán», decía la voz, o «Birstán», o algo entre las dos cosas. Se sentaron frente a una funcionaria con los abrigos puestos sobre las rodillas, como dos alumnos indisciplinados que esperan una reprimenda; era una mujer demasiado maquillada, de pelo demasiado esponjoso y blusa demasiado verde, que escribía algo en un papel amarillo, sin mirarlos, sin acusar su presencia, hasta que levantó la cara, los saludó y estiró una mano abierta. (Pablo estuvo a punto de darle la suya, creyendo que aquello era un saludo; pero comprendió enseguida que la mujer no quería presentarse, sino recibir los papeles). La funcionaria revisó la carpeta: las fotos, los recortes en una lengua incomprensible; entonces, deteniéndose en uno de los trabajos de Feliza, hizo la única pregunta que frente a ellos no servía de nada: «¿Y esto qué es?».

Estaba mirando las fotos del *Homenaje a Gandhi*, una escultura de cinco toneladas de peso, alta como una casa, construida por encargo oficial con tres piezas de acero que alguna vez pertenecieron al chasis de un buldócer. La larga figura abstracta se levantaba como apuntando al cielo en un prado público de la carrera Séptima, al norte de Bogotá, con el verde oscuro de la montaña como telón de fondo, a pocas cuadras de las caballerizas de los militares.

«¿Que qué es?», dijo Feliza. «Pues es Gandhi, señora. Pero visto de perfil».

Pablo le pegó una patada por debajo de la mesa y los abrigos se sacudieron. La funcionaria miró a Gandhi, miró a Feliza, frunció el ceño y volvió a relajarlo como si hubiera comprendido algo nuevo; entonces pasó la página, cerró la carpeta y se puso de pie sin dar explicaciones. Pablo y Feliza la vieron desaparecer detrás de la mesa con biombo de un colega, y Pablo reprimió el impulso de ponerse de pie para seguirla con la mirada, seguir el dúctil manchón verde de la blusa y vigilar el destino de esos documentos tan preciosos. La mujer regresó minutos más tarde con dos carpetas, una de originales y la otra de copias recién hechas. Feliza, por pura curiosidad, tocó los papeles nuevos y confirmó que estaban todavía calientes. La funcionaria puso un sello en un formulario y les dijo:

«Señor, señora, eso es todo. Vuelvan el viernes».

Al salir de las oficinas, Feliza dijo: «Quiero caminar, Pablo. Volvamos a pie, que es en bajada». Por la rue de Mont-Cenis llegaron a la rue Marcadet, y por allí bajaron hasta que la calzada dio una curva brusca y se quedó convertida, para los peatones, en unas escaleras de peldaños altos. Pablo la miraba sin que ella se diera cuenta: Feliza daba pasos meticulosos, la mano derecha siempre cerca de la baranda de hierro, tomando precauciones evidentes para que sus tobillos no la traicionaran, y en cada rellano se detenía para levantar la cabeza y ver otra cosa que no fuera los escalones de concreto: y cuando lo hacía, allí estaba París, los tejados alfombrando la distancia. Ahora bajaban a través del cementerio Saint-Vincent, dando un rodeo porque Feliza quería ver una escultura. «Por aquí estaba, por aquí estaba», decía. «Vine a verla mil veces cuando estudiaba en la academia. Venía, la copiaba, volvía a venir». Cuando la encontraron, Pablo creyó entender la fascinación de Feliza. Era un ángel que llevaba del brazo a una mujer, o que le indicaba el camino, y ella se apoyaba en él delicadamente, sin cerrar el puño y sólo para no caerse: una figura romántica y seductora para la joven de veintitrés años que era Feliza cuando vivió en París la primera vez. En eso pensaba Pablo cuando ella le preguntó si ahora volverían a la casa, y, sin esperar su respuesta, sonrió con su sonrisa leve, le puso una mano en el brazo, como la mujer al ángel, y dijo:

«Es que hoy es el día perfecto. Para que no sigamos aplazando esta vaina».

Se refería al monumento a los deportados. Había querido visitarlo más de una vez mientras estaba en casa de la Paya, antes de que Pablo llegara a París, pero siempre le quedaba a trasmano, o surgía una visita a un apartamento que tal vez le alquilarían, o una entrevista con alguien que acaso le podía prestar un dinero. Ahora se alegraba, porque le había comenzado a parecer importante que Pablo la acompañara. El capricho —pero había que ver si aquello era sólo un capricho— se remontaba a una conversación que habían tenido en esos días. Fue una de tantas que se dieron sobre el pasado y sobre el futuro, todas iguales a sí mismas, pero ésta había llegado, por meandros imprevistos, a una pregunta nueva, una pregunta temible que ninguno de los dos había querido hacer primero. Feliza se atrevió: «¿Tú crees que volvamos algún día?». Y a Pablo, que no era un hombre de rencores, que perdonaba con facilidad y tenía un talento envidiable para olvidar las ofensas, lo sorprendió su propia reacción.

«¿Después de lo que te hicieron?», se oyó decir. «No, no. Mientras siga esa gente por ahí, yo allá no vuelvo. Y espero que tú tampoco».

No hablaron más del asunto, pero era evidente que Feliza no había quedado satisfecha. Su pregunta iba más allá: lo que necesitaba saber no era tanto si algún día iban a regresar a Colombia, sino qué perdería Feliza si decidiera no hacerlo. Hacía mucho tiempo que en Colombia no vivía nadie de su familia inmediata, pues su padre había muerto veinte años atrás, su madre y su hermana vivían en California, a pocos kilómetros la una de la otra, y sus tres hijas habían construido toda una vida en Texas desde el año ya remoto en que dejaron de vivir con ella. «¿Qué estarán haciendo en este momento?», había dicho una vez, a propósito de nada. «¿Quiénes?», dijo Pablo, y ella contestó como si fuera evidente: «Pues mis hijas. ¿Qué estarán haciendo?». Jeannie, Bethina y Michelle: ¿pensarían de vez en cuando en su madre, que tanto las quería? ¿Entenderían algo de todo este desorden, le preguntarían cosas a su padre? Y si lo hicieran, ¿qué les diría él? Ahora, bajando por el boulevard de Magenta, tomando el de Sébastopol en dirección al río, Pablo pensó que tal vez podrían permitirse una llamada: eran costosas, pero hablar con las hijas lo justificaba. No sólo por Feliza, sino por él mismo: las quería, las echaba de menos. Se lo dijo a Feliza: «Podríamos llamarlas». «Me gustaría», dijo ella. «Me hacen falta. Pero no sé qué les diría. Que estoy bien, que no voy a volver a Colombia por un tiempo. Que tal vez no vuelva nunca. ¿Cómo puedo pronunciar esas palabras?».

La sola perspectiva le parecía espeluznante. A él también, por supuesto: en Colombia, a pesar de todo, seguía estando la casa grande que habían adquirido y modificado a lo largo de los años para que fuera su hogar de pareja y además depósito de chatarras, taller de artista y lugar de parrandas. Esa casa era el centro del mundo para Feliza, no sólo porque contenía las memorias de sus padres, sino también, le decía a Pablo, porque contenía las de su vida juntos. Feliza despertándose con Pablo en una mañana de domingo, y recordando de repente que sus hijas estaban de visita después de años de no verse; o trabajando en sus chatarras a las tres de la madrugada, muerta de frío pero feliz; o cantando boleros con Gabo y Mercedes. «Eso sí me duele», le había dicho a Pablo. «Perder la casa».

«Pero si no se ha perdido», dijo él. «Sigue estando allá y sigue siendo nuestra, y un día vamos a ver qué se hace con eso».

«Es que ahí está todo. Todo lo que vale la pena. Todo lo que hemos hecho, Pablo».

«No se ha perdido. Nadie te la va a quitar».

«Yo creo que me la pueden quitar. Tantas personas que de repente quieren darte plata por ella. ¿No me dijiste eso? Que de repente aparecieron de todas partes para pedirte que la alquiles, para preguntarte por cuánto la venderías. La gente se aprovecha de los que se tienen que ir».

«Nadie te la va a quitar, Feliza. Otra cosa es que se quede así, desocupada, sin que nadie la use. Pero podemos pensar en eso después. Poquito a poco: así vamos a resolver todo esto».

«Poquito a poco», dijo Feliza.

Y Pablo dijo: «No hay afán de nada».

Atravesaron el parque de la torre Saint-Jacques, para acortar camino, y por el puente Notre-Dame llegaron a la isla, viendo en la distancia la aguja de la catedral, cuya punta se perdía en la neblina, y sintiendo al cruzar las ráfagas de viento, las crueles ráfagas que se llevaban con cada soplo dos o tres grados de sus cuerpos, y eso a pesar de los abrigos; y caminaron por fuera, junto al muro de piedra, para conservar siempre la vista del río, metálico y denso, que de repente se abría hacia el oriente bajo cielos grises pero amplísimos, como si allí mismo, a las afueras de esta ciudad o en sus suburbios, estuviera esperándolos el mar. No se pusieron de acuerdo, no se miraron ni se hicieron señas, pero al flanquear los jardines, esos espacios amplios con sus bancas sin gente y sus desnudos árboles simétricos, ya se habían callado.

En silencio bajaron las escaleras hasta el zaguán sin techo, donde sólo se oía el ruido de las aguas del Sena, las olas delicadas que alcanzaban a golpear la piedra por un arco abierto en la pared. En silencio entraron en la construcción oscura, y los ojos de Pablo se tomaron un segundo para acostumbrarse; en silencio hicieron el recorrido por corredores de claustrofobia, metiéndose en habitaciones donde brillaba una luz solitaria, leyendo con dificultad las palabras talladas en la piedra como por un prisionero y también los nombres de los campos de concentración, que Pablo repasó uno por uno, reconociendo algunos y descubriendo otros, pero siempre pensando que en alguno de ellos había terminado su vida un hombre, una mujer, cuya sangre era la misma sangre de su esposa: la de su padre Jacobo o la de su madre Chaja, o la de su abuelo, Isaac Bursztyn, que no murió en ningún campo, sino ahorcado por los nazis. Según lo que Feliza le había contado, el abuelo se encontraba en Nueva York, dictando unas conferencias sobre la necesidad de revisar el lugar de la mujer en el judaísmo, cuando le llegó la noticia de los horrores; y habría podido quedarse en la diáspora como lo habían hecho ya tantos, pero prefirió volver con los suyos, acompañar a los suyos, y en la familia siempre se habló de esa decisión con la admiración que producen los mártires.

«Y al volver ya no hubo cómo salvarse», decía Feliza. «Si no era la horca era una cámara de gas».

Esa tarde, ya de vuelta en el apartamento de la rue de Bièvre, estuvieron un buen rato buscando entre los papeles la foto del abuelo Isaac, pero no la encontraron por ninguna parte. «No se puede haber perdido», decía Feliza. «Por aquí tiene que andar, no se puede haber perdido». Era una de sus posesiones más preciadas. Cuando Feliza tenía diez años y llegó a Colombia la noticia del ahorcamiento, nadie le dijo nada: la niña vivía una vida protegida lejos de la guerra, sin enterarse de sus atrocidades, porque todos estaban de acuerdo en que no valía la pena inventar una nueva vida tan lejos de casa si era para seguir viviendo los días como los vivían allá. Pero más tarde, habiendo ya salido de ese refugio de cómoda ignorancia, Feliza pintó un retrato al óleo del abuelo, y su padre lloró al verlo por primera vez, porque no entendió cómo era posible que su hija lograra una imagen tan exacta sin haberlo conocido nunca. Ella le mostró la foto que había usado como modelo: en ella aparecían el abuelo Isaac y su esposa, Lente, los dos sentados en una banca de madera, rodeados de árboles que les daban sombra, frente a un libro abierto, bajo una luz de verano, y en ese ambiente de calma era evidente que ninguno de los dos sospechaba su destino.

Y ahora tendrían que rendirse a la evidencia de que la foto se había quedado en Colombia, en la casa taller: otra memoria capturada en ese lugar al que tal vez ya no volverían. En estos días del exilio, en largas noches insomnes que se les iban hablando de lo que habían dejado atrás, Feliza decía que no volver a Colombia era cerrar para siempre una historia que no era sólo suya, que no le pertenecía sólo a ella. No volver era ponerle el punto final a una historia de décadas cuyo comienzo se remontaba a los años treinta: cuando, encontrándose de viaje en Colombia, sus padres decidieron que era mejor no regresar a Polonia. «Y ahora me pregunto: ¿y si hubieran vuelto?», decía Feliza. «Ésa es la pregunta, Pablo. ¿Y si hubieran vuelto a Polonia? ¿Qué habría cambiado?». Y él entendía. A veces le daba la impresión de que no había pasado un solo día de este exilio sin que se asomara entre ellos, más o menos formada, más o menos intensa, la misma pregunta incómoda sobre las posibilidades que no se dieron. Si Feliza no hubiera nacido en Colombia, si sus padres no hubieran estado de viaje cuando Hitler subió al poder, si su madre no se hubiera dado cuenta de su embarazo en 1933, ¿cómo habría cambiado su vida? ¿Estaría donde estaba ahora, en este apartamento que no era suyo, rodeada de muebles que no eran sus muebles, lejos de su casa y de sus cosas y de las memorias de su familia?

Imposible saberlo. Toda persona, en un momento o en otro, imagina la posibilidad de ser otra en otra parte: en otro cuerpo, en otro tiempo, en otro país. En el caso de Feliza, sin embargo, esa especulación cobraba un sentido más concreto, porque su vida entera podía leerse como el resultado de una sola decisión azarosa. Cuántas veces le había contado Feliza la misma historia, a él solo o a otros en su presencia, desde el día en que se conocieron... La historia siempre terminaba con la misma frase: «Todo fue por culpa de un barco». Era lo que decía Feliza porque así lo había dicho su padre. A mediados de los años veinte, Jacobo era un joven de tendencias socialistas que había viajado a Palestina con la convicción profunda de construir un mundo mejor, y allí estaba, trabajando como albañil en un kibutz, cuando recibió la noticia de que los británicos habían encarcelado a un buen amigo con acusaciones de terrorismo. Jacobo usó entonces el dinero que había ahorrado en meses de trabajo para sobornar a funcionarios bien escogidos, conseguirle papeles falsos al amigo y subirlo a la fuerza en el primer barco que zarpara hacia América; el barco llegó a Barranquilla, en la costa colombiana, como habría podido llegar a Maracaibo, o a Buenos Aires, o a La Habana; y años después, cuando ya vivían en Varsovia y Hela, su primera hija, aprendía a caminar, recibieron de aquel amigo agradecido una carta llena de invitaciones para que visitaran su país de adopción: un lugar fantástico donde se vivía en paz y se viajaba del invierno al verano manejando tres horas por carreteras de montaña. Jacobo y Chaja aceptaron sin esfuerzo, no tanto por ver las magias anunciadas del cambio de las estaciones, sino por escapar al clima de odio que se respiraba en Europa. Luego vino lo demás: el nacimiento de Feliza, la decisión de no regresar, la diaria demostración de que la decisión había sido un acierto. De manera que así era: si habían acabado en Colombia, había sido por culpa de un barco.

Y más de una vez Feliza se había preguntado: ¿y si el barco no hubiera atracado en Barranquilla, sino en Maracaibo o Buenos Aires o La Habana? ¿Dónde estaríamos ahora? Era una pregunta absurda, por supuesto, pero Feliza no había logrado nunca sacársela de encima. La volvió a formular esa misma noche, cuando Pablo estaba ya a punto de dormirse, los dos cansados después de un día largo de caminar mucho y, sobre todo, de recordar muchas cosas, pues el ejercicio de la memoria desgasta y agota. «Pero eso qué importa, mi amor», le dijo él. «Estamos aquí, estamos ahora. Ya lo demás no importa». Ella insistió: «No, no. Dónde estaríamos, dime. Dónde estaríamos si ese barco no hubiera llegado a Colombia». Él lo pensó más en serio o tal vez fingió que lo hacía, o decidió seguirle el juego, o se dio cuenta de que no se trataba de un juego, sino de una de esas cuestiones que en los meses de la separación habían tomado para Feliza una dimensión insospechada.

«Igual estaríamos en París», dijo medio en broma. «Aquí están los exiliados de todo el mundo».

En la tarde del miércoles fueron a conocer el taller de Leonardo Delfino. Feliza había visto sus esculturas turbadoras en catálogos de todas partes, pero Pablo sospechaba que parte de su interés en visitar su espacio de trabajo tenía motivos más ambiguos y menos explicables. Delfino hablaba español con acento argentino, pero había nacido en Italia, y nada de eso le parecía tan importante como haber conseguido ahora, en su madurez, la nacionalidad francesa. Un latinoamericano de orígenes europeos que ahora vivía y trabajaba en París: Feliza —pensaba Pablo— veía en aquel hombre la anunciación de un futuro posible. Si lo había tenido él, que ahora mismo trabajaba en unas esculturas enormes para un espacio público de la zona de La Défense, no había razones para pensar que ella no fuera a tener la misma fortuna, que sus figuras de hierro no fueran a ocupar los espacios de París como el Gandhi ocupaba el suyo junto a una avenida importante de Bogotá.

El taller de Delfino quedaba en la avenue des Gobelins. Era un lugar amplio y bien iluminado, y ni siquiera la timidez de la luz invernal los obligó a encender las lámparas. Al llegar se encontraron con un grupo de figuras enormes que ocupaban la habitación entera, presencias inquietantes, reconocibles y a la vez extrañas, como si fueran a convertirse en cuerpos humanos con el tiempo suficiente, o como si hubieran sido cuerpos humanos en una era remota. Delfino tenía un pelo abundante y liso como una peluca de disfraz, y sus cejas gruesas se movían con los gestos de un niño travieso. Estaba encantado de abrirle su taller a una escultora que también trabajaba con materiales excéntricos, dijo, y habló de sus resinas de poliéster como si fueran el descubrimiento más importante desde el fuego. «Se lo recomiendo, señora, se lo recomiendo», le decía, siempre con los brazos cruzados, pero sin que eso llegara a sabotear lo afable de su carácter. «Ah, las cosas que se pueden hacer con esto. Eso sí, hay que tener cuidado, por los vapores que sueltan. Yo no me quito la máscara desde hace años, parezco un forajido. Seguro que a usted le pasa lo mismo. Un día habría que preguntarse qué significa eso, ¿no? Que hagamos nuestro arte tapándonos la cara».

La complicidad no terminó allí. Cuando Delfino le preguntó cómo había llegado a interesarse en la chatarra, Feliza comenzó a hablar de sus estudios con César, que había sido el primero en soldar metales, y de César retrocedieron hasta recordar a Zadkine, y recordando a Zadkine acabaron sin esfuerzo en la academia de la Grande Chaumière. A Delfino se le iluminó la cara. En tres frases descubrieron que habían vivido en París al mismo tiempo —él había llegado en 1959, cuando Feliza llevaba dos años en la ciudad y en la academia—, y estuvieron de acuerdo en que era inverosímil que no se hubieran conocido. Empezaron a tratar de fijar las razones por las que sus caminos no se habían cruzado, y Feliza dijo que ella se había movido siempre en el mismo grupo de latinoamericanos —«Pero yo soy latinoamericano», dijo Delfino—, y sobre todo escritores y poetas —«Yo por suerte no soy nada de eso», dijo Delfino—. Antes de que se dieran cuenta, Delfino había sacado una botella de vino y tres vasos bajos, y estaban bebiendo y hablando en unas sillas de madera cuyo tejido de fique tosco se clavaba en la carne. No podían ser más incómodas, pero a Pablo no le importó. Estaba contento de ver contenta a Feliza.

«Ah, Zadkine», decía Delfino. «Pero cuénteme, Feliza, cuénteme más cosas».

Y ella le contaba. Del vaso de aguardiente que Zadkine les daba a sus alumnos antes de clase, a las siete de la mañana, para entrar en calor; de una cicatriz que le había quedado después de la Primera Guerra, y que mostraba a la menor provocación. Pablo la miraba. La conversación le había despertado la memoria a Feliza y el vino le había alborotado las emociones: para Pablo, era como recuperar un objeto perdido. Ella sonreía hablando de los años cincuenta, recordando a Zadkine y su cicatriz, y en cierto momento cobró conciencia de su propia sonrisa, como si se hubiera dado cuenta de lo que Pablo pensaba, y volvió a sonreír, abriendo un poco más la boca, para asegurarse de que él la viera. Pablo sólo quería decirle que no se preocupara por él: que no añadiera a sus propias tristezas la tristeza de Pablo, que abdicara de esa responsabilidad pesada que es el bienestar de otro. Pero tal vez nada parecido le pasaba por la mente a Feliza en esos momentos. Lo malo de querer tanto a una persona es creer que la conocemos: la ilusión de saber lo que piensa y lo que siente a cada instante, el espejismo de entender sus demonios y sus pesadillas igual que entendemos los nuestros. Ésa había sido una de las grandes lecciones de vivir con Feliza: no es necesario poseer el pasado del otro para vivir su presente. Feliza no era pródiga con secretos ni revelaciones, ni consideraba que el amor consistiera en fingir que no había secretos entre ellos ni zonas penumbrosas, pero sí había compartido con él los momentos más dolorosos de su vida, sólo por tratar de que la carga fuera más liviana. Y Pablo había aceptado esa carga.

La oscuridad ya era completa cuando salieron del estudio. Feliza usó la bufanda para cubrirse la boca y se puso un gorro de lana que no se ponía nunca, y empezaron a caminar hacia la rue Mouffetard. Al llegar al comienzo del boulevard Saint-Jacques, frente a un café que iluminaba la acera con sus guirnaldas de luces amarillas, Feliza levantó el brazo y señaló la avenida que partía hacia la izquierda. «Por allá quedaba la academia», dijo, a pesar de que Pablo ya lo sabía, pues ella lo había llevado incluso a la puerta del lugar. «Por allá quedaba también la casa de Zadkine». Sí, por allá quedaba su mundo de juventud: el mundo de sus aprendizajes, de sus primeras heridas, de las sanaciones que les siguieron. Esa vez las heridas sanaron, se dijo Pablo, y no tenía por qué ser distinto ahora; y un día, cuando hubiera pasado el tiempo, Feliza recordaría quizás este invierno de 1982 igual que ahora recordaba el otoño del 57: como el instante en que se empezó a recomponer una vida desgarrada. Era verdad que los dos viajes se parecían, y era verdad que a veces podía tener uno la impresión de que se repitiera la historia, pues también en esa época había llegado a París huyendo de algo; pero tampoco había que concederles demasiado crédito a estas combinaciones del azar, no sólo porque en su país cualquiera tenía en cualquier momento una buena razón para huir, sino porque en ese entonces Feliza había llegado a París con un equipaje muy distinto: apenas había cumplido los veintitrés años, y sin embargo había tenido tiempo de casarse, tener tres hijas, separarse de su marido y morir por primera vez.

II. La primera muerte

No quedan muchas fotos de esa época, pues Feliza no era conocida todavía ni los fotógrafos se peleaban por ir a su casa para hacerle estudios, pero existe una pequeña, de borde dentado, en la que ella aparece con la boca bien pintada de rojo oscuro y un peinado de catálogo de Sears, y que tuve pegada con una chincheta a mi tablero de fieltro verde, junto a la foto del abuelo Isaac y la abuela Lente. Feliza me miraba desde allí. Feliza Fleischer: así se llamaba en esa época. En la foto estaban dos de sus tres niñas, Jeannie y Bethina, pero Michelle no había nacido o era demasiado pequeña para ponerla a posar en un sofá; y estaba Larry, el marido, un neoyorquino rubio de sonrisa infantil y mejillas coloradas de buen vecino que corta el pasto los domingos. Sin embargo, era mucho más que eso: era un ingeniero de vuelo que había tripulado bombarderos durante la guerra, en misiones por el sur de Alemania y la frontera con Austria, aunque nunca hablaba de lo visto ni mucho menos de lo hecho. Apenas nos ha llegado el rumor de una condecoración o una medalla que le fue impuesta después de una operación difícil, cuando las compuertas de su bombardero se atascaron en pleno vuelo y Larry, el ingeniero, consiguió repararlas y abrirlas justo a tiempo para que las bombas cayeran sobre el enemigo. Pero eso era el pasado: del pasado no se hablaba. Ahora Larry había aceptado mudarse a Colombia, según informaba la pareja a todo el mundo, para que Feliza pudiera vivir cerca de sus padres, pero también para poner su dinero y su esfuerzo en la empresa de la familia. Y las amigas de

Feliza la envidiaban por tener hijas rubias y marido norteamericano, y un marido que además era piloto, y que además era un valiente que había recibido condecoraciones en la guerra contra los nazis. Hablaban de ella como si no estuviera presente, y Feliza las escuchaba desde su vida de joven señora bogotana, de madre diligente, de esposa devota con aretes de perla, de hija buena de una buena familia, y la maravillaba que nadie se percatara de que su vida entera estaba a punto de estallar.

Lo tenía todo para estar bien. La empresa le había dado a la familia Bursztyn una vida cómoda, e incluso les había permitido ciertos privilegios de burguesía local —un carro con chofer, colegios privados, dos mujeres jóvenes y humildes que limpiaban la casa y cuidaban de las niñas— que en Europa no se hubieran podido imaginar siquiera. Se trataba de una fábrica de paños finos para forrar muebles que Jacobo, el padre de Feliza, había puesto en marcha quince años atrás, después de comprar las antiguas instalaciones de la famosa Camisería Francesa: una construcción en forma de ele, separada de la calle por una pared rústica de ladrillo desnudo y un portón metálico. No muy lejos, en el barrio de Teusaquillo, vivían los Bursztyn. Allí, entre vecinos influyentes, en esas casas que siempre tenían antejardines cuidados y muros bajos que llegaban a la cintura y espacios frente a la puerta de hierro para dejar el carro, Jacobo y Chaja se habían convertido en figuras respetadas de la comunidad judía, personas cuya opinión importaba y cuyos juicios se escuchaban para resolver diferencias. Aunque no hubiera ejercido nunca, Jacobo había sido educado para rabino, igual que su padre, y eso le daba un lugar de influencia en la comunidad y hasta lo obligaba a oficiar en ciertas ceremonias; Chaja, por su parte, había estudiado en un colegio talmúdico, cosa inusual para las mujeres de su medio, pero eso no tenía ningún peso especial en el barrio bogotano: allí Chaja era simplemente la mujer amable de acento extravagante que explicaba cómo se pronunciaba su nombre, Jaia, y hacía fiestas para que sus dos niñas pudieran invitar a las vecinas —la hija del médico, la hija del empresario, la hija del ministro— al chocolate con queso de las cinco de la tarde.

Así había crecido Feliza: en la casa burguesa de una familia de extranjeros respetados que vivían agradecidos con su país de acogida. Jacobo no sólo proclamaba cada vez que podía la suerte de haberse encontrado en Colombia cuando Hitler fue elegido canciller, sino que recordaba a la menor oportunidad cómo había comenzado muy pronto a ser anfitrión de otros, ocupando sus horas en gestiones, escribiendo cartas, mandando dinero, consiguiendo que unos cuantos familiares y no pocos amigos fueran admitidos en los consulados colombianos, todo a pesar de que el gobierno hubiera dado la orden de suspender los visados para *elementos judíos*. No fueron años fáciles. El ministro de Relaciones Exteriores sostuvo en público su decisión diciendo que buscaba evitar la llegada de *indeseables*, pues los judíos tenían *una orientación parasitaria de la vida*; las páginas de la prensa anunciaban la fundación de un partido nazi en Barranquilla, y jóvenes morenos de la costa caribe defendían con el brazo en alto la supremacía de la raza aria; un grupo de manifestantes desfiló varios días seguidos por la Calle Real, agitando banderolas con esvásticas mal hechas, pidiéndoles a los paseantes *comprar colombiano, no judío*, y al presidente, *defendernos del vampiro semita*. Y las cartas siguieron llegando desde Europa: eran verdaderos gritos de auxilio en papel traslúcido y letra cuidada, y los Bursztyn hacían cuanto estaba a su alcance para ayudar a los demás. Con frecuencia no había nada que pudieran hacer, sin embargo; y la familia se limitaba a discutir con la cabeza baja las noticias inverosímiles que llegaban y aceptaba que eran ciertas, y luego se reunía en las casas de otros emigrados que recordaban sus casas perdidas y hablaban en su lengua sin enredarse y lloraban por los desaparecidos que no daban noticias, los que habían sido arrestados, los que habían partido hacia los campos nazis y no habían vuelto ni volverían jamás.

Feliza sólo se enteró de todo aquello mucho después. Vivía en un mundo paralelo, ajena a los cataclismos de la vida pública, sin sospechar siquiera que su apellido pudiera despertar sentimientos oscuros en algún vecino alemán. En la familia se contaba que una tarde, cuando tenía once años, Jacobo y Chaja habían salido a la calle tras cerrar con candado la puerta de la fábrica y se encontraron con que Aníbal, el conductor de toda la vida, no estaba esperándolos en su lugar de siempre. Era la primera vez que algo semejante sucedía, y en el taxi que los llevó a su casa el silencio era palpable. Al llegar supieron que Aníbal había salido con Feliza sin decirle nada a nadie ni avisar de una hora de llegada, y siete horas después, cuando ya la noche había caído y los padres habían llamado a todos los vecinos, a las madres de las compañeras del colegio, al hospital más cercano y a la policía local, Feliza regresó de repente, con la cabeza agachada por la culpa y las manos llenas de papeles emborronados: le había pedido a Aníbal que la llevara al norte, saliendo de la ciudad por la carretera de Tunja, para ver las montañas donde pudiera pintarlas mejor. El susto había pasado, pero dejó una semilla de tensión. Feliza no lo sabía, pero la vida en el mundo real —la que no era su vida protegida— comenzaba a trastornarse.

El 9 de abril de 1948, a la una de la tarde, el líder liberal Jorge Eliécer Gaitán, candidato a la presidencia y vecino de los Bursztyn en el barrio de Teusaquillo, fue asesinado de tres tiros cuando salía de su oficina de la carrera Séptima. Feliza no sabía por entonces que Gaitán era un orador brillante de ideas socialistas y orígenes humildes, despreciado por la oligarquía y adorado por los demás, y lo conocía tan sólo como el señor del enorme carro negro que salía a veces a darle vueltas a un parque, siempre engominado y de corbata, y los fines de semana, llevando de la mano a una niña pequeña que Feliza saludaba con una sonrisa generosa de hermana mayor. A veces el hombre engominado se quitaba el sombrero para saludar a Feliza; a veces ni siquiera la determinaba, como si no se diera cuenta de su presencia. No era cordial, o había algo duro en su rostro, como una tensión constante, pero Feliza nunca hubiera imaginado que alguien quisiera matarlo, ni mucho menos que su crimen pudiera provocar la violencia inaudita de los días siguientes. Y así fue: tras el crimen estallaron tres días de incendios y disturbios y miles de muertos, y Feliza los vivió encerrada en su casa, atenta a la expresión preocupada de la cara de sus padres y al gesto tenso de su hermana Hela, que apenas era cuatro años mayor pero parecía entender el mundo con la claridad que a Feliza le faltaba. La familia se reunía en el salón donde estaba la radio, una criatura enorme que hasta hacía poco había servido sobre todo para poner la orquesta de Glenn Miller, pero ahora escupía, a través de su frágil rejilla de mimbre, las noticias detestables de un mundo que se estaba yendo al infierno.

Las escenas que describían los adultos eran las de una ciudad en guerra. Una turba enfurecida, armada con machetes y martillos, se derramó desde el lugar del crimen por todas las calles del barrio de La Candelaria, saqueando los almacenes que encontraba a su paso y prendiendo fuego a lo que no podía saquear, y todo el mundo recordaría después las fotos de hombres armados que cargaban neveras sobre la espalda, o lámparas de pie con una mano y abrigos de las sastrerías inglesas con la otra. En su recorrido, la turba reventó las vitrinas de la calle 12 y se llevó de la joyería Baumann, cuyo dueño era un amigo de los Bursztyn, tres collares de diamantes, varias mancuernas y solaperos, diez argollas de oro, doce relojes de pulsera y un aparato de radio que había llegado de Hamburgo a finales de los años veinte. Jacobo, que violó el toque de queda para echar una mano en los destrozos y rescatar lo que pudiera rescatarse, diría después que nunca había visto nada tan parecido a las imágenes de Varsovia o de Berlín: los grandes triángulos de cristales rotos en los andenes, o los trozos que adornaban los marcos de las ventanas como la escarcha de la última helada, o las astillas de madera y el péndulo desprendido que eran el único remanente de un reloj demasiado pesado. Y aquí y allá, la sangre todavía sin lavar de algún pobre desgraciado que había caído justo en ese lugar bajo las balas de los francotiradores.

Fue la única vez que lo oyeron preguntarse si habría sido correcta la decisión de quedarse en Colombia. En esa época, poco después de que el gobierno del presidente Mariano Ospina Pérez rompiera relaciones diplomáticas con la Unión Soviética, los Bursztyn comenzaron a viajar a Nueva York para comprar al por mayor textiles que luego vendían al detal en Bogotá, y un buen día se preguntaron por qué no se quedaban allá en lugar de volver. Era verdad que Bogotá ya no era la ciudad apacible a la que habían llegado quince años atrás. ¿Pero qué podía entender de todo aquello una niña de catorce años, que además vivía en una familia de extranjeros? La ciudad de los adultos cambió, o eso decían todos: ya no había gente en los cafés, y la que caminaba por las calles tenía en la cara una expresión de desconfianza o incluso de miedo, como si cada bogotano fuera una amenaza para el bogotano de al lado: pues cada uno sabía a ciencia cierta que a Gaitán lo habían matado los otros. Los liberales decían que lo había matado el régimen conservador, por izquierdista; los conservadores decían que lo habían matado las élites liberales, por revolucionario; pero todos aceptaban que lo podían haber matado los comunistas, siguiendo órdenes de Moscú, y la prueba eran los incendios, los saqueos, la toma de las estaciones de radio, todas tácticas probadas de las ofensivas comunistas en el mundo entero... Jacobo y Chaja hacían esfuerzos grandes por mantener a raya la política hostil que afuera parecía envenenar las vidas, y a veces sentían que lo estaban logrando; pero el asesinato de Gaitán había liberado los peores demonios de los colombianos, desatando una guerra de partidos políticos que enmascaraba los viejos odios de siempre, y de un día para el otro empezaron a llegar a la ciudad historias horribles de mujeres violadas, hombres decapitados frente a sus familias, gargantas cortadas a golpes de machete: abismos de violencia que ocurrían demasiado cerca, a dos o tres horas de la casa de Teusaquillo. A Gaitán no lo habían enterrado en un cementerio, como habría debido ser, sino en el jardín de su propia casa, a unas cuadras de la casa de los Bursztyn. ¿Por qué? Para evitar que su tumba se volviera lugar de peregrinación, espacio para fanáticos, escenario de probables violencias. No, no: todo ocurría demasiado cerca.

Tal vez era tiempo de hacer cambios. Hela estaba metida en medio de sus estudios de Bacteriología en la Universidad Javeriana de Bogotá; había empezado ya a preparar su trabajo de grado, un experimento sobre la inyección del virus de la rabia en embriones de pollo, y se pasaba las semanas visitando los criaderos del norte, donde le vendían los animales baratos que no podían servir para otra cosa, y luego volviendo al laboratorio para hundirse en su mundo de tubos y placas de Petri con cultivos turbios y cuadernos donde anotaba en su letra elegante el tiempo de incubación, la temperatura y el crecimiento de las colonias. Pero a Feliza nada la obligaba a quedarse en esta ciudad en ruinas, viendo todos los días los esqueletos quemados de casas como la suya, con sus padres preguntándose cuándo llegaría a la ciudad el desangre del campo, y yendo al colegio igual que un soldado vuelve al cuartel después de un fin de semana de permiso. Hubo conversaciones en la mesa del comedor, llamadas a un pariente que vivía cerca de Nueva York, averiguaciones sobre un internado para señoritas. Y un miércoles de agosto, el avión que llevaba a Feliza y a su madre despegó del aeropuerto de Techo, hizo escalas en Barranquilla, Jamaica y Miami, y aterrizó en Nueva York, en un terminal recién abierto que por entonces se llamaba Idlewild, pero que más tarde tomaría el nombre de un presidente asesinado en circunstancias confusas: víctima de un lobo solitario que había vivido en la Unión Soviética y pertenecido a comités de solidaridad con la Cuba revolucionaria.

Dos años después, cuando le dieron su diploma de bachiller en una ceremonia sin gracia que hubiera preferido atravesar sola, Feliza lo mantuvo enrollado y bien atado con una cinta roja, como si desplegarlo fuera abrir una jaula y dejar que se escaparan todas sus incertidumbres. En el diploma, en vez de su nombre con demasiadas consonantes y una zeta en lugar de una ese, parecía verse una pregunta: ¿qué hacer ahora? No quería volver a Colombia: eso, por lo menos, lo tenía claro. Sus padres le hablaban en sus cartas de un país ensangrentado, un pueblo de gatillo fácil con una enorme capacidad para hacerse daño a sí mismo. La familia de Rosa, la empleada de unos vecinos del barrio de Teusaquillo, había sido asesinada en su propia casa de Boyacá, pero no por delincuentes, sino por los policías que los habían visto votar en las últimas elecciones. Nueva York, en cambio, se había convertido en un lugar de libertad, de una impunidad extraña que Feliza sentía como viento en la cara cuando caminaba sola por Manhattan, subiendo y bajando de los buses, perdiéndose en las líneas de metro mientras conseguía entenderlas, entrando y saliendo de los museos lejos de los ojos entrometidos de su familia.

Sus padres le habían sugerido que podría quedarse en la ciudad si comenzaba alguna carrera seria, y Feliza lo intentó como pudo. A finales de agosto se presentó en la Universidad de Columbia, y pidió información y siguió las indicaciones que la llevaron a un aula baja, pero le bastó con cuarenta minutos de una clase de Introducción a la Psicología para ponerse de pie en medio de una frase del profesor y caminar hacia la puerta, los cuadernos agarrados contra el pecho y la cartera pequeña bamboleándose entre los pupitres de los otros. «¿La señorita va a alguna parte?», le dijo el profesor.

«Lo siento», dijo ella, «pero no puedo quedarme en su clase».

«¿Y por qué, si puede saberse?».

«Porque todos ustedes tienen un problema».

«¿Ah, sí? ¿Y cuál es el problema?».

«Ah, eso no lo sé», dijo Feliza. «Pero que lo tienen, lo tienen. Y están tratando de arreglarlo lidiando con los problemas de los otros».

Esa tarde caminó por Broadway diez, quince, veinte cuadras, sin sentir cansancio en las piernas, sin pensar en otra cosa que no fuera la próxima visita a algún museo. Había descubierto el placer de perderse y encontrarse, de salir sin avisar adónde iba, sólo armada con un carboncillo y un cuaderno de dibujo, dispuesta a pasar horas frente al Perseo que sostiene la cabeza de la Medusa o mirando con atención a madame X, su pecho sin sombras, el negro tan negro de su vestido. Nunca se lo explicó a sus padres, pero no sorprendió a nadie cuando dio la noticia de su inscripción en la Liga de Estudiantes de Arte. Había presentado unas muestras de su trabajo —un retrato de una amiga, hecho en acuarela y de memoria, y una versión en carboncillo del *Invierno* de Houdon— y allí estaba su nombre cuando fue a buscarlo, en una lista escrita a mano y pegada con chinchetas a la cartelera de la entrada.

La Liga quedaba en un edificio de puertas de hierro de la calle 57. Tenía tres ventanas con arcadas de piedra y unas medialunas de vidrio que se veían iluminadas con su luz interior si uno levantaba la cabeza desde la acera opuesta. En el pequeño recibidor, antes de las puertas de entrada al otro mundo, las paredes tenían figuras en mosaico, y había mosaicos en el techo y una divisa de mosaico en el suelo, y todo parecía hecho con esmero. Los salones de clases eran más amplios de lo que había esperado, con suelos de madera en los que resonaban sus tacones (muy pronto los cambió por zapatos planos que hicieran menos ruido) y largas lámparas que colgaban de los techos altos. Feliza no era la única mujer, ni tampoco la más joven: en las clases de litografía conoció a dos jovencitas de trenzas rubias que no tendrían más de quince años, de camisa blanca y manga corta, que usaban delantales de cuadros como si alguien las fuera a reñir si se manchaban la ropa con tinta. En los talleres, la gente hablaba de una nueva guerra que acababa de estallar en Corea, y de la posibilidad de que ellos, los jóvenes que apenas llegaban a ocupar su espacio detrás de los caballetes, tuvieran muy pronto que dejarlos para ir a matar comunistas del otro lado del mundo. A nadie le parecía realmente posible, pero algunos habían sido fuerzas de ocupación en Berlín o combatientes en Francia o en Bélgica e incluso en Okinawa, y en todas partes de Estados Unidos estaban entrando a la universidad gracias a las nuevas leyes que facilitaban a los veteranos el acceso a la educación superior. Y así habían llegado a los talleres de la calle 57: no propiamente para aprender los rudimentos de la escultura en barro o del óleo sobre lienzo, sino con el propósito más simple y más urgente de salvarse de la locura.

Larry Fleischer no era uno de ellos, pero hubiera podido serlo. Feliza lo vio sentado en una de las bancas de madera del corredor del primer piso, junto a la puerta de los talleres de pintura al óleo, y de inmediato pensó que el hombre no estaba vestido de uniforme militar, y sin embargo actuaba como si lo estuviera. También pensó que no estaba allí para unirse al grupo, y tenía razón: tras sentarse en el borde de su silla plegable y acomodar el lienzo sobre el caballete, Feliza miró hacia la puerta y vio o creyó ver que el rubio de uniforme invisible hablaba con alguien, le daba la mano y desaparecía. No supo quién había sido su interlocutor, y no lo sabría nunca: pues días más tarde, cuando volvió a encontrarse al rubio, ya no en la entrada de la clase, sino fumándose un cigarrillo en la acera de la 57 como si esperara a que el sol calentara la calle, comenzó a sospechar que había venido para verla a ella. No le disgustó. Había algo inocente e incluso dulce en su cara: sus dientes de niño, tal vez, o el mechón de pelo rubio en medio de la calvicie incipiente, o la manera que tenía de alisarse la ropa con el canto de las manos. Poco después estaba aceptando sus visitas.

Para ese momento, ya Hela había llegado a Nueva York. Traía su diploma de la Javeriana y una oferta de trabajo en el Departamento de Bacteriología de la Universidad de Columbia, pero además el encargo de cuidar o vigilar a su hermana menor, pues habían llegado rumores a Bogotá de que andaba haciendo una vida de artista bohemia que ni era para su edad ni se compadecía de los esfuerzos que sus padres hacían por educarla. Feliza le mostró que eso no era del todo cierto: ella iba a sus clases de dibujo o de pintura al óleo en los talleres de la Liga, y era verdad que en algunas de esas clases se trabajaba frente a una mujer casi desnuda, y era verdad también que compartía el espacio con hombres cuya mirada curiosa parecía pesarle encima tanto como a la modelo; pero si a veces llegaba después de la hora permitida —después del toque de queda, como lo llamaba el tío—, era más por meterse a los otros talleres, para ver lo que estaban haciendo, o por quedarse en las escaleras hablando con otras chicas de Jackson Pollock o de Mark Rothko. Una tarde, tras más de dos horas tratando de conseguir una sombra en la pantorrilla de una mujer vista por detrás, perdió la noción del tiempo. Estaba medio oculta por el biombo que usaban las modelos para cambiarse de ropa, y sin duda fue por eso por lo que nadie se percató de su presencia. No se dio cuenta de que sus compañeros de taller habían abandonado la sala y los alumnos de la siguiente clase acababan de acomodarse; sólo salió de su distracción cuando notó de repente que se hacía un silencio brusco, y al levantar la cara se encontró frente a un hombre serio cuyo pelo engominado formaba un triángulo perfecto sobre su cabeza. Pidió disculpas, se levantó y se fue, y luego supo que había estado a punto de recibir sin proponérselo una clase con George Grosz; y cuando apareció en su cara una expresión vacía, pues nunca había oído hablar de ese hombre, una compañera le contó quién era. Lo habían echado de Alemania, dijo, por degenerado y además por bolchevique. Y luego no dijo nada más.

Larry llegaba en la tarde, antes de que oscureciera, y Feliza lo recibía en la sala de la casa, siempre con la compañía de su hermana mayor. A Hela no le gustaba demasiado hacer de chaperona, pero no tenía opción: incluso Larry parecía pedírselo con la mirada, y una de esas veces, al ver que Hela no había llegado todavía, esperó unos minutos afuera, sin atreverse a entrar, y luego se devolvió por donde había venido. Había algo conmovedor en su timidez o en su reticencia, y en su buena disposición para escuchar los discursos apasionados de Feliza, que empezaba contando la rutina de su día y pronto se lanzaba a compartir su descubrimiento de Georgia O'Keeffe. Feliza había comenzado a disfrutar la compañía de este joven tímido que la escuchaba con atención, asintiendo cuando ella hablaba de su pasión por la pintura y tolerando incluso esas carcajadas que llamaban la atención en la calle y provocaban el fruncimiento hostil de algunos ceños. Sus profesoras colombianas siempre se las habían reprochado: «No se ría tan fuerte», le aconsejaban, en el mismo tono en que le pedían: «Quédese quieta». Le recomendaban discreción; hacerse notar no era cosa de señoritas.

Aquí, en Nueva York, nadie se lo decía. Cuando estaba por su cuenta, le parecía que la hubieran tenido encerrada en un armario y ahora la hubieran dejado salir; si estaba con Larry, caminando por Broadway hacia Columbus Circle y luego dando una vuelta en el parque, se percataba de que su compañía la liberaba de miradas incómodas, de comentarios impertinentes o francamente obscenos, de esos cuerpos que la rozaban aunque los hombres tuvieran espacio suficiente para pasar lejos de ella. En Nueva York se sentía más libre. Con Larry se sentía más libre. ¿Cómo era posible siquiera pensar en renunciar a eso?

A finales del 51, en medio de una visita, Larry interrumpió un silencio incómodo para proponerle matrimonio.

Feliza vio un anillo, pero no era tanto un anillo como un aro: y a través del aro se podía pasar a otra parte.

Jacobo y Chaja se opusieron con todas sus fuerzas. «Pero si no estás lista», decía Chaja, y añadía con su español trastabillante: «Tienes dieciocho años y no tienes nada de convencionalismos». Le recordó a su hija los muchos planes de vida que podían quedar fatalmente truncos, pues Larry parecía pertenecer a un mundo distinto, como si ya hubiera vivido una vez y estuviera cansado para el resto de sus días, y no compartía ninguno de sus intereses: ¿cómo iba a casarse con él? Pero sus argumentos fracasaron. Cuando fue evidente que Feliza, tan testaruda como siempre, llevaría su matrimonio adelante con o sin la aprobación de sus padres, Chaja y Jacobo viajaron a Nueva York, organizaron rápidamente una recepción para pocos invitados en el Hotel Roosevelt y les regalaron a los novios un carro nuevo para que pudieran irse de luna de miel a algún lugar cercano. Feliza pidió para el viaje una lista de cosas que empezaba con una docena de negligés: una mujer que todavía tiene algo de niña jugando el juego de la vida adulta, convencida de que en esa vida hay más libertad o de que la libertad vendrá más rápido. Estaba equivocada, pero tardó mucho en darse cuenta de ello.

Pasó los primeros meses de joven casada en Nueva York, en un apartamento de Jackson Heights, sorprendida por esa vida de puertas para adentro con reglas nuevas que nadie le había explicado bien, descubriendo al hombre que se había vuelto su marido: un hombre ordenado que alisaba sus ropas del día siguiente con el canto de la mano. Feliza se despertaba con él en una habitación de olores recónditos, despojada de repente de la soberanía incontestable que había tenido sobre su cuerpo. Por las tardes lo esperaba con una comida que había arruinado sin remedio, y en las cenas tempranas, en delicadas coreografías, ponía la mesa con dos puestos, el de la cabecera y el suyo, y servía los platos sencillos con sus manos ligeras mientras preguntaba qué tal todo en el trabajo. Pero Larry no hablaba mucho del trabajo, así como no hablaba de su vida anterior: se sentaba en un sillón y se quitaba los zapatos, y dejaba un charco de nieve derretida en los diseños de la alfombra, y el charco se convirtió en una huella sucia cuando pasó el invierno. Feliza le hacía preguntas sobre su rutina, la gente a la que había visto y las historias que le habían contado, pero él no era una persona dada a contar historias: ni las suyas ni las ajenas. Hay gente para la cual no importan y ni siquiera existen los cuentos de los otros, gente que vive sin contar lo que vive, y así era su marido.

De vez en cuando, mirando el certificado que había conseguido tras dos años de cursos en la Liga, Feliza pensaba en los amplios salones y en las conversaciones con gente de dedos manchados en el corredor del primer piso, a la vista de la gran *pietà* falsa, y se recordaba sentada en la incómoda silla de madera, frente al caballete, con un pincel rebelde en la mano, tratando de copiar en su lienzo la anatomía de un maniquí desnudo que no tenía genitales. Allí, rodeada de hombres de camisa arremangada, tomando dictado de las formas del mundo, Feliza había sido una persona distinta de la que era ahora: alguien que se volcaba a la ciudad, al parque con sus puentes de piedra o de hierro forjado, a las calles de luces y cemento, a los *food trucks* que se instalaban en frente de la Universidad de Columbia para vender conos crujientes con helados de colores, y siempre lo hacía con la altivez de aquella mujer elegante vestida de negro que se dejaba mirar en la pintura de John Singer Sargent. ¿Cuántos años tendría la mujer, aquella madame X, en el momento de posar para el artista? Ahora, con sus veinte años recién cumplidos, ¿quién era Feliza, qué lugar ocupaba en el mundo? Feliza Fleischer, la esposa de Larry. Quedó embarazada muy pronto, y entonces fue Feliza Fleischer, la esposa de Larry, pero también la madre de otro ser humano, la madre de una niña, la madre de Jeannette, a quien llamó Jeannie desde el primer momento porque así lo hacía su marido.

Tras el nacimiento de su hija, la relación de Feliza con Nueva York empezó a cambiar. Ya no era la ciudad que había descubierto en la calle 57; era algo que ocurría en otra parte y, sobre todo, que les ocurría a otros, a todos los demás, mientras que Feliza ocupaba sus horas enfrentándose a su maternidad. Lo hacía con ilusión y algo de vértigo, pero sin compañía y sobre todo sin ayuda, pues Hela ya se había regresado a Colombia, y ahora dirigía con éxito los laboratorios de bacteriología del

Instituto Colombiano de Seguros Sociales. Jeannie se transformaba ante sus ojos; a veces Feliza tenía la impresión de que el bebé de la mañana era distinto del que se había dormido tras tomar el pecho. En sus ratos de descanso encendía el televisor, y entonces una bomba de hidrógeno estallaba en un atolón del Pacífico, y la gente hablaba de Burt Lancaster y Deborah Kerr, y un senador acusaba al Ejército norteamericano de ser blando con el comunismo. Cuando llamaba por teléfono a sus padres, siempre con la impresión de estar pagando demasiado, Feliza les hablaba de su cansancio. A Chaja le parecía imposible ver a Feliza como ama de casa: ¿cómo podía sobrevivir sin ayuda? Fue entonces cuando decidió soltar la idea que había estado rumiando: traerlos a Bogotá. Empezó a hacer planes, trazó propuestas explícitas; y el proyecto se fue haciendo más visible en la casa de los Fleischer, hasta que pareció que había existido siempre, más o menos como esas cosas que nadie sabe dónde poner y acaban apropiándose de su lugar.

¿Por qué no? Según las últimas noticias, el país de Feliza parecía haberse apaciguado, pues había asumido el poder un militar, Gustavo Rojas Pinilla, y la gente que llevaba una década matándose había dejado de matarse. En los meses cálidos de 1954, poco después de que el abogado del ejército le preguntara al senador McCarthy si no tenía decencia alguna, la ley colombiana declaró que el comunismo era ilegal, y a Larry le pareció posible que allí, en Colombia, un país amigo que avanzaba por el buen camino, pudieran tener una vida más cómoda. Feliza estuvo tímidamente de acuerdo: en Bogotá contarían con la ayuda de sus padres, y la vida era más barata o se podrían dar más gustos, y así estarían seguros de que nada le faltaría a Jeannie. Cuando tomaron el avión al sur, Larry golpeó con dos nudillos en la cabina del piloto. Se presentó con una sonrisa y habló de la guerra, del bombardero B-17 y de la Octava Fuerza

Aérea. Las azafatas llenaron a Jeannie de miramientos y le ofrecieron champaña a Feliza, pero ella la rechazó porque no se sentía bien, y vomitó dos veces en el aire y luego en la escala de Kingston, y en la clínica Marly de Bogotá, la misma en la que había nacido, le confirmaron que estaba embarazada por segunda vez.

Mucho más tarde, cuando Feliza quiso explicarle a un amigo que la entrevistaba cómo había sido esa época, la resumió con una fórmula brutal: «Paría y estudiaba». Los estudios eran ocasionales, en talleres de conocidos o en clases que se daban en las universidades bogotanas; los partos eran el de Bethina y el de Michelle, que nacieron cuando Feliza apenas se había acostumbrado a la realidad de Jeannie. Larry había conseguido un trabajo bien pagado en una fábrica de neumáticos, Icollantas, y era cierto que llegaba a la casa oliendo a caucho industrial y a pegante tóxico, pero también que Feliza aprovechaba sus ausencias para desempolvar sus pinceles viejos y sus manuales de pintura. Consiguió apropiarse de un rincón del garaje para montar allí un caballete pequeño y una mesa de trabajo donde apenas si cabía un folio extendido, y usaba a sus padres, a cualquiera de los dos o a los dos juntos, como niñeras improvisadas. Jacobo nunca había sido más feliz. Había alquilado para los Fleischer una casa cómoda en su misma calle, cosa de ver a sus nietas cuanto fuera posible, y llegaba de visita en los momentos más inopinados para llevarlas a hacer largos paseos, o para comprarles un helado en la tienda de la esquina, o para sacarles rollos enteros de fotos que costaba una fortuna revelar.

Mientras tanto, la relación con Larry había cambiado. «Veo un mal entendimiento entre ustedes», decía Chaja con su español particular. Era un eufemismo generoso. En realidad, se trataba de discusiones que amargaban las reuniones familiares y que nunca acababan de resolverse, porque su causa no estaba en un desacuerdo momentáneo, ni siquiera en un choque de personalidades, sino en la divergencia irremediable de dos maneras de entender la vida que se habían vuelto distintas sin que nadie se diera cuenta, como salen a la piel las enfermedades que llevan tiempo creciendo clandestinas en la sangre. Las discusiones habían comenzado cuando la pequeña Michelle tenía poco más de un año. Feliza, al percatarse de que podía dejar a sus tres hijas a cargo de alguien más, comenzó a salir de casa cuando podía: para ver las exposiciones del Museo Nacional, para ver a sus amigos en los cafés recuperados del centro bogotano, para tomar un poco de aire fuera de la misma calle donde todas las fachadas de ladrillo tenían ojos. De repente empezó a encontrar un mundo que se parecía más a ella, o a dejar que ese mundo lentamente entrara en su vida. Y fue como ser otra persona.

Salía sin pedir permiso ni avisar a nadie. Pasaba por los salones de la Escuela de Bellas Artes, que había sido una academia vetusta hasta que el pintor Alejandro Obregón, cuyos bodegones cubistas de colores luminosos le habían causado a Feliza una admiración profunda, la convirtió en un lugar abierto donde cualquiera podía llevar sus materiales y contar con un caballete. Compraba el primer número de revistas nuevas que luego morían a los pocos meses, y se sentaba a leerlas en algún café (y se iba siempre antes de lo previsto, porque los hombres interrumpían su soledad para ofrecerle un trago o preguntarle si podían acompañarla); se metía a perder el tiempo en la librería de un judío austriaco de apellido Ungar, serio pero amable, y a veces se quedaba hablando con él, dejándose recomendar libros de Zweig o de Hermann Broch, y recomendándole a su vez a Salinger y a Ray Bradbury. En el mismo edificio, como una suerte de trasunto de la librería, estaba la galería El

Callejón, cuyo dueño era un judío de ademanes exquisitos, elegante aun cuando no quería serlo, que oyó el apellido de Feliza y de inmediato la invitó a venir a todo lo que se organizara en su galería. Se llamaba Casimiro Eiger y era un polaco extraviado igual que los Bursztyn: estaba en París estudiando Historia del Arte cuando subieron los nazis al poder, y su madre y su hermano murieron en la guerra, pero él escapó a Marruecos y siguió escapando, y un barco cualquiera lo acabó dejando, meses después, en un campo de refugiados de Curazao. Allí, después de que lo rechazaran los argentinos y los brasileños y los guyaneses, consiguió una visa para Colombia.

«Y ahora estoy aquí, señora Fleischer», decía besándole la mano. «Para servirle a usted».

Y Feliza comenzó a frecuentar el lugar, asistiendo a inauguraciones y a cocteles donde multitudes de hombres de corbata oscura discutían con un cigarrillo entre los dedos las últimas tendencias, porque acababan de descubrir a Rothko y a Jackson Pollock y a Georgia O'Keeffe, y los oía hablar con desconfianza y algo de sarcasmo de una mujer argentina que quería fundar un museo nuevo, dedicado al arte moderno, y estaba tomándose atribuciones que no le correspondían: ni como mujer ni como extranjera. Cuando pudo por fin conocerla, a la salida de una exposición en la Biblioteca Nacional, Feliza se quedó hasta tarde, hasta mucho después de agotar los cuadros expuestos de tanto verlos, sólo para hablar un poco más con la argentina problemática, y luego, al volver a casa, pensó que nada tan interesante le había pasado en mucho tiempo.

Marta Traba tenía diez años más que Feliza, como su marido; pero, al contrario que su marido, era dueña de una curiosidad inagotable, y su mirada parecía tocarlo a uno como tocan las manos. A Feliza le gustaron el hoyuelo de su mentón y la música de su acento, un porteño roto o endulzado por varios años de matrimonio con un colombiano, pero también por una vida itinerante que la había llevado de Génova a París y de París a Santiago de Chile. Su conversación no se agotaba; lo que decía era siempre sugerente y a veces incendiario. Feliza nunca había oído semejantes opiniones en boca de una mujer, y menos de una mujer como ésta, de nariz respingada y huesos de pajarito, que uno podría creer inofensiva si la viera sólo en fotografías. Tal vez era esa ligereza lo que confundía a la gente, o tal vez el pelo muy corto y meditadamente despeinado según las modas juveniles de otras partes, o tal vez la voz delgada y sin cuerpo; por la razón que fuera, Marta Traba daba la impresión extraña de haber salido apenas de la adolescencia, y entonces abría la boca y lanzaba dardos certeros sobre el arte como resistencia, el marxismo en América Latina o la guerra de Argelia, y la mitad de los hombres quedaban fascinados, y la otra mitad, irritados como si se hubieran revolcado en el pasto. Una vez Larry quiso saber dónde había estado Feliza toda la tarde. «En ninguna parte», dijo Feliza. Luego, viendo el gesto de su marido, añadió: «Con una amiga».

«Con qué amiga», dijo Larry.

«Bueno, nos estamos volviendo amigas», dijo Feliza. «Puede que ya casi. Otro día te la muestro».

El lunes siguiente, a finales de la tarde, miró el reloj del comedor, tomó a Larry de la mano con tanto cariño como pudo, lo sacó a la calle y lo llevó hasta la casa de sus padres, que habían comprado un televisor cuando llegaron los primeros a Colombia. Era un tocador de madera oscura que no tenía cajones, sino una pantalla parecida a una pecera en cuyo centro nadaba la imagen, inestable y quebrada como si alguien revolviera el agua todo el tiempo. Chaja y Jacobo estaban viendo el programa que Feliza quería mostrarle a su marido: *Historia del arte*. Ahí estaba Marta Traba, sentada en el brazo de una silla, sosteniendo entre las manos un libro con imágenes y hablando de Leonardo da Vinci. Pareció que Larry la escuchaba, pues pasaron algunos minutos (y Marta Traba dijo *chiaroscuro* y dijo *sfumato*, y luego sacó otro libro y empezó a hablar de Rafael, y Feliza no podía quitarle los ojos de encima), pero entonces hubo un movimiento que rompió el silencio de la sala. Larry se puso de pie y se despidió con siete palabras por todo comentario: «Es que no me soporto su voz».

Feliza, en cambio, no se cansaba de ella. Trataba de no perderse sus programas en la radio, que salían al aire con frecuencias impredecibles, pero era verdad que el timbre de su voz no era lo más agradable del mundo, y verla en cambio en la pantalla, moviendo las manos pálidas sobre la foto en blanco y negro de un cuadro, hacía que a uno se le olvidara todo lo demás. Después se encontraban en cualquier parte: en la pastelería Belalcázar, en el café Excélsior, en la librería del austriaco, en una galería donde algún pintor de paisajes exponía cuadros de los que Marta se burlaba con ironías nucleares. «¿Me viste en el programa?», le preguntaba a Feliza. «Salió bien, ¿no?». Y luego le contaba de la gente que había conocido esa semana, de los encuentros y los desencuentros, y su conversación estaba salpicada con nombres que ya eran célebres: poetas, pintores, gente de la televisión que estaba montando el último teleteatro. Y luego se iban a El Automático, donde el poeta León de Greiff, de boina y gafas redondas, recitaba sus versos para una cohorte de seguidores borrachos y admirados; y a Feliza se le escurrían las horas entre los dedos, y más de una vez tuvo que dejar una conversación a medias cuando se le hizo tarde para ocuparse de sus hijas. En esos momentos —enseñándole a Jeannie a pintar con témperas, dándole la comida a la pequeña Michelle— nada más, ni siquiera su nuevo mundo de cafés y lienzos y poemas, parecía existir para ella.

Marta llevaba un par de años escasos en Bogotá, pero dominaba la ciudad, o por lo menos fingía hacerlo, como si hubiera nacido en ella. Feliza le preguntaba sobre su vida y ella contaba historias aventureras de viajes en barco, estancias en los conventos de Italia, un primer invierno sin la ropa adecuada ni dinero para comer bien: carencias y privaciones (y algún día de sufrimiento) cuya única finalidad era llegar a París. «Hay que ir a París», decía. «El que no conoce París no conoce la vida». Y tenía buenas razones para pensarlo, pues en París había conocido a Alberto, el colombiano que era su marido y padre de sus hijos. «No hay nada mejor, Feliza. Te lo digo yo: no hay nada como enamorarse en París, aunque tengás que comer mierda». Había pasado momentos duros, sí, pero mientras tanto se le iban los días en la Sorbona, estudiando Historia del Arte, o ganándose la vida como traductora de la Unesco y secretaria de un poeta mexicano que le podía pagar porque era diplomático. De manera que después de traducir las minutas de un encuentro para prevenir la exportación ilegal de obras de arte, y después de pasar en limpio los mamotretos llenos de tachaduras del poeta, Marta llegaba a un apartamento que más era un cuartucho, y se encontraba con Alberto y se iban juntos a cambiar el mundo con los amigos en los cafés del Barrio Latino.

«Claro que eso fue hace años», dijo Marta. «Ahora estamos acá. En esta ciudad donde llueve todo el tiempo y donde todas las puertas están cerradas con llave. Pero yo pienso abrirlas, aunque sea a patadas».

A Feliza le parecía claro que lo estaba haciendo. En las galerías, en las tertulias, sus amigas mayores le hablaban de la Bogotá de unos años atrás, cuando ver a una mujer en los cafés del centro era más raro que ver a un extranjero, y cuando las pocas que había eran las coperas encargadas de servir, que se movían haciendo malabares para evitar las manos de los borrachos. Ahora las coperas seguían haciendo malabares, y una vez al día, por lo menos, tenían que soltarle una cachetada a un impertinente, pero Feliza llegaba sola a lugares como El Automático y se sentaba en una silla de cuero rojo, cerca del gramófono, y pedía un café con leche mientras esperaba con un libro en la mano a que apareciera alguien conocido. Y entonces pensaba en Larry, en sus tres hijas sonrientes, en la casa de la cual se había ausentado, y el café con leche se le llenaba de melancolía.

La noche de la primera pelea, un miércoles de julio, Feliza había pasado la tarde en los estudios de televisión, pues Marta Traba la había invitado a ver la transmisión en directo de su programa sobre arte colombiano. Se llamaba *El ABC del arte*, y se hacía con dos cámaras importadas de Cuba y un escenario simple: un telón de fondo y tres caballetes en los cuales descansaban los cuadros del artista invitado. Marta conversaba con el artista, hablaba de los cuadros, se movía frente a la pared falsa, y la cámara la seguía. Esta vez el invitado era un pintor de apellido Ospina, cuyo nombre Feliza no retuvo, que mostraba a las cámaras un óleo de su época figurativa y dos pinturas abstractas, y trataba de hablar de ellas mientras Marta, con su cuello delgado envuelto en un elegante foulard azul, le hacía preguntas. Se lo veía incómodo, sin duda porque las frases de Marta venían de un lugar donde había mucha información y, sobre todo, mucha elocuencia: tenían todas los puntos y las comas en su sitio, y Feliza pensó que, si alguien las hubiera transcrito, se habrían podido publicar sin enmiendas. Marta decía que la abstracción no podía limitarse a un ejercicio de la mano y que asumirla de esa manera era correr el riesgo de la frivolidad y la pereza, y Ospina respondía como si los comentarios no le estuvieran dirigidos, como si no aludieran a sus cuadros, como si no lo intimidaran. A Feliza la maravilló que de repente se viera pequeño, y se preguntó si lo mismo les parecería a los que lo estaban viendo por televisión. Pero dejó de pensar en eso cuando encontró un taxi y le dio la dirección de su casa.

Al llegar, se encontró a Larry descompuesto. ¿Dónde había estado Feliza toda la tarde?, le preguntó, y no una, sino tres veces, como si la primera respuesta no le hubiera convenido; luego la acusó de ser una madre irresponsable y una mala esposa; hizo un inventario rápido de las ausencias de la última semana, y Feliza tuvo que aceptar que todas eran certeras. Sí, se había reunido con otros artistas principiantes para ir a una exposición en el Museo Nacional; sí, Marta la había invitado a hablar con unas señoras que podían financiar la publicación de *Prisma*, su nueva revista de arte. «Pero si éste es mi mundo», le decía Feliza. «Lo único que hago es verme con mi gente». Larry le dijo que no fuera ridícula, que su gente estaba aquí, dentro de estas cuatro paredes, y que él no había venido a Colombia, dejando su país y su lengua y sus costumbres y todos sus medios de ganarse la vida dignamente, para quedarse solo por las tardes mientras su mujer se encuentra en cafés con otros hombres. Luego se corrigió: «Otras personas», dijo. Añadió: «¿Y nuestras hijas qué? Necesitan estar contigo, necesitan a su madre en la casa, necesitan el ejemplo de una madre que está en la casa. Yo no me casé con una *artista*, Feliza», dijo Larry, y la palabra salió bañada en un sarcasmo feroz. «No me quejo de que tengas un pasatiempo, no. Te dejo tener tus pasatiempos. Pinta tus cosas. Pero aquí, en la casa, en mi casa. Para que estés cuando yo te necesite, cuando tu familia te necesite». La mente de Feliza se quedó parada sobre la palabra *pasatiempos*, como un pajarito en un cable de alta tensión, pero enseguida pasó a otra cosa: pues le pareció casi mágica la forma en que Larry quedó convertido en el pintor Ospina.

¿Cómo era posible? Su marido, un hombre de tamaño considerable, de grandes manos y brazos gruesos, era de repente una silueta en la televisión, empequeñecido por el efecto de la cámara, en blanco y negro, sucio de la lluvia de la estática. Feliza miró las lámparas del techo, porque tuvo la ilusión inexplicable de que alguien había bajado las luces, y luego miró a su marido con toda la calma que pudo encontrar en medio de su desencanto.

«Lo siento, lo siento mucho», le dijo. «Pero yo tengo que hacer mi vida».

Desde entonces, los reclamos se sucedieron con más frecuencia. Cada vez que Feliza salía a una exposición o a una conversación de café, Larry le decía que la gente estaba comenzando a hablar, que se estaba convirtiendo en una mujer de la calle, que si acaso le parecía más importante su *hobby* que su familia, y había gritos, y los gritos se convertían en palmadas sonoras en la mesa del comedor que destrozaban la quietud y causaban el llanto de las niñas. Chaja intervenía, trataba de hacer la paz entre ellos, pero nada mejoró la situación. Llegaron las fiestas, se acabó el año, comenzó el siguiente; Bethina y Jeannie se movían por la casa, dos cuerpos nuevos estrenando movimientos, y Michelle hacía ruidos delicados cuando tenía hambre, como un gozne mal aceitado. Feliza redujo sus excursiones al otro mundo, pero no dejó de trabajar en una serie de acuarelas, en parte por seguir hablando con una zona de sí misma que se había quedado en silencio, en parte por hacer obras que fueran difíciles y manejables al mismo tiempo. De vez en cuando iba a una de las visitas guiadas que hacía Marta en los museos y en las galerías; seguía viendo sus programas en el televisor de sus padres; había descubierto el teleteatro que ponía en escena adaptaciones de Kafka y obras desconocidas de Bertolt Brecht, y le gustó *El proceso*, y le gustó el niño protagonista de *El espía*, con su cara seria que daba miedo y su pequeña esvástica en el brazo. La vida se trasladó al interior de la casa de Teusaquillo, y allí, viendo a las niñas mayores abrir los ojos para hacer una pregunta, viendo a su marido hablarles en inglés con un tono cariñoso, en días sin peleas ni gritos, Feliza pensaba que tal vez no estaba mal del todo este traslado, pues la otra vida, la vida de afuera, parecía deteriorarse velozmente.

La dictadura de Rojas Pinilla les había permitido el voto a las mujeres y había traído la televisión al país; ahora las mujeres estaban protestando en la calle y los estudios de televisión recibían la visita de policías. Eran hombres de uniforme que vigilaban sin decir nada, pero todo el mundo sabía por qué estaban allí, pues hacía varios meses que el dictador había cerrado *El Espectador* y *El Tiempo*, los dos periódicos principales, y en la ciudad se respiraba un clima de paranoia. Poco después del Año Nuevo, Feliza almorzó con Marta en la pastelería La Florida, y la notó preocupada. Después de una emisión reciente, uno de esos uniformados se había acercado, libreta en mano, para preguntarle por sus vínculos con Seki Sano, un director de teatro japonés que había sido acusado de simpatías comunistas y proselitismo enmascarado y expulsado del país a finales de 1955. Llegó a pasar sólo tres meses en Colombia, pero ese tiempo breve le alcanzó para formar a una decena de actores e incluso para enseñar a los que no eran actores a estar frente a una cámara. Era el caso de Marta, que asistió a los cursos de Sano cuando empezó sus programas sobre artes plásticas: aprendió a moverse, a usar las manos, a mirar al lente, a hablar para el micrófono que flotaba sobre su cabeza. «Eso fue hace tiempo», dijo Marta. «Pero este policía quería que yo le dijera cómo había conocido a Sano, quién más estaba en los cursos, si sabía qué estaban haciendo todos ahora. "Tenga presente la señorita extranjera que no puede participar en política", eso me dijo. *La señorita extranjera*: así fue, no te exagero.

Le dije que lo más político que había hecho era un artículo sobre el *Gernika*. Me dijo que ese nombre le sonaba a soviético». Rieron, pero sin alegría. «Están todos muy nerviosos», dijo Marta. «Desde lo de la plaza de toros».

Aquello había dejado una herida abierta en la ciudad. A una corrida importante, un domingo soleado, había asistido la hija del dictador en compañía de su marido. Tan pronto ocupó su lugar de privilegio en el palco presidencial, sin quitarse el abrigo (porque en la sombra se alcanzaba a sentir el frío de la tarde limpia), la gente se percató de su presencia, y lo hicieron ver primero con islas de silencio, luego con murmullos. Entonces empezaron los silbidos, y los silbidos se convirtieron en rechifla. Debieron de ser, para los dos, minutos eternos de sentir el desprecio y la afrenta, pero la hija del dictador hizo como si aquello no fuera con ella. No se fue, no se escondió: soportó la humillación junto a su marido, y luego salió el primer toro y se tranquilizó la plaza. Una semana después, para la siguiente corrida, la hija del dictador volvió a la plaza de toros, y de nuevo ocupó su lugar privilegiado y de nuevo estallaron los silbidos, pero esta vez, como perros de ataque, salieron de entre el público los esbirros del régimen, cientos de agentes del Servicio de Inteligencia armados con cachiporras, manoplas de acero, palos desnudos y hasta con yataganes, que identificaron a los que silbaban o habían silbado la semana anterior y les destrozaron el cráneo a golpes, o los levantaron en vilo y los lanzaron al vacío, o los atacaron entre varios hasta dejarlos muertos debajo de los despojos de botas todavía llenas de manzanilla y programas del día con los nombres de los toreros y los toros. Nadie supo cuántos murieron en la represalia, ni si eran hombres o mujeres o niños o ancianos: la censura de los periódicos se encargó de que lo ocurrido se hundiera en el fango de los rumores, en los relatos privados de los testigos supervivientes, y en pocos días ya no se hablaba de esos asuntos, como si hacerlo fuera una falta de tacto.

Y ahora Marta contaba que la policía la estaba visitando en los estudios de la televisora para hacerle preguntas raras sobre su relación con un viejo comunista japonés que ni siquiera estaba en Colombia. «Hay que hacer algo», le dijo. Una semana después, llamó a Feliza: «Vamos a estar en la plaza de Bolívar», dijo. «Vos vení con las que puedas». Así se armó una manifestación de mujeres elegantes que caminaron por la plaza bajo un cielo amenazante de lluvia, pasando frente a la catedral, espantando a las palomas con la punta metálica de sus paraguas, y luego se sentaron a no hacer nada en la mitad de la vía pública, sólo para que se hablara de ellas. Eran las esposas o las hijas de las clases políticas de toda la vida, los liberales y los conservadores que en ciertos casos eran vecinos de barrio de Feliza, y nada podía hacer el gobierno para evitar que protestaran en público: no había policía capaz de ponerles una mano encima. Allí estaba Feliza, que se había perfumado antes de salir y se había colgado del cuello un collar de perlas, y que volvió a su casa caminando al caer la tarde. Era un sábado; las niñas se habían ido a comer helado con los abuelos, y Larry la esperaba en la puerta con la cara cerrada como un puño. «¿Dónde estabas?», le preguntó. Y Feliza, que hubiera podido hablar de la manifestación inofensiva, de las damas de la aristocracia reunidas para que el poder político volviera a los de siempre, que eran los suyos, lo miró con desafío y le dijo:

«Estaba pintando».

La última pelea no tuvo testigos. Feliza hablaría de lo ocurrido mucho después, pero sólo a los más íntimos de su vida. Era tarde y estaba preparando la comida, con las niñas ya dormidas y la casa en calma. No supo en qué momento comenzaron los reclamos y reproches, ni a propósito de qué, pero Feliza se vio defendiéndose, diciendo que su vida estaba allá fuera, en el mundo al que le importaban las cosas que le importaban a ella. Larry levantaba la voz para imponer una autoridad que se le había escapado ya: no, él no estaba dispuesto a aceptarlo; no, él tenía otros proyectos para la jovencita despistada con la que se casó en Nueva York. Feliza se había sentado a la mesa, tal vez para hablar con Larry mirándolo a los ojos, pero en algún momento él se puso de pie y empezó a caminar, moviendo las manos gruesas, levantando más la voz iracunda. Se habló de Marta Traba, de artistas y poetas y periodistas, del encierro y la libertad. «Yo sólo quiero hacer mi vida», dijo Feliza. «Yo sólo quiero pintar mis cuadros». En medio de la discusión, sus manos blancas y delgadas, esas manos que mezclaban colores y manejaban pinceles, se movían como pájaros furiosos y luego descansaban sobre la mesa. Fue entonces cuando Larry agarró una de esas manos, la derecha, la apretó contra la superficie de madera dura y le soltó un puñetazo, o más bien dejó que su puño cerrado cayera sobre ella, sobre la mano de Feliza, con el retumbe seco de un mazo de ablandar la carne. A través de una nube de dolor, Feliza alcanzó a entender bien las últimas palabras de su marido:

«Nunca vas a ser artista».

Pasaron los meses: dos, tres, cuatro. La mano sanó, se liberó de sus vendajes, volvió a funcionar, y la cirugía de reparación dejó en el dorso una pequeña cicatriz, casi invisible, con forma de medialuna. El matrimonio de los Fleischer se descomponía ante sus propios ojos, como un perro atropellado en la carretera, pero las niñas llenaban la casa con su presencia ruidosa y rubia, y Feliza, que no podía concebir una vida sin ellas, tampoco tenía la fuerza para reconstruir su vida con Larry. Comenzó a existir en una dimensión distinta de la casa de Teusaquillo, durmiendo junto a su marido sin tocarlo ni hablarle, fingiendo que no lo veía cuando él estaba presente, como si Larry hubiera muerto y su fantasma la observara, sentado y en silencio, mientras ella arreglaba a Jeannie y a Bethina, les ponía hebillas en el pelo, les alisaba el delantal con largas manos finas, les daba besos sonoros y las mandaba al colegio. Chaja y Jacobo venían de visita, tratando de ser prudentes, y se llevaban a Michelle de vez en cuando para que pasara el día con ellos. La situación se volvió insostenible. Según se lo contó a sus padres, Feliza le pidió el divorcio a Larry no una, sino varias veces, y Larry se lo negó y volvió a negárselo. Eran los días de las huelgas contra Rojas Pinilla, de las manifestaciones de estudiantes que la policía reprimía con violencia, de las protestas que cruzaban la ciudadanía desde la Iglesia a los sindicatos y que estaban de acuerdo en una sola cosa: echar abajo el gobierno.

«Se va a caer», le dijo Marta Traba. «Se tiene que caer. Eso es lo que dice todo el mundo».

«Pero quién es todo el mundo», dijo Feliza.

«Todo el mundo», dijo Marta. «Dicen que tiene un helicóptero escondido en el palacio. Para escapar en cualquier momento».

Y así fue. Una mañana de mayo, acosado por las protestas y el descontento, el dictador se presentó en los estudios de la Radiodifusora Nacional, anunció frente a un micrófono que renunciaba, entregó el poder a una junta militar y se exilió en España.

«No me jodan», comentó Feliza con una sonrisa amarga. «Un dictador se va más fácil que un marido».

Uno de esos días, Feliza llegó al café Excélsior para encontrarse con Marta, y no sabía que allí la esperaba su nueva vida. El Excélsior era un local pequeño y oscuro de la calle 19, a pocos pasos de la carrera Séptima: una especie de largo túnel penumbroso donde se agolpaban los poetas y los periodistas, los noctámbulos y los borrachos diurnos, los desempleados y los ociosos de vocación, y donde cualquiera podía hacer citas de trabajo, reuniones familiares y luego vida social sin pararse del cuero rojo de la misma silla. Al entrar, abriéndose paso en las nubes de humo denso, Feliza vio a Marta desde lejos: estaba sentada con dos hombres en una de las mesas del fondo, apoyando apenas los antebrazos en los espacios que dejaban los vasos y las tazas y las botellas vacías, y su voz de jovencita demasiado inteligente se podía seguir entre el barullo. Antes de acercarse, Feliza había distinguido a Alberto Zalamea, el marido de Marta, pero al otro no lo había visto nunca. Le gustaron su pelo bien peinado como el flanco de un caballo y la barba negra que le crecía sólo en el mentón, pero la incomodó su mirada, tal vez por el color ambiguo de sus ojos de gato, tal vez por la dura timidez que parecía pesarle encima. El hombre tímido se sobrepuso a su retraimiento y se presentó con sus dos apellidos y cierta solemnidad de provincias: «Jorge Gaitán Durán. Encantado». Marta explicó que Jorge era poeta y que dirigía la mejor revista literaria de Colombia; él aceptó ambas acusaciones sin sonreír ni agradecer, porque su timidez no se lo permitía, pero enseguida hizo un esfuerzo, le preguntó a Feliza cómo se deletreaba su nombre y le preguntó también de dónde venía su familia. Y escuchó sus respuestas, las escuchó de verdad, con los ojos de gato fijos en ella como si ese grupo de borrachos no estuviera destrozando un bolero a pocos pasos, como si cada copera no le rozara el hombro al pasar con una bandeja entre las manos.

En el curso de esa tarde y de las tardes siguientes, Feliza supo que el poeta tímido venía de una familia acomodada (el padre era ingeniero constructor, y había construido los puentes y las alcaldías y las prisiones de varios municipios de la frontera con Venezuela) y el dinero le había servido para viajar por el mundo, sí, pero también para echar a andar esa revista que ocupaba la mayor parte de sus días. La había bautizado con un nombre a la medida de sus ambiciones: *Mito*. Decía que había conocido a Mao Tse Tung en un banquete y a Nazim Hikmet en una estación de tren, y nada parecía sugerir que estuviera mintiendo, ni exagerando siquiera: era evidentemente un hombre que tomaba demasiado en serio su destino de intelectual como para ensuciarlo con pequeñas vanidades. Había visto a Botticelli en Florencia y a Brueghel en Bruselas, y había caminado por el desierto de Gobi con los mismos zapatos que usó en el Museo del Prado, y podía repetir de memoria, palabra por palabra, la opinión de Baudelaire sobre *Los caprichos* de Goya. Hablaba sin pausa del marqués de Sade: a Feliza la miraba con esa intensidad de los tímidos y lanzaba teorías largas sobre el arte y el erotismo, sobre la diferencia entre libertad y libertinaje, sobre la imaginación sexual como forma de romper con una sociedad hipócrita; y ella, si hubiera sido menos inocente, habría comprendido que en realidad aquel hombre exaltado no le estaba hablando de Sade, sino de otra cosa.

A Feliza la encandiló esa rebeldía que Jorge llevaba encima como el olor de la piel. Era incapaz de oír una opinión sobre cualquier cosa sin contradecirla de inmediato, aunque estuviera de acuerdo con ella, y parecía convencido de que iba a cambiar su país con la sola fuerza de sus certidumbres, a punta de poemas y de ensayos que publicaba en su revista. Hablaba de *Mito* como si no fuera una revista, sino una misión. Se la había inventado en Madrid, durante un verano de juventud, junto a dos amigos santandereanos como él y letraheridos sin remedio: Hernando Valencia Goelkel y Eduardo Cote. Llevaban dos años haciéndola y metiéndose en problemas por atacar a la Iglesia, por publicar traducciones escandalosas del marqués de Sade, por escribir palabras como *revolución* y como *erotismo* demasiadas veces en tan pocos números. Las denuncias de la revista, que hablaba con frecuencia de los excesos de la policía y criticaba los afanes censores de la dictadura, habían puesto a Jorge en la mira de los servicios de inteligencia. No era la primera vez. El 9 de abril de 1948, mientras la multitud enfurecida por el asesinato de Gaitán incendiaba la ciudad, Jorge se había reunido con un grupo de militantes para tomarse las instalaciones de la Radiodifusora Nacional y lanzar por los micrófonos un mensaje diáfano a la gente: era el momento de asaltar el poder. La arenga fracasó, pero dos años después, a Jorge lo trataron de matar a machetazos a dos cuadras de su casa; logró escapar y esconderse, y fue entonces cuando decidió pasar un tiempo fuera. «Pero hace poco volvieron a visitarme», le decía a Feliza. «Los detectives, quiero decir. Y esta vez sólo me interrogaron, nadie trató de matarme. Será que el país va mejorando». Oyéndolo hablar, Feliza tuvo la sospecha inquietante de que se había metido con un comunista.

«No, comunista no», le dijo Marta. «Pero no le gustan ni los curas ni los militares, y eso en este país es suficiente».

«¿Suficiente para qué?», preguntó Feliza.

«No sé», dijo Marta. «Para que te amarguen un poco la vida».

Casi sin darse cuenta, casi como si todo eso le pasara a otra persona, Feliza empezó a encontrarse con Jorge a escondidas del mundo. Más tarde se preguntaría si Jorge le habría parecido tan fascinante en otras circunstancias: si su vida no fuera el naufragio que era por esos días; si no hubiera sido tan fácil convertir a Jorge en un símbolo de sus carencias. Estaba casado, como ella, y tenía una hija pequeña a la que adoraba, igual que Feliza adoraba a sus tres niñas. No hablaba de ese lado de su vida. Pero la relación de unos amantes produce mecanismos perversos en los ambientes donde se mueven, y Feliza llegó a saber sin quererlo que Dina Moscovici era de familia brasileña y judía, que Jorge la había conocido en París, que dirigía obras de teatro con la misma autoridad con la que daba clases y escribía artículos, que sabía más de cine que cualquiera y que la gente de ese mundo mencionaba su nombre con admiración o con esa prevención que provoca la envidia. A Feliza le causó desde el principio una curiosidad punzante, pero Jorge no hablaba de ella o hablaba con distancia, como si ya no estuvieran juntos. Y Feliza se veía reflejada en las contradicciones que este hombre llevaba en la piel, la lucha a muerte entre las varias vidas que le gustaría vivir y para las cuales no le alcanzaría el tiempo de los mortales.

Se enamoró sin remedio. No se reconocía: se portaba como si el mundo no existiera por fuera del círculo que había trazado alrededor de Jorge, o como si lo que estaba sucediendo dentro de su círculo de deseo clandestino no tuviera consecuencias en ninguna vida ajena. Por primera vez pensó en sí misma antes que en los otros, y la sensación fue novedosa, como el descubrimiento del miedo. Apenas habían pasado dos semanas desde la tarde del encuentro en el Excélsior cuando Jorge le contó que alguien los había visto besarse, pero no quedó claro en dónde (en la calle, en una fiesta), y el rumor llegó a oídos de Dina como si vivieran en una radionovela del mediodía; y vino el enfrentamiento, y vinieron las palabras duras y las acusaciones hirientes y al final los gritos descarnados y los platos rotos contra el suelo y el estallido de todo. Fue entonces cuando le hizo a Feliza una propuesta que hasta poco antes habría sido impensable, y a ella no le costó más de un instante reconocer lo que el cuerpo le pedía con tanta claridad como el corazón. Volvió a casa de sus padres, les anunció a quemarropa lo que iba a hacer y luego cruzó la calle, esa calle tan pavimentada y tan doméstica donde los niños patinaban y jugaban con tapas de gaseosa, y sobre el tendido de su cama matrimonial empacó dos maletas con su ropa, una caja de joyas, una carpeta de papeles de algodón y una bolsa de pinceles despeinados, y lo hizo todo pensando en sus hijas y llorando lágrimas de culpa, pero sintiendo que romper todas las reglas conocidas era la única manera de volver a ser dueña de sí misma.

La decisión de Feliza estalló en el centro de la comunidad judía. No sólo por el hecho de que abandonara a su marido y a sus hijas, ni por tener una relación visible por fuera de su matrimonio y con un hombre casado: lo que no le perdonaron, sospechaba Feliza, era haber dejado a su familia por un *goy*. Ella nunca hubiera imaginado que la decisión privada de una jovencita de veintitrés años, motivada solamente por el deseo de que nadie le prohibiera hacer con su vida lo que le viniera en gana, pudiera sacudir a tanta gente; pero sus padres decían que su gente no era una gente cualquiera, que su existencia era precaria y estaba siempre amenazada, y que las fuerzas del odio no habían muerto con el suicidio de Hitler, sino que seguían vivas y larvadas, listas para resurgir en cualquier momento. En esas conversaciones, que Feliza y sus padres tenían en secreto, cuando Larry estaba trabajando en Icollantas, se iban haciendo visibles las presiones que sufrían Jacobo y Chaja. Su pequeña comunidad bogotana, le explicaban a Feliza con rodeos y con indirectas, dependía mucho de ciertos equilibrios, la protección de ciertos rituales y ciertas tradiciones, la condena de ciertas conductas que menoscababan algo, aunque nadie pudiera saber con certeza qué era lo que sufría menoscabo. Pero era Chaja la que hablaba más. Jacobo, por su parte, se iba hundiendo en un silencio agraviado, y no hubo nada que Feliza pudiera decir para traerlo de vuelta.

Fueron días dolorosos. A Feliza le llegaban los rumores y las maledicencias, y ella trataba de explicarle a Jorge lo que estaba sucediendo. «La vida está en otra parte», le decía él. «Lejos de esta claustrofobia, lejos de los detectives, lejos de todos esos jueces que te juzgan. Yo tengo razones para irme, tú también. Ven conmigo, vámonos juntos, salgamos de nuestras vidas y que el mundo se caiga». Ella lo escuchaba como si le hablaran de otra persona. Sus palabras se referían a otra persona; eran para otra mujer los versos que le escribía:

Dos cuerpos que se juntan desnudos
Solos en la ciudad donde habitan los astros

Pero ellos no estaban solos: una multitud de ojos los miraba, los seguía, los espiaba, los condenaba.

Saltan como dos delfines blancos en el día,
Pasan como un solo incendio por la noche.

Feliza se encontraba con su madre y salía con ella a dar largas caminatas por el barrio de Teusaquillo, en andenes donde podían encontrarse con cualquiera de los chismosos que tanto la criticaban, y en esas conversaciones se enteraba de la profunda tristeza de sus padres y, lo cual era más preocupante, de la decepción profunda de la comunidad entera. Así decía su madre: «La comunidad entera». Le contaba que estaban recibiendo visitas de gente inquieta, y que en ellas se hablaba del caso de Feliza y se debatía sobre las consecuencias, y Feliza, por su parte, veía con dolor que ni Chaja ni Jacobo parecieran dispuestos a explicar en tres palabras que su hija era adulta y responsable de sus propias decisiones, y que nadie más tenía por qué meterse en su vida. Chaja trataba de convencerla de que volviera a su casa, de que reparara lo que había roto: «Pero es que tus hijas», decía.

«Piensa en eso, piensa en el ejemplo que les das». «Mis hijas no lo entienden ahora», decía Feliza, «pero entenderán cuando sean mayores». Preguntaba por su padre, cómo estaba, qué decía de todo, y Chaja sólo podía transmitirle los recados resentidos en que Jacobo la culpaba de haberle quitado a sus nietas, que tan feliz lo habían hecho. Al parecer, un día había tomado una decisión osada: sin preguntarle a nadie, caminó hasta la casa donde Larry veía televisión y le pidió que les dejara a las niñas. «Nosotros podemos encargarnos de ellas», le dijo, «y tú las puedes visitar cuando quieras, todo el tiempo que quieras». Larry se negó con palabras destempladas, y habló de su honor mancillado, y habló de conducta inmoral, y se preguntó en voz muy alta si crecer en este país y en esta familia era bueno para sus hijas. Nada de eso sorprendió a Feliza; nada tampoco le hubiera permitido prever lo que pasó después.

Se enteró nuevamente por su madre, que la llamó por teléfono un domingo muy temprano. En la mañana del sábado, después de varios días de no ver a sus nietas ni siquiera jugando en el andén, Chaja y Jacobo quisieron visitarlas, a ellas y al marido agraviado. Timbraron varias veces, sin éxito; decidieron volver más tarde; tampoco así consiguieron que alguien les abriera. Fue entonces cuando empezaron a sospechar que algo no andaba bien, y por primera vez hicieron uso de una llave de repuesto que Feliza les había encomendado para casos de emergencia. Al entrar en la casa que había sido de su hija, la casa que Jacobo pagaba de su bolsillo, la encontraron vacía, como si nadie hubiera vivido en ella nunca. Les bastaron cuatro llamadas y una mínima investigación para enterarse de que Larry había vendido los muebles en secreto, incluso a vecinos que no recelaron de la oferta, y con el dinero había comprado los pasajes de regreso a Estados Unidos: para él, las tres niñas y la niñera que las había cuidado durante los últimos meses.

Chaja no culpó a Feliza, pero lo único irrefutable de todo este asunto era que una mujer había dejado a su marido y a sus hijas, y por eso se habló de deserción, y por eso se habló de abandono. «No es verdad», se defendía Feliza, «yo a mis hijas no las abandoné». Y también: «Yo tenía una vida». Y también: «Él es el que se fue». Era cierto, por lo menos para ella, que era Larry quien había desertado: se había instalado en San Antonio, Texas, donde tenía una oferta de trabajo en una base aérea del Ejército, y, sobre todo, donde podría borrar de la vida de sus hijas su paso por Colombia.

«Se las llevó, se llevó a las niñas», decía Chaja. «Jacobo está destrozado. Las niñas eran toda su vida».

Feliza entendió que el dolor de su padre era verdadero, pero le pareció además entrever otros desórdenes: pues un clima envenenado se había instalado en la comunidad por su culpa, y las niñas no eran más que la encarnación en el mundo de esas ideas etéreas. Lentamente se dio cuenta de que unas inercias invisibles y monstruosas, que nadie podía controlar porque no estaban en ninguna parte, unas inercias que salían de los fondos más recónditos de las tradiciones y las memorias y las leyes que nadie había escrito nunca, fueron arrinconando a sus padres, exigiendo la reparación de algo que se había roto, no, exigiendo algo más fuerte todavía que sólo podía llamarse de una forma: expiación. ¿Fue decisión de Jacobo? ¿Lo decidió con la complicidad de Chaja, o con su reticencia? ¿Cómo tomó forma la sanción o la condena, cómo se pronunciaban esas palabras? La verdad era que Feliza, con su comportamiento, había sacudido la tierra donde la comunidad de sus padres seguía buscando su precario equilibrio. Su padre, como figura de autoridad, estaba obligado a tomar medidas. Un castigo era necesario: un castigo ejemplar. Feliza, a pesar de ser la hija de Jacobo o justamente por eso, tenía que servir de ejemplo.

Expiación.

«Tiene que ser así», le dijo su padre.

Muchas veces en su vida, en público y en privado, hablando en medio de una entrevista o en la intimidad de una habitación, Feliza contaría del ataúd vacío que sus padres pusieron en medio de la sala de la casa de Teusaquillo, cubriéndolo enseguida con un velo negro como sus ropas, y contaría cómo al funeral acudieron los diez hombres que manda la ley para recitar el kaddish por la hija muerta. Feliza había roto con una parte de su vida, con su marido y con sus hijas, y habría podido pagar por ello el alto precio de la expulsión. Pero su padre no la había expulsado, sino algo peor: había declarado su muerte. Así era: Feliza había muerto para los suyos, y de repente se dio cuenta de que ya nada la obligaba a quedarse. La vida después de la muerte iba a ocurrir en otra parte, en otra ciudad donde habitaban los astros y en compañía de otro cuerpo, sí, el cuerpo de su amante, y los dos serían un delfín, y los dos serían un incendio, y que se cayera el mundo, pensó Feliza, que se fuera el mundo entero a la mierda.

III. Los ángeles equivocados

De repente la ciudad entera se convirtió en el escenario de una vida que no era la mía. En mi París del presente había terminado el año y comenzado el que seguía, y los días se habían hecho más y más cortos y el ánimo de la gente más y más sombrío, y había quien mencionaba incluso una estadística: era el invierno más oscuro —es decir, con menos horas de luz— desde el comienzo del siglo XXI. Pero yo pensaba en ese otro mes de enero, cuarenta y dos años atrás, y a partir de cierto momento comencé a buscar deliberadamente los recorridos de Pablo y Feliza, a desviarme en el curso de mis propias caminatas por París —yendo a cumplir una cita en un café, por ejemplo, o a una revisión médica, o a comprar una vieja edición de un libro de Baudelaire por encargo de un amigo— para pasar por la rue de Bièvre y acercarme al número 25 y volver a mirar hacia la ventana del segundo piso, como si hacerlo repetidamente fuera a revelar algo que no había sabido ver en otras oportunidades. Luego me sentaba en la banca del parquecito diminuto que ahora lleva el nombre de Danielle Mitterrand y me quedaba unos minutos allí a pesar del frío: pensando en ellos, pensando en lo que sabía de ellos, dejando que los hechos comprobados se confundieran con imágenes que mi cabeza construía, esos recuerdos imaginarios que son con frecuencia la única manera que tenemos de visitar el pasado. Había llegado a conocer lo ocurrido ese día —viernes, 8 de enero, 1982— como si lo hubiera presenciado, y eso era un privilegio y también una carga, y más de una vez pensé, ahora que lo sabía todo, si no estaría mejor en la ignorancia feliz de la que disfrutaba antes. Y a veces se me ocurría que quizá sí: quizá sería mejor no saber lo que he averiguado, e incluso pensaba que, una vez averiguado todo, quizás habría sido mejor no ir más allá, ni tratar de saber también lo que no era posible averiguar, imaginando lo que este hombre y esta mujer pensaban y sentían, asomándome a esos recodos ocultos de las emociones ajenas.

Pero una persona real, que ha pasado por el mundo y ha dejado testigos, cuyo cuerpo ha ocupado un espacio físico similar al que nosotros ocupamos, presenta para la imaginación una serie de dificultades. En esos días estaba leyendo *En busca del tiempo perdido*, la novela de Marcel Proust que nunca terminamos de leer, y con frecuencia me volvía a la memoria un pasaje donde Françoise, la mujer que trabaja con la familia de Marcel, desdeña a los personajes de las novelas con el argumento de que no son reales. Para Marcel, en cambio, su irrealidad o inexistencia es una virtud, pues nos permite percibirlos mejor: a las personas reales las percibimos a través de los sentidos, y por eso tienen siempre algo opaco, una especie de peso muerto que nuestra sensibilidad no consigue levantar; a un personaje que no existe, en cambio, no lo percibimos a través de los sentidos, sino del alma, y por eso, parece sugerir Marcel, podemos penetrar su verdad profunda: podemos entenderlo de verdad. En mi correspondencia con Pablo, en videollamadas que hacíamos cada vez con más frecuencia, yo le había preguntado cómo era la radio del salón, qué forma tenía la cicatriz de la mano de Feliza, qué detalles exactamente le había contado Feliza sobre la agresión de su marido o sobre el funeral de su primera muerte. Luego, hablando del 8 de enero, le pregunté qué música habían escuchado en la mañana, qué libros estaban leyendo en esa época, si es que la cabeza les daba para leer libros, y qué marca de cigarrillos fumaban, si es que estaban fumando. Y era difícil explicar que esos detalles, aparentemente inanes o superfluos, eran la única manera que yo conocía de acercarme a mi objetivo final: levantar su peso con mi sensibilidad, podríamos decir. O también: percibirlos con el alma.

Ese viernes, Pablo y Feliza dejaron que la mañana se les fuera sin salir del apartamento, cada uno ocupándose de sus asuntos en una especie de compañía silenciosa, mientras afuera el día se ponía en movimiento desganadamente. La luz no había cambiado en horas, y durante la mañana entera la misma pasta lechosa les había llegado desde la calle, cuyo punto más estrecho, y por lo tanto más oscuro, estaba justo en frente de su edificio: si uno pudiera tomar impulso, había pensado Pablo más de una vez, podría llegar de un solo salto a la acera opuesta. Tal vez por eso las horas se habían confundido; y Pablo, sentado a la mesa donde se enfriaba su tercera taza de café, se sorprendió de verdad al darse cuenta de que ya iban a ser las doce. Los cantos gregorianos que habían estado escuchando desde temprano ya no estaban sonando: se había terminado la emisión de France Musique. El silencio le sirvió a Pablo para medir el tiempo transcurrido.

Trató de oír los ruidos del cuarto, pero nada le llegó. Feliza se había pasado un buen rato pintando unas aguadas vagamente figurativas —cabezas sin rasgos reconocibles y siluetas y paisajes indefinidos— con su infusión de café disuelto; luego se había metido al cuarto, y ahora Pablo la imaginaba acostada sobre la cama destendida y leyendo la última novela de Gabo, *Crónica de una muerte anunciada*, pues no había encontrado hasta ahora ni el tiempo ni la cabeza para hacerlo, y quería tener un par de opiniones antes de que se vieran con él. Pablo, mientras tanto, había comenzado a tomar notas para su historia de la agricultura y el medio ambiente, una forma como cualquier otra de quemar tiempo, pero en algún momento se puso a pensar en las urgencias del día: pues esa tarde tenían la cita con la funcionaria del ministerio. Era importante: les confirmarían la entrega del taller, que estaba programada para el lunes; se pondrían en marcha los primeros pagos. Pablo no lo había olvidado, pero ahora parecía que la anotación de su agenda hubiera emitido una alarma sonora, de manera que dejó todo lo demás de lado y se puso a revisar los documentos que habían presentado juntos. Eran su responsabilidad. Feliza lo había puesto todo en sus manos, y Pablo acabó convertido en curador privado para este nuevo proyecto que les podía enderezar la vida: él llenó los formularios, él adjuntó la fotocopia del pasaporte, él escogió los artículos de periódico que mejor hablaran de Feliza, y ahora, a unas horas de la cita, sentía de repente la necesidad de revisar lo que había hecho y de confirmar que lo hizo bien. Buscó la carpeta con los originales que le había devuelto la funcionaria: el cartón era rugoso al tacto; el color era ese marrón verdoso que hace pensar en mierda de palomas. Empezó a revisar el contenido con ademanes de burócrata, pero antes de que pudiera evitarlo estaba leyendo los recortes palabra por palabra.

Estaba orgulloso de su trabajo con la famosa carpeta. Había empezado a armarla en su casa de Bogotá, revolviendo papeles viejos en un verdadero esfuerzo de arqueólogo, tan pronto como Feliza lo llamó desde Ciudad de México: «Dice Gabo que lleves tus archivos a París, a ver si pedimos no sé qué vaina». Era una solicitud burlona, porque Pablo nunca había tenido archivos organizados ni nada que se les pareciera, pero era cierto que había coleccionado las fotos y los artículos con algo más de cuidado que Feliza. Ella siempre tuvo la convicción de que no había mejor lugar para una entrevista de prensa, ya no digamos para una crítica especializada, que el canasto de los periódicos viejos, junto a esa chimenea de Bogotá: la que sí funcionaba. Para Pablo, en cambio, esos viejos recortes habían sido una manera de entender mejor a Feliza, y siempre le había gustado leerlos cuando se publicaban, luego recortarlos y guardarlos, y quizás encontrárselos tiempo después de su publicación. Eran como ventanas para entrever su vida antes de que se conocieran. En la carpeta había media docena de entrevistas, algunas con fotos grandes de las esculturas, un par de crónicas de sus exposiciones más escandalosas —o que más escándalo causaron en su momento— y varias críticas de firmas respetadas, pero lo más interesante era esto: el archivo se había convertido en un curioso depósito del pasado, lleno de nombres y de memorias con los que nadie tenía previsto encontrarse a estas alturas. El pasado era un niño jugando; se escondía en los lugares menos pensados y podía salir del escondite con una sorpresa en las manos, pero también con un cuchillo.

De la habitación le llegaron sonidos que no consiguió identificar: ¿resortes de colchón, roce de ropas con las sábanas? Imaginó a Feliza, y la figura que se dibujó en su cabeza tenía un cigarrillo en la boca. Pero ese cigarrillo ya no existía; habría que borrarlo en el futuro, corregir ese rasgo ya obsoleto. «Te tengo una noticia», le había dicho en el taxi que los trajo desde el aeropuerto: «Dejé el cigarrillo». «¿Lo dejaste como otras veces?», se burló él. Pero Feliza se puso seria: «No, esta vez sí es de verdad. Ya no fumo. No vuelvo a fumar». ¿Cuándo lo habría decidido? Si fuera cierto, pensó Pablo, no iba a ser fácil acostumbrarse a verla sin un cilindro entre los dedos. Así aparecía en muchas de sus fotos, los labios encrespados en el acto de expulsar el humo, la mirada que parecía dulce y pendenciera al mismo tiempo, y no era sino el gesto involuntario de quien siente los ojos irritados... Ahora la imaginó poniéndose de pie y dejando el libro en la mesa de noche para salir al salón, pues hacía ya un buen rato que no se veían, y a Feliza le gustaba dar noticias de sí misma de vez en cuando. Cuando vivían en la casa taller podía pasar horas seguidas inmersa en sus fierros, escondida tras su máscara de soldadura, pero cada cierto tiempo interrumpía el trabajo para buscar a Pablo y preguntarle cómo estaba, qué andaba haciendo en su rincón de la casa: «Quiubo, ¿en qué andas?». Pero no: esta vez no se había puesto de pie, la puerta de la habitación no se había abierto, Feliza no había salido. Pablo siguió pasando páginas en la carpeta, dos, tres recortes, y entonces se encontró con un artículo que Feliza detestaba. En una exposición colectiva había presentado una serie de figuras de acero inoxidable con un título provocador: «Siempre acostada». La nota de *El Tiempo* era un inventario de las reacciones molestas de la gente: una locura, decían algunos asistentes, y otros opinaban que todo era absurdo, y otros que el arte colombiano se había vuelto inmoral y decadente y adónde iríamos a parar, caramba. (Pero la nota no consignaba el comentario de un hombre de corbatín que había preguntado si el título se refería a la escultura o a la escultora. A Feliza, en cambio, no se le había olvidado nunca: lo guardaba en su memoria rencorosa). La cronista continuaba describiendo las láminas de metal pulido que brillaban en la sala negra, una colgada del techo y otras saliendo de las paredes y otra en el centro de la habitación, y algunas moviéndose gracias a motores de tocadiscos con un ruido constante que se hubiera podido tomar, decía el artículo, por música electrónica. En la parte superior de la página, detrás de sus láminas, aparecía Feliza, y en el pie de foto se leía:

> *Feliza Bursztyn hace una pausa en su trabajo para mirar la lente del fotógrafo, a quien lo recrimina porque la va a sacar fea.*

Cuánto se arrepintió de hacer ese comentario. Era una broma inocente —el impulso que siempre la había llevado a rebajar la solemnidad de cualquier momento, a no dar la impresión de que se tomaba demasiado en serio—, pero el editor del periódico aprovechó su espontaneidad para pintarla como una mujercita frívola. Feliza no había aprendido todavía a lidiar con esos ataques disimulados de los que le tenían envidia o se negaban a tomársela en serio, acusándola de producir pasatiempos de diletante a pesar de que ya llevaba una década exponiendo. En el pie de foto, por lo menos, habían escrito correctamente su apellido: en el cuerpo del artículo, la parte que se refería a ella comenzaba hablando de Feliza *Bursty*. No fue la primera vez; no sería la última. Pablo se fijó en la fecha exacta: 11 de diciembre de 1968. Faltaba poco para que se encontraran, sí, para que él regresara de sus estudios en París y recibiera la invitación a un almuerzo casual sin saber que aceptarla le iba a cambiar la vida. Qué rara es esta ciudad, pensó Pablo, que fue importante para los dos en momentos distintos y que ahora compartían.

La siguiente imagen era más reciente, de apenas unos meses atrás. Era una página de *El Independiente*: en la foto, una de sus chatarras enormes, un desastre irreconocible que alguna vez fue la carrocería de un Ford o un Renault, y que Feliza desarmó y volvió a armar para convertirla en una figura graciosa y amenazante a la vez; en el texto, una especie de comentario que la acusaba —una vez más— de haber abandonado los valores clásicos de la delicadeza y la elegancia. «La señorita Burzyn», decía el columnista, un tal Gerardo Gómez, «tiene un talento indudable, pero se empeña en proponernos lo que ya encontraríamos en un desguazadero del sur». Pablo no siguió leyendo, pues le llamó la atención la caricatura que ocupaba el centro de la página, que nada tenía que ver ni con el artículo ni con ella. Era de

Javier Mallarino, el caricaturista favorito de Feliza, que lanzaba sus dardos de tinta contra un congresista conservador. La caricatura mostraba al congresista —sus pecas ridículas de niño crecido, su pelo engominado, su traje de tres piezas— parado en medio de un cementerio con un azadón en la mano, y en primer plano aparecía la Muerte, con guadaña y túnica negra, haciendo un comentario que Pablo no entendió: *Cuando una se queda sin trabajo, generalmente es por algo*. ¿A qué podrá referirse? ¿Cuál era el incidente que había motivado la caricatura? Se dijo que más tarde se lo preguntaría a Feliza: tal vez ella se acordaría bien. En eso estaba pensando cuando pasó al recorte siguiente del archivo, distraídamente, y se encontró con una página que habría podido recitar palabra por palabra. «Breve nota de adiós al olor de la guayaba de Feliza Bursztyn», era el título largo y tremebundo. Y encima del título, junto a una imagen del autor que no era una foto, sino un dibujo, las cuatro palabras más importantes de toda la página: *De Gabriel García Márquez.*

> Si alguien le hubiera avisado a tiempo que iba a ser detenida, la escultora colombiana Feliza Bursztyn habría podido asilarse en una embajada antes de que la manosearan los militares. El gobierno habría dicho entonces que no había nada contra ella, y que sólo se asilaba para hacerle propaganda a sus juguetes de chatarra o para contribuir a la campaña de descrédito de Colombia en el exterior. Pero nadie le avisó, a pesar de las buenas relaciones de Feliza Bursztyn en el alto mundo político de su país, y antes de asilarse tuvo que padecer la humillación previa de un asalto a su casa, a las cinco de la madrugada, por dieciocho militares disfrazados de civil, y vivir todo un viernes de tinieblas con los ojos vendados y contestando preguntas imbéciles en una caballeriza militar.

Sintió una presión honda en el pecho, como si se hubiera tragado algo. *Un viernes de tinieblas*, pensó. De la habitación llegaron nuevos ruidos. Pablo cerró la carpeta, disimulando para nadie.

Todas las mañanas, desde el comienzo de aquel otoño demasiado frío de 1957, Feliza caminaba por los bulevares amplios hasta la rue de la Grande Chaumière, pasando siempre frente al edificio en que vivió Camille Claudel, y a veces, al llegar a la puerta de la academia, decidía seguir de largo para ver el estudio donde habían trabajado en momentos diferentes Gauguin y Modigliani. Lo hacía solamente para poder contárselo después a sus padres: sólo para que ellos sintieran que algo más —no sólo el desastre de su matrimonio— justificaba la difícil decisión de irse de Colombia. Las clases comenzaban muy temprano. Feliza se encontraba al entrar a sus quince compañeros venidos de todas partes y enseguida a su maestro, Ossip Zadkine, que salía a su encuentro con una copa de aguardiente ya servida, diciendo que todo el mundo necesitaba entrar en calor. Y entonces, con el impulso de ese alcohol anisado que Feliza no logró nunca identificar, comenzaba el trabajo. Se encaramaba a una escalera de albañil y bajaba su figura —una cabeza rudimentaria, un cuerpo de mujer— de las toscas estanterías donde había dormido la semana entera, le quitaba la bolsa o los paños que la habían protegido del aire seco y los percances de la intemperie, y trataba de continuar lo interrumpido mientras esperaba el paso del maestro por su puesto de trabajo. Lo mismo hacían sus compañeros. Feliza levantaba la mirada y los veía encorvados sobre sus pequeños montículos de formas inciertas, tratando de encontrar una imagen dentro de la materia como buscando una moneda en un charco, y pensaba que así la debían de ver ellos también. Zadkine caminaba entre las figuras de barro húmedo y tomaba un cuchillo que alguna vez fue de cocina, o usaba la uña de su dedo pequeño, cultivada para este propósito, y en tres movimientos expertos sacaba de la figura un efecto (la curva de la oreja, el párpado inferior) que Feliza no había conseguido en una mañana entera de ensayos y correcciones.

Poco a poco, a medida que los días se hacían más cortos y más largos los aguardientes de las siete de la mañana, Feliza fue dándose cuenta de que los materiales le obedecían, y el barro era menos indócil, y los párpados y las orejas nacían con menos sufrimiento. Pero al tiempo que se hacía más fácil controlar los cuchillos, se hacía más difícil ver con claridad el rostro que esculpía, como si la modelo que tenían delante fuera produciendo rostros nuevos cada día de trabajo, o como si tuviera varios desde el principio, pero sólo enseñara uno a la vez. Feliza empezó a entender las frases que Zadkine repetía como oraciones. «Hay que tomarse el tiempo de montar la tierra», le decía. «Montar la tierra mal ahora es destruir la figura después». O bien, cuando no entendía una figura abstracta y Feliza no era capaz de explicarla con precisión: «Señorita, la cosa es muy sencilla: cuando el artista no puede decir lo que ve, o es un cobarde o es que no ve nada». Pasó del barro al yeso, aprendió a hacer moldes, imitó figuras que encontraba en los cementerios. Zadkine se deslizaba entre las mesas giratorias llevando en la mano un palo pequeño como una varita mágica, lo cual acentuaba su aspecto de Merlín extraviado, y con la varita daba empujones irritados a las esculturas de los aprendices, que se destrozaban contra el suelo. «La gravedad, la gravedad», decía. «Si no logran dominar la gravedad, mejor dedíquense a la pintura. Un escultor entiende el equilibrio, sabe cómo conservarlo. Pueden hacer la figura más hermosa del mundo, pueden hacer otro David, pero si la figura se cae al suelo, ¿qué vale? No vale nada. No vale nada». Feliza nunca supo quién pasaba a recoger los pedazos, pero en la mañana del día de clase, cuando llegaba al taller, en los suelos no quedaba ni rastro de lo ocurrido allí durante la semana anterior: habían desaparecido los restos de yeso, los restos de piedra tallada, los restos de barro seco, y sólo quedaba el recuerdo amenazante de Zadkine empujando las figuras, diciendo *merde, merde, merde*, viendo cómo estallaban en pedazos y terminando la condena con un emplazamiento de abuelo cansado que no carecía de cariño.

«La próxima semana lo intentamos de nuevo», decía. «Yo lo único que quiero es que encuentren su camino».

A veces Zadkine invitaba a sus alumnos a su taller privado. Quedaba a dos calles de la academia, en una casa blanca con un patio interior donde crecían un árbol enorme y un desorden de follajes diversos. La luz llenaba el taller por todas partes, y el jardín también; cuando el clima lo permitía, Feliza salía a fumarse un cigarrillo, se paraba entre las plantas y las figuras de bronce, hijas retorcidas de Rodin y de una máscara africana, y levantaba la cara para que le diera un poco el sol. A Zadkine le gustaba salir a hacerle compañía: desde el primer día le cayó en gracia esta joven latinoamericana. Tenía un casco de pelo blanco y liso y una expresión de permanente aburrimiento, pero era en realidad un hombre lleno de anécdotas, de curiosidad inagotable tras sus ojos de duende, que podía burlarse de las costumbres de su madre escocesa o contar cómo lo habían herido en la Gran Guerra. Feliza se daba cuenta de que el maestro le había tomado confianza, y todo lo hacía con un desparpajo que tenía para ella cierta misteriosa familiaridad, como encontrarse con un tío perdido. El hombre estaba encantado de practicar su inglés con alguien, y lo divertía más de la cuenta que Feliza lo hablara sin un rastro de acento: quería conversar acerca de Nueva York, de Colombia, de las razones que había tenido Feliza para venir a París. Un día compartió con ella la preocupación mayor que lo agobiaba por esos días. «Las mujeres ya nunca están preñadas», le dijo. «En mi época, siempre estaban preñadas. Ya no están preñadas nunca. ¿Por qué, señora Bursztyn? ¿Por qué las mujeres ya nunca están preñadas?».

«Será porque no quieren, señor Zadkine», le dijo ella. «Será porque no quieren».

Pero la breve conversación la dejó molesta, como si el maestro Zadkine hubiera cometido una impertinencia o una intrusión. Esa tarde, después de clase, no se fue directamente a su cuarto de hotel, sino que decidió pasar por el café del boulevard Montparnasse en el que se había tomado tantas copas vespertinas con los compañeros de la clase. Le gustaba ese café porque a veces se encontraban allí con Alberto Giacometti, que se emborrachaba ritualmente sin saber que una admiradora colombiana lo observaba desde otra mesa. Pero esta vez no estaba, y fue una lástima. Feliza había hablado con él una vez, en su estudio, cuando Giacometti, que frecuentaba la academia, consintió en abrirles sus puertas a los aprendices. Se encontró en un cuarto estrecho con una cama descoyuntada donde todo estaba cubierto de una gruesa capa de polvo, y los visitantes recibían la instrucción perentoria de respetar el polvo, no tocarlo ni limpiarlo ni soplarlo, como si fuera sagrado. Giacometti daba un pequeño discurso para los jóvenes embelesados, movía sus dedos largos, sus brazos escuálidos. Feliza, mientras tanto, fijaba su atención en las esculturas recientes. Desde que era una adolescente le habían gustado esas figuras de largos miembros melancólicos (largos brazos, piernas largas), pero sobre todo la fascinaron aquellos rostros femeninos, porque estaba convencida de que eran todos el mismo rostro: el de la mujer de Giacometti, que él había escrutado hasta conocer los últimos secretos de su fisionomía, o por lo menos eso aparentaban sus figuras. Y Feliza pensaba que esto debía de ser la felicidad: que alguien nos mire como si nos tuviera que hacer en barro.

Una hora más tarde, al abrir la puerta del cuarto de hotel donde vivía con ese hombre que no era su marido, Feliza sintió la verdad de lo que le estaba pasando. Jorge estaba concentrado en su trabajo, acaso leyendo un ensayo imposible que alguien le había mandado para la revista, acaso repasando ese poema que llevaba semanas resistiéndose, pero tan pronto la sintió llegar levantó la cara, y Feliza vio en ella la expresión de concentración intensa, la mirada perdida en sus pensamientos, y luego, en una fracción de segundo, lo vio volver al presente como un loco recuperando la cordura, y mirarla así.

«¿Así cómo?», preguntó Jorge.

Y ella contestó: «Así. Así como me miras».

Con el paso del tiempo resultaba cada vez más claro que hasta entonces Feliza había vivido una vida falsa, una representación o una impostura, y sólo a partir de aquellos meses de 1957, en aquel cuarto diminuto del Barrio Latino cuyo suelo de tablas desniveladas crujía bajo los pasos, había logrado por fin descubrirse a sí misma, compartiendo con Jorge esa rara forma de clandestinidad que tenía lugar a plena luz del día y escuchando, como a través del agua, los reproches que les llegaban a los dos del mundo de afuera, en largas cartas de familiares o amigos preocupados que hablaban de inmoralidad y de concubinato, y la acusaban a ella de haber roto un matrimonio ajeno, y lo acusaban a él de haber abandonado a su familia legítima por una seducción desquiciada. Feliza dividía sus días entre la novedad del amor y el aprendizaje de los materiales, domándolos, amansándolos, a lo largo de varios meses de estudios en las aulas de Zadkine, y todo ocurría con la compañía o la connivencia de este hombre enigmático: Jorge la había arrastrado, se la había llevado por delante, la había invitado a correr por un sembradío sin importar la cercanía posible del despeñadero. Como si fuera el guardián entre el centeno de la novela de Salinger, pero al revés: no evitando la caída de nadie, sino buscándola con descaro. A Feliza no se le escapaba que también él había sacrificado una parte de su mundo, y también se hacía preguntas por las noches sobre el destino de su matrimonio ya roto o dañado; pero a veces era como si Jorge no tuviera tiempo ni siquiera para esas nostalgias, y callaba con silencios incómodos o cambiaba de tema. Y enseguida, repentinamente huraño, volvía a hundirse en su trabajo.

Feliza nunca había conocido a nadie parecido. Para Jorge el tiempo avanzaba de otra forma, o sus días tenían más horas que los del resto de los mortales: de otra forma era difícil entender que lograra sacar adelante su revista mientras se emborrachaba con su pandilla de cómplices, o que despachara cuatro poemas de métricas precisas y un ensayo sobre la *Celestina* mientras aceptaba dar paseos de una tarde entera para que Feliza, sonriendo como una niña, le mostrara una figura de Brancusi en el cementerio de Montparnasse. Parecía darle a Feliza todo su tiempo y sin embargo tener tiempo para todo lo demás. Ella se quedaba dormida después del sexo y al despertar se encontraba a Jorge sentado a la mesa del comedor, que había transformado en espacio de trabajo, escribiendo una larga entrada en su diario mientras se fumaba media cajetilla de cigarrillos. Sus energías sobrenaturales le permitían hacer en dos días de trabajo lo que a otros les tomaba un mes, y pasar de una reflexión sobre el comunismo y el fracaso de los partidos a su largo estudio del marqués de Sade, y todo mientras escribía cartas para Colombia en las que pedía dinero con algo parecido a la desesperación y se quejaba de que todo el mundo —los colaboradores, los patrocinadores benévolos, la familia de su padre— le quedaba mal. Pero luego, cuando llegaba el cheque tan codiciado, llamaba a los amigos y se encontraban todos en el café de Saint-André des Arts, o en el Polidor, o en las terrazas de estudiantes de la plaza de la Sorbona, y se gastaban la mitad del presupuesto del mes en buena comida y botellas de vino y juergas latinoamericanas que acababan a las dos de la mañana en la calle desierta, aunque estuviera cayendo un palo de agua, con los supervivientes cantando rancheras debajo de un farol, o lanzando mueras a Batista o a Trujillo, o gritando en coros desacompasados los versos de César Vallejo en los que el poeta muere en París durante un aguacero,

un día del cual tengo ya el recuerdo.

Mientras Feliza descubría a Jorge, él le descubría la ciudad. La conocía bien: había venido por primera vez años atrás, durante los primeros meses del largo viaje que decidió hacer después de salir ileso de su atentado. Aquel viaje iniciático empezó en Francia y terminó en España, y en él Jorge tuvo tiempo de atravesar Europa hacia el oriente, alcanzando la Unión Soviética, y luego de seguir hacia Mongolia, llegar a China (donde terminaba el mundo) y volver después sobre sus pasos. Fue un viaje de más de tres años que se pudo permitir porque contaba con el dinero de sus padres, pero sobre todo porque tenía muy claro para qué servía ese dinero, y estaba dispuesto a usar cada peso que su madre había heredado de su familia de terratenientes, cada centavo que su padre había ganado construyendo el ferrocarril de Cúcuta, en la empresa de averiguar cómo era el mundo. Feliza se dio cuenta muy pronto de que Jorge no sólo vivía, sino que además se miraba vivir, y hablaba de Julien Sorel o de Raskolnikov como si fueran parientes de sangre, y todo lo hacía con un sentimiento de insatisfacción endémica, resignadamente condenado a que nada le bastara ni saciara su apetito. Quería viajar a todas partes, pero también leer todos los libros y ver todos los cuadros y asistir a todas las obras de teatro, como si su vida fuera a ser más corta que las otras. Para pasmo de Feliza, a veces parecía que así fuera: que hubiera visto todos los cuadros; que hubiera leído todos los libros.

«Menos mal», le dijo Feliza un día. «Marta tenía razón».

«En qué», dijo Jorge.

«Tú no eres un comunista», dijo Feliza. «Es simplemente que jodes por todo. Dios mío, en qué momento me fui a enamorar así».

Y soltó una carcajada. Pero supo en el instante que se reía por miedo, que se burlaba por miedo: pues no conseguía nombrar lo que sentía con Jorge, y la falta de palabras era como entrar en un cuarto oscuro. Su matrimonio con Larry estaba muerto sin remedio y sólo le esperaba el divorcio, que Feliza había pedido y su marido le seguía negando; pero todos los días, en una calle de París o en su cuarto de hotel, frente a una figura de yeso o una copa de vino, pensaba en sus hijas. ¿Preguntarían por ella? ¿Qué les diría Larry? Tal vez había perdido a sus hijas para siempre, pensaba Feliza; y entonces buscaba la foto que les habían tomado en un estudio profesional de la avenida Jiménez, la única imagen que conservaba de las tres: ahí estaban Jeannie y Bethina con delantal de colegio y Michelle, la menor, sobre las rodillas de su madre, cruzada de brazos y sonriendo con una felicidad sin resquicios. ¿Seguirían sonriendo? ¿Estarían sonriendo ahora mismo, en este instante, en esa casa de Texas que Feliza no conseguía imaginar? ¿Estarían mejor lejos de su madre que antes, viviendo todos juntos en un barco que se iba a pique? Por esos días Feliza empezó a pintar una serie de aguadas pequeñas en pedazos de cartón que encontraba en la academia, entre los desechos de cajas viejas que otros alumnos habrían usado para guardar sus esculturas imperfectas, y en una de ellas apareció una mujer que llevaba de la mano a una niña. Las dos figuras tenían la cabeza baja y el gesto abatido: la mujer vestía con falda y la niña, suplicante, aferrada a la mano de su madre, parecía desnuda; por lo demás, eran siluetas oscuras, sin facciones ni rasgos reconocibles, pero Jorge, cuando vio la aguada, tomó a Feliza de la mano y le dijo: «Yo entiendo. Yo entiendo perfectamente».

Y Feliza rompió a llorar. Pero más tarde se dio cuenta de que no lloraba sólo por sus hijas distantes: lloraba también por lo que este hombre había dejado para estar con ella. Jorge hablaba con reticencias durante las noches largas, mientras el invierno se convertía en primavera, o en sobremesas de madrugada, o en largas caminatas por el río. Cuando Feliza quiso saber cómo era Dina, Jorge le mostró una foto en que salían caminando por París con otra pareja. Dina se veía ligera y alegre, pero Jorge decía que era una de las inteligencias más testarudas que había conocido jamás, capaz de montar ella sola una pieza de teleteatro con el grupo más rebelde de actores colombianos, pero capaz también de declarar la guerra si alguien le llevaba la contraria. Se habían casado apenas dos años después de haberse conocido, y una tarde de primavera ella lo esperó en el hotel con la noticia de que estaba embarazada. «No me emocioné», decía Jorge. «O estaba tan emocionado con todo que no sentí la diferencia». Luego tuvo que hacer viajes (¿tuvo que hacerlos?), estuvo en Siberia y en Ulán Bator y en Pekín, y regresó a París en noviembre. Su niña nació el día 18, durante una feroz tormenta de nieve, el mismo día de la muerte de Paul Éluard, y por eso le pusieron el nombre de Paula.

¿Por qué le importaba tanto saber esas cosas? A ella misma le resultaba difícil explicarlo. Feliza hacía más y más preguntas: quería saberlo todo; y Jorge no tenía ni la paciencia ni la extroversión necesarias para responder a los interrogatorios. Ella quería abrir ventanas hacia el pasado de su amante, como si así fuera a conocerlo mejor o, por lo menos, a compensar la manera suicida en que se había dejado conocer por él. A Jorge le había revelado todo, todos sus secretos y sus miedos, todos sus anhelos y sus incertidumbres, y a veces se sentía demasiado expuesta o vulnerable, y se prometía resguardarse mejor la próxima vez. En verano se dio cuenta de que pronto cumpliría un año fuera de Colombia, y sintió sin grandilocuencia que en ese año le habían ocurrido más cosas que en el resto de su vida ya bastante recargada. Un día de agosto, la misma semana en que la Junta Militar le entregaba el poder al nuevo presidente de Colombia, le llegó una carta llena de membretes en la que Larry se mostraba de acuerdo con divorciarse, siempre que las niñas se quedaran allá, en San Antonio, viviendo con él su vida norteamericana. Feliza las podría visitar cuantas veces quisiera; en un futuro, ellas podrían incluso ir a visitarla a ella.

«Creo que es tiempo de volver», le dijo a Jorge. «Y arreglar las cosas».

Él estuvo de acuerdo. Jorge tramitaría su propio divorcio, vería a sus padres y a su hija, sería testigo de lo que estuviera pasando en ese país autodestructivo y crispado donde la gente había dejado de matarse, o por lo menos de matarse tanto como antes. Feliza, por su parte, había escrito largas cartas a una galería bogotana que estaba dispuesta a organizar una exposición pequeña. Metió en una maleta sus aguadas sobre cartón, bien protegidas, y una tarde pasó a despedirse de Zadkine. El viejo la recibió con una botella de su aguardiente y le presentó a Valentine, su mujer, cuyas pinturas delicadas se secaban en un rincón de la casa, en la parte de atrás, y cuya discreta figura se veía tras los grandes ventanales, moviéndose sin hacer ruido según una rutina impredecible. Feliza le contó a Zadkine que llevaba unas aguadas para exponerlas, y a él le pareció bien; le contó que había seguido adelante con sus esculturas de yeso, y el maestro le preguntó con un sarcasmo cariñoso si eran las que se parecían a las de Giacometti. Entonces Zadkine quiso saber si Feliza volvería a París. «No sé», le dijo Feliza, «no sé nada». Le habló de sus padres, de Larry, de sus hijas; por primera vez en un año, le explicó las circunstancias en las que había salido de Colombia. La escultura, la escultura era lo único que le interesaba, y estaba dispuesta a hacer lo necesario para seguir aprendiendo. Tenía sus yesos parecidos a Giacometti, dijo Feliza, y ya había terminado sus primeros bronces, tal vez parecidos a Zadkine. Seguiría explorando, seguiría aprendiendo: un día tendría algo que mostrar. «El problema», dijo entonces, «es que en mi país no hay fundición».

«Pues la solución es muy sencilla», dijo el maestro. «Cámbiese de país».

En el mercado de la place Maubert, el frío mataba los olores. Feliza y Pablo se movían con trabajo entre los abrigos gruesos y los paraguas cerrados, tratando de no tropezarse con los carritos de los otros ni llevarse sus bolsas por delante. Feliza iba hablando de otros mercados parecidos que había visitado cuando vivía en el apartamento de la Paya y todavía olía a quesos el puesto de los quesos, todavía el puesto de los panes olía a panes nuevos. «Ahora no huele a nada», dijo. «Será por eso que no tengo hambre». Manos enguantadas tocaban las frutas, gorros de lana asentían o negaban, las puntas de los paraguas chocaban con el suelo de concreto, y había que tener cuidado para no pisar los restos —una cáscara, un líquido escamoso— que la gente dejaba caer por descuido. Feliza había comprado nueces en una bolsa pequeña y cuatro manzanas verdes, y Pablo se encargó de escoger dos o tres variedades de queso. Se oían voces, gritos, órdenes, risas, y todo llegaba al mismo tiempo que el ruido del tráfico en el boulevard Saint-Germain. Pablo miraba unas cebollas, conversaba con el verdulero, señalaba lo que le interesaba con la punta de una baguette recién comprada. Cuando volvió a su lado, llevando en la mano una bolsa de papel, dijo: «Es que yo sé cómo es la cosa esta noche».

«Cómo es», dijo Feliza.

«Vamos a comer tardísimo. Mejor hacemos una sopa a media tarde».

«¿Sopa de cebolla de onces?», dijo Feliza.

«De tentempié», dijo Pablo. «Vas a ver, vas a ver. La comida va a ser tardísimo. Y ahora tenemos toda la tarde libre, yo no sé qué vamos a hacer con tanto tiempo».

Feliza sonrió. «¿No dizque ibas a trabajar en tu libro?».

«Pues ahora me va a tocar, para no aburrirme», dijo Pablo. Se acordó de algo y añadió: «Pero necesito comprar papel, que no se nos olvide».

«Papel y lo que quieras. Tenemos la tarde libre».

Sí, pensó Pablo, tenían la tarde libre. La caminata que terminaba allí, entre los puestos de comida del mercado, con Feliza y Pablo comprando cosas para un almuerzo ligero, había comenzado una hora antes y le había dejado a Pablo esa revelación que lo inquietaba. Feliza había salido de la habitación con una bufanda en la mano, poniéndose un abrigo sin soltarla, haciendo malabares con las mangas: «Quiubo, ¿en qué anda?». Pablo había dado un par de palmaditas sobre la carpeta. «Revisando esto», dijo. «Para la cita de esta tarde». «Ah, la cita», dijo Feliza. «Sí, se me había olvidado contarte. Ven, vamos a dar una vuelta. Caminamos un rato, despejamos la cabeza, compramos algo de almuerzo». La caminata los llevó por la rue de la Montagne Sainte-Geneviève, subiendo por la rue Descartes hasta la place de la Contrescarpe y bajando de nuevo por la rue Mouffetard: un trayecto que habían repetido en esos días incontables veces, que habían cubierto y vuelto a cubrir hasta hacerlo sin pensar, los pasos tomando sus propias decisiones, los cuerpos girando en las esquinas sin ponerse de acuerdo. A la altura de la rue Ortolan, Pablo propuso comprar un pollo rostizado, pero Feliza dijo que no: hoy prefería almorzar algo más ligero. Llegaron entonces a las arenas de Lutecia, y fue allí, atravesándolas para retomar la dirección del apartamento, cuando Feliza le dijo a Pablo que ya no tenían que ir en la tarde a Montmartre.

«¿No? ¿Por qué? ¿Pasó algo con la cita?».

«Pasó que la cancelé», dijo ella. Tomó aire como si esperara una reacción. «Mejor dicho, la aplacé. Vamos la semana que viene».

«Pero era importante», dijo Pablo. «Yo pensé que te parecía importante».

«Estoy cansada, Pablo. Muchas cosas, muchas vueltas. Y me dijeron que no pasa nada».

«¿Estás segura?», dijo Pablo. Pero le salió menos una pregunta que un tanteo.

«Me dijeron que daba igual ir la semana que viene». Pausa. «Que llame el lunes, cuando tenga las cosas más claras, y ponemos una cita nueva. Y yo prefiero, ¿sabes? Para estar tranquilos hoy, sin tanta corredera».

«¿Qué cosas?».

«¿Qué?».

«¿Qué cosas tienes que tener más claras?».

«Pues no sé, mi amor», dijo Feliza. «Las cosas, las cosas de siempre».

Y ahora, cruzando Saint-Germain después de hacer mercado, cargando las bolsas de papel con cuidado de que no fueran a romperse, Pablo estaba diciendo:

«Pues sí, hasta mejor no tener que ir hoy a lo de los papeles. Mejor tener la tarde tranquila. Demasiado frío para andar por ahí, sobre todo si podemos quedarnos bien guardados». Pero no lograba sacarse de la cabeza que la actitud de Feliza no era normal: llevaba meses pensando en esa beca, deseándola, viendo en ella un verdadero salvavidas, y ahora aplazaba la cita definitiva como si le estuviera haciendo un favor a Mitterrand. Un favor al vecino, sí, como ponerle comida a su gato. En la esquina de su calle, los dos gendarmes hablaban entre ellos con una mano sobre el cuerpo del arma y las piernas rectas como si estuvieran de guardia, sin balancearse, sin azotar la calzada con los pies como los habían visto hacer en otras oportunidades. Pablo los miró sin sonreír; sus cabezas se inclinaron, señal de que los habían reconocido —sí, ellos viven aquí, son vecinos de la cuadra, no son una amenaza para el presidente—, pero se dio cuenta de que Feliza, por su parte, no los había mirado con atención ni insistencia, acaso para no molestarlos o despertar sospechas o provocar desconfianza.

Almorzaron sus frutas y sus quesos con agua de la llave y una copa de vino tinto que no quedaba bien con nada. Pablo la miraba llevarse la comida a la boca y sólo podía notar el desgano de esta mujer que siempre había sido famosa —no, se dijo Pablo, más bien *notoria*— por sus apetitos desmesurados. Era cuestión de tiempo, claro. «Hay que darle tiempo al tiempo», había dicho Feliza con una de esas frases que no solía usar: frases armadas que no quieren decir nada, pero que son útiles porque permiten callarse, clausuran una conversación de buena manera y sin que nadie se sienta agredido, pasan a otra cosa y dejan a la gente en paz. Sí, había que darle tiempo al tiempo, tiempo al cuerpo de recuperarse, tiempo a los apetitos de regresar, a la carne de llenar de nuevo las mejillas, la cintura, las caderas de Feliza. Jorge Gaitán la había comparado en sus diarios con la

Venus de Cranach, y Pablo, cuando leyó esas páginas por insistencia de Feliza, estuvo perfectamente de acuerdo. Los diarios publicados de Gaitán: Pablo los había leído poco después del comienzo de su relación, como un descubrimiento de ese pasado sobre el cual no hacía preguntas impertinentes. Tampoco había misterio, pues los diarios, empastados en cuero rojo y dedicados a Feliza, estaban al alcance de cualquier mano curiosa o desocupada, y Pablo recordaba incluso un canasto de fique donde las cartas de Gaitán se mezclaban con las de otros corresponsales. Pablo entendía bien —entendió muy pronto— que no era necesario conocerlo todo sobre el pasado de Feliza; que el deseo de saber demasiado se podía convertir en una forma incómoda de la posesión; y él no quería poseerla, ni ella se dejaría nunca poseer por nadie. En los diarios, Feliza aparecía camuflada con un nombre falso: Betina, la había llamado Gaitán. «¿Ésta eres tú?», le preguntó Pablo alguna vez. «Sí», dijo Feliza. «Betina soy yo, ésa soy yo. Ya no me acuerdo por qué me puso así: el nombre de mi hija con una letra de diferencia». «Betina, la Venus de Cranach», dijo Pablo. «Ay, sí», dijo Feliza. «Tan lindo que era Jorge, tan exagerado».

«Estaba pensando», dijo Pablo. «Deberíamos ir al museo uno de estos días, ver algo de Cranach».

«¿Y eso?», dijo Feliza (la voz en susurros, pero divertida de repente). «¿Por qué te dio por ahí?».

«Me estaba acordando de Jorge», dijo Pablo.

«Ah», dijo Feliza.

Y volvió a sonreír, esta vez con un asomo de picardía en los ojos. Hay que darle tiempo al tiempo, pensó Pablo: un día tal vez regrese incluso la carcajada. Le gustó haber comentado lo de Gaitán, porque ahora Feliza, guardando los restos del almuerzo en la nevera, le preguntaba a Pablo dónde habían quedado los diarios, si los había visto últimamente: que no fueran a perderse, decía. «Ahí están, en la casa», dijo Pablo. Llevó los platos sucios al fregadero y abrió la llave del agua caliente: las cañerías soltaron un lamento, luego tosieron, luego escupieron un chorro. «Yo me encargo, tú ve a descansar si quieres».

«¿Pero los viste?», dijo Feliza. «¿Están en la biblioteca?».

«Sí, sí los vi, ahí están», dijo Pablo. «Los vi antes de venir, ahí siguen, nadie se los ha llevado».

«Se llevaron tantas cosas».

«Pero esto no», dijo Pablo. «No tenían por qué. Revistas viejas, a quién le va a interesar eso».

«Las recuperamos cuando se pueda».

«Ahí siguen», repitió Pablo. «Nadie se las va a llevar».

Feliza se acercó, le pasó una mano lenta por el brazo, le acarició la cara.

«Me voy a recostar un ratico», dijo. «Uno con los Gabos siempre acaba trasnochando».

«Ya voy yo también», dijo Pablo. «Termino de lavar y voy. Para que no vengan los bichos».

«Pero si no hay bichos en invierno, mi amor. Y menos en éste, que es el más frío desde que Dios se inventó las cucarachas». Se quedó en silencio un instante (Pablo sintió el silencio a sus espaldas) y luego dijo: «Carajo, qué mural tan feo. La semana que viene le pinto algo encima».

Se metió al cuarto y ajustó la puerta. Sí, pensó Pablo, habría que rescatar todas las cosas que dejaron en la casa de Bogotá: la foto del abuelo Isaac no era la única memoria que se había quedado atrás, atrapada allá, rehén del país que habían dejado sin fecha de regreso. La colección de revistas *Mito*, aun incompleta, era una de las posesiones más preciadas de Feliza. Allí habían aparecido los diarios de Jorge Gaitán, que no sólo daban cuenta de sus primeros viajes, a comienzos de los años cincuenta, sino también de la etapa con Feliza, la vida en

París, los encuentros con Octavio Paz y con André Breton, todas esas cosas que después se habían convertido en leyendas de la cultura colombiana. Hasta los detalles más íntimos están en esos diarios: la visita con Betina a *El beso* de Brancusi, el verano con Betina en una casa de Ibiza, los cinco orgasmos de Betina en un hotel de Madrid. Desde que empezó su relación con Feliza, Pablo se dio cuenta de que hubiera podido tenerle a esa figura del pasado unos celos retrospectivos y más bien bobos, pero aceptó muy pronto que Feliza no habría sido nunca Feliza, esta mujer de la cual se había enamorado, sin el paso por su juventud de Jorge Gaitán. La recordaba explicándole algo parecido a un poeta amigo que alguna vez, después de unos tragos, la había embestido a preguntas. Estaban hablando del momento, a mediados de los años sesenta, cuando Feliza dejó de hacer figuras planas y empezó a darles volumen y movimiento. «Cada vez que uno empieza una cosa nueva cree que es la salvación de la vida, y a veces resulta una simple güevonada», le decía Feliza. «Pero todo está hecho. Uno no inventa nada». Entonces se quedó callada, con la mirada perdida, y al cabo de un rato añadió: «Yo esto lo tengo claro: si yo soy escultora, es gracias a Jorge».

Eran las tres de la tarde. Pablo pensó que en realidad debería trabajar un poco, no meterse entre las cobijas; para eso habría que salir a comprar papel, sin embargo, y el frío prohibía cualquier entusiasmo. Mañana, pensó, mañana estarían abiertas las papelerías, mañana buscaría una resma y se pondría a trabajar en su libro. Revisó las cintas de las ventanas y comprobó que seguían todas en su sitio. Entonces se quitó los zapatos, abrió con cuidado la puerta de la habitación y vio a Feliza profundamente dormida, debajo de las cobijas, sosteniendo con una mano la novela de Gabo y marcando la página con un dedo de Virgen renacentista. Pablo se acostó a su lado y le quitó el libro con delicadeza, y no pudo resistir la tentación de averiguar cuánto le faltaba a ella para terminar la lectura. Abrió el libro en la página marcada por el dedo de la Virgen y leyó sin querer la primera línea: «Fue mi autor». Luego le llamó la atención una frase en cursiva, perdida en medio de la página: «*Dadme un prejuicio y moveré el mundo*». No la recordaba. Había leído el libro en una tarde de domingo del mes de abril, tan pronto como se publicó, pero ahora pensó que lo volvería a leer cuando lo terminara Feliza, porque ciertos libros cambian después de que uno ha pasado por ciertas cosas. Desde la contraportada, el Gabo de la imagen lo miraba con la boca entreabierta y la expresión de quien está a punto de decir algo: que no le tomen fotos, por ejemplo. Pablo pensó en él, pensó en Mercedes, pensó en Rodrigo y en Gonzalo, pensó que no los había visto en mucho tiempo. Dejó el libro junto a la mano en reposo de Feliza, para que se lo encontrara sin problemas al despertarse, le dio un beso en la frente y sintió que él también se empezaba a quedar dormido. Ocho horas más tarde, cuando ya todo había pasado y su mundo se había venido abajo sin remedio, recordó ese instante entre todos los instantes posibles, un segundo o dos en que desaparecieron todas las preocupaciones y allí estaban ellos, Pablo y Feliza, en este refugio adonde ya no llegarían los males de afuera, prueba viviente de que el amor nos rescata, compartiendo el sueño en una cama destendida a mitad de la tarde, con toda la vida por delante.

Fueron seis meses en Colombia, que vistos en perspectiva no son un tiempo largo, pero que a Feliza le alcanzaron para cerrar definitivamente su vida vieja y comenzar la nueva, la verdadera, la genuina. Con el paso de los años los recuerdos se irían comprimiendo, y todo parecería haber sucedido en menos días y las memorias cambiarían de lugar y se confundirían las cronologías, y sin embargo Feliza recordaba con claridad la llegada reticente al aeropuerto de Techo, la lluvia que lamía las ventanillas del avión, el viento frío cuando se abrió la portezuela, y se recordaba bajando del avión por la escalera inestable, preguntándose, mientras su abrigo se sacudía como una gallina asustada, qué rostros la esperaban en la ciudad de sus padres después de más de un año por fuera, qué frialdad o qué rechazo, qué reprobación o condena. Pero Jacobo y Chaja la recibieron con los brazos abiertos y le ofrecieron su apoyo, como si le presentaran un armisticio por una guerra que ninguno había deseado, y Feliza fue la primera sorprendida al darse cuenta de que no les guardaba ningún resentimiento: más bien sentía una cierta compasión por sus padres, cuyas vidas estaban atadas a un mundo anterior y lejano con el cual no podían cortar, porque hacerlo no era sólo liberarse de leyes caducas, sino también de memorias y lealtades e incluso de muertos, y cortar amarras con los muertos era lo único que no podían permitirse. Nadie habló del funeral de Feliza: era como si no hubiera ocurrido nunca. Jacobo y Chaja le ayudaron a preparar la exposición de sus aguadas sobre cartón barato en El Callejón, la galería de Casimiro Eiger, que las colocó en esas paredes donde nunca había colgado nada que no hubiera sido pintado con óleos italianos y estuviera enmarcado en madera fina. «Qué gusto tenerla aquí, señora Fleischer», le dijo, y Feliza lo corrigió con una sonrisa insolente: «Puede que señorita ya no, pero tampoco Fleischer», dijo. «Bursztyn, si me hace el favor».

Y luego soltó una carcajada.

La exposición tuvo una vida discreta, pero no pasó desapercibida. Una nota anónima saludó las aguadas diciendo *Hacen falta más damas en nuestro mundo de hombres* y también *¡Qué bella sugerencia del joven talento* *femenino!* Marta Traba escribió una nota generosa en la que hablaba de la melancolía de las figuras y la vindicación de materiales distintos: la mera autoridad de su nombre le permitió a Feliza sentir que allí, después de haber llegado con el cuerpo a la ciudad hostil, había llegado también con el alma. Pero nada se comparó con la satisfacción íntima de descubrir en *El Espectador* lo que Jorge había escrito sin avisarle. El artículo ocupaba poco más de un cuarto de la página. Allí aparecía la foto de Jorge, bien peinado y fumando pipa, y un título tremebundo: *La densa nube del ser*. Eran tres párrafos grandes junto a cartas que felicitaban al alcalde de Bogotá por su solidaridad con los pobres y opiniones que se preocupaban por la coerción que las armas nucleares ejercían sobre el corazón humano. Jorge hablaba de lo que Feliza había conseguido hacer con materiales pobres, con pedazos de cartón o de cartulina amarilla, con papeles arrancados en desorden de cualquier cuaderno, y todo le parecía sólido y rico y genuino: le pareció que esos niños solos eran *los niños*, que esos amantes enlazados eran *los amantes*. Feliza leyó esas frases tantas veces en el curso de aquel domingo, y las leería tantas veces los días siguientes, que los pliegues del papel delgado de la página comenzaron a romperse de puro desgaste. Pensó en mandarle el artículo a Larry y luego se rio de su propia mezquindad inofensiva. Pero lo que más la conmovió fue ver su nombre, que Jorge había escrito dos veces, una al principio de su artículo y una al final, sin equivocarse en una sola letra.

Pasó las fiestas de fin de año con sus padres, en la casa de Teusaquillo, mientras Jorge se reunía en Cúcuta con su propia familia para solucionar sus desacuerdos con el mundo y pasar tiempo con su gente querida. Así que no estaban juntos a comienzos del año nuevo, cuando una noticia sacudió todas las conversaciones de todas las casas de todo el país. 1959 tenía tres horas de nacido, y en la calle donde vivían los Bursztyn ya comenzaban a morir las fiestas. De vez en cuando se oían voces que salían a los antejardines, puertas de carros grandes que se abrían y se cerraban, y todavía estallaban ocasionales voladores en el cielo nocturno. Entonces, de repente, un murmullo se convirtió en un alboroto. Jacobo y Chaja ya se habían ido a la cama, pero Feliza se había quedado en la sala, sentada junto a la ventana, porque era una noche clara y limpia y se había tomado unos tragos que la tenían despierta. Vio que dos o tres vecinos salieron de las casas gritando algo. Reconoció a la hija del médico, que había sido su amiga en la niñez. En dos saltos había abierto la puerta y salido a la calzada, donde quedaban todavía los restos de la pólvora que habían quemado. Un joven de chaqueta de cuero gritaba: «¡Se cayó el hombre!». No le costó a Feliza más de unos segundos entender que el hombre era el dictador Batista. Y en los minutos siguientes ya otros vecinos estaban confirmándolo, y Feliza no recordaría cómo se enteró de que Fidel Castro había entrado a Santiago de Cuba y el Che Guevara ya estaba en La Habana, ni en qué momento comprendería que había triunfado la revolución. Un vecino, recostado al capó de su carro, se quitó las gafas de marco grueso y se llevó las manos a la cabeza. «Ganaron los rojos», se le oyó decir. «Ahora sí nos llevó el diablo».

En febrero, Feliza viajó a Texas. Se encontró con calles desangeladas de aceras amplias, todas idénticas entre sí, y en una de ellas, en una casa idéntica a las otras casas de la calle, con el mismo sedán de latas bien pulidas parqueado frente al mismo garaje, vivían Larry y sus tres hijas. Nunca le habían parecido más cariñosas, ni más bellas sus sonrisas de dientes pequeños, ni más limpios los lazos de colores en sus cabellos rubios. Larry la recibió como a una extraña, hablándole como si nunca hubieran vivido juntos, como si no fuera la madre de las niñas (como si la nariz de Jeannie no se pareciera a la suya, como si la forma de sus ojos no asomara ya en los de Bethina), pero el proceso de divorcio seguía adelante y estaban de acuerdo en que todo se hiciera rápido («por el bien de las niñas», dijo Larry, y Feliza respondió: «Sí: por el bien de las niñas»). Aun con la certeza de que Larry no le haría la vida fácil, Feliza pensó que el viaje a San Antonio había valido la pena sólo por verlas a ellas, ver sus sonrisas, abrazar sus cuerpos blandos, confirmar que estaban bien y que su padre no las descuidaba, y cuatro días más tarde —días de hotel, de horas muertas hasta la siguiente visita— volvió a Bogotá convencida de que el desgarro de la despedida iba a sanar con el tiempo. A su madre le volvió a decir lo que una vez le había dicho: «Cuando sean grandes, van a entender». Cuando sean grandes, cuando sean libres, cuando sean las únicas dueñas de sus vidas y también de sus mentes. «Van a entender y entonces van a volver», dijo Feliza. «¿Volver adónde?», dijo Chaja. «Volver a mí, volver conmigo», dijo Feliza. «Van a entender. Y entonces las voy a tener de vuelta». Cinco semanas después, durante una escala demasiado larga en Guadalupe, tuvo la impresión arrolladora de que por fin empezaba la vida de verdad. Jorge la miró y le dijo con algo que sólo podía ser alivio: «Última noche en América».

Era como si huyera, pensó Feliza, como si constantemente estuviera escapándose de algo. Pensó: un día también se escapará de mí. Era verdad que los meses en Colombia habían sido más duros para él, y en el avión que los llevaba de Guadalupe a Madrid, por debajo del murmullo de los motores, Jorge habló sin parar de los rencores y las envidias que había encontrado, de la estupidez y la deslealtad inverosímil de la gente, aun de aquellos a los que más quería. Había publicado un ensayo sobre Colombia, un intento de análisis que era también una profecía, y sí, siempre creyó que iba a recibir ataques, pero nunca sospechó que fueran tantos y tan diversos. Los comunistas lo llamaban reaccionario y los reaccionarios lo llamaban comunista. «Hay que irse, hay que irse siempre», le dijo a Feliza. «No se puede volver a ninguna parte si uno no se ha ido antes». No se viajaba hacia algo, decía Jorge, se viajaba contra algo: para dejar algo atrás, para dejar atrás a alguien. «Sí, hay que irse, siempre hay que irse, o se corren riesgos», decía. «Me pareció clarísimo esta vez. Me pareció que iba a estallar si me quedaba».

Jorge también había comenzado a cerrar un episodio de su vida. Le habló a Feliza de su propia separación, tan dolorosa como definitiva, y le habló de los planes que había hecho para los próximos meses en Europa. Le habló de los chamanes que suben al cielo en su tamborín para recuperar la comunicación rota con los dioses, y dijo que tal vez eso era lo que les había pasado a los dos. Feliza y Jorge habían perdido la comunicación con sus dioses, pero que allí, en ese avión nocturno, volando sobre el océano, iban a repararla juntos. El mundo nos hiere, nos persigue, nos envilece, le dijo, o algo así recordaría Feliza muchos años después. Nos toca a nosotros protegernos, cuidarnos del mundo. Uno siempre viaja al paraíso, le dijo, pero el paraíso no está nunca: también eso le dijo uno de esos días, tal vez en Madrid, tal vez después de tomar demasiado vino en una taberna oscura. Pero ella nunca había sido más feliz que entonces, caminando durante cuatro días por calles anónimas, sin encontrarse con nadie y sin que nadie la reconociera, hablando de Giacometti antes de acostarse con Jorge en una cama de hotel, descubriendo su propio deseo o dejando que él lo encontrara como los amantes del cuadro de Brueghel, que se besan con descuido mientras los esqueletos de la muerte invaden el mundo.

No, nunca había sido más feliz. En París, mientras Jorge trabajaba en su ensayo sobre Sade, Feliza volvió a visitar al maestro Zadkine, y hablaron de los yesos que ella seguía haciendo y de las fundiciones que no existían en Colombia. Feliza le dijo que no veía la necesidad de hacer las cosas tres veces —pasar por el barro y luego por el yeso y luego por el bronce— para llegar por fin a tener una escultura. También le dijo: «Yo nunca podría vivir fuera de Colombia. Allá está todo lo que me importa. Así que me las voy a tener que arreglar con lo que haya». Él la miró con desdén, o con algo que a Feliza le pareció desdén, pero enseguida su mirada de duende recuperó el cariño.

«Usted tiene que conocer a César», le dijo. «Dígale que va de mi parte. Y cuéntele lo de ese país suyo donde no hay fundición, a ver si a él se le ocurre algo».

Se refería a César Baldaccini: un marsellés de ojos cansados y barba desatendida, una especie de capitán Ahab con la estatura de Napoleón Bonaparte que trabajaba en un atelier de la rue Campagne-Première. Aquel hombre había comenzado a hacer esculturas con chatarra cuando era demasiado pobre para costearse materiales más nobles, y hablaba con orgullo de esos tiempos en que robaba desechos de los talleres de mecánica, tuercas y tornillos y planchas de acero y alambre soldado con los cuales armaba sus insectos temibles. Era apenas doce años mayor que Feliza, pero parecía llevarle una vida entera, tal vez por las ojeras profundas de sus ojos pequeños, tal vez por esa frente devastada que comenzaba en la coronilla. César, que así insistía en que lo llamaran, la recibió con desconfianza y sin cortesía, y aclarando que sólo lo hacía por ser ella la consentida de Zadkine. La hizo seguir, le mostró sus últimos trabajos, le mostró sus instrumentos. Feliza lo miró desde la altura y quiso saber cómo funcionaban.

«Esto no es para mujeres», dijo César.

Feliza sonrió. «¿Y qué tal que sí? Déjeme ver, que nada se pierde».

«Usted nunca ha soldado nada, me imagino».

«No», respondió Feliza. «Pero he visto a otros».

Pensaba en sus primeros días en Nueva York, cuando era apenas una adolescente que estudiaba en un internado de las afueras, y aceptaba las invitaciones del tío que había recibido el encargo de cuidarla de lejos. Era ingeniero de profesión, y había montado, en un *loft* de la vieja zona industrial de Nueva York, una pequeña fábrica de prototipos —máquinas de escribir, sobre todo— que luego se convertían en los productos estrella de IBM. No era raro que Feliza fuera a acompañarlo en las tardes de un sábado frío mientras él pulía engranajes y soldaba piezas pequeñas con un electrodo de tungsteno, la cara oculta detrás de una máscara grande y lisa con una oscura ventanilla rectangular, como la escafandra de un buzo de película. A Feliza le pedía que se pusiera unas gafas de soldador, que se cogiera el pelo con una cinta y que no se acercara demasiado, y ella obedecía; pero una vez se levantó las gafas brevemente, para saber cómo era en realidad la luz deslumbrante que salía del electrodo, y el resplandor azul fue tan fuerte que la dejó ciega durante unos segundos. El tío, como castigo, le prohibió volver al taller durante semanas, y la espera le pareció a Feliza casi insoportable: quería ver la luz de nuevo, ese azul sobrenatural que se le había adherido a la retina para siempre, y se imaginaba que así debía de ser el nacimiento abrupto de una estrella.

En el atelier de César, Feliza descubrió otro mundo. Un par de veces lo acompañó a talleres de mecánica o depósitos de chatarra, e incluso a una carpintería industrial en Saint-Ouen de donde salieron con el baúl de un viejo Renault lleno de hojalata. Jorge, que buscó algún pretexto para acompañar a Feliza, parecía haber encontrado en las figuras de César algo visionario y a la vez primitivo, y durante unos días no dejó de hablar de él. «No es un escultor», le dijo a Feliza. «Es algo mucho más interesante: un soldador inspirado». Habían salido de una puesta en escena de *La cantante calva*, y al llegar a la estación de Notre-Dame-des-Champs y buscar en la caseta quien les perforara los tiquetes, se encontraron con una pareja que se besaba como si quisieran comerse las caras: una mujer blanca (no calva) y un hombre negro. «Esto, Betina», dijo Jorge: «esto sí es lo único que hay». Había comenzado a llamarla así en sus diarios, acaso para camuflar su identidad cuando los publicara en su revista, acaso para convertirla simplemente en otra persona. «Me gusta ser Betina», decía ella. «Me gusta tener otro nombre cuando piensas en mí».

Durante un par de meses vivieron así, con ese metódico descuido, ella visitando a César para aprender a soldar, o, mejor, para poner a los fierros viejos a decirse cosas nuevas, y él haciendo su revista colombiana por carta y por teléfono, hablando con Eduardo Cote y con Hernando Valencia para editar artículos o encargar colaboraciones, leyendo a Durrell y a Georges Bataille y escribiendo al mismo tiempo sobre *La philosophie dans le boudoir*. A finales de julio les llegó por correo un cheque suntuoso que debía ser suficiente para los dos números siguientes de *Mito*, pero Jorge dijo que la vida era demasiado corta y éste no era el último cheque del mundo y nadie se iba a gastar la plata mejor que él, y al día siguiente había comprado unos pasajes para Ibiza. A Feliza le gustaba esa urgencia de vivir, pero a veces se preguntaba si la urgencia no escondía otra cosa: si Jorge sabía algo que no le estaba contando. Lo pensó por primera vez en Barcelona, cuando despegó el avión que los llevó a la isla, y lo pensó antes de aterrizar, viendo a Jorge tomar nota de lo que veía por la ventana —los secanos color de perla, las hileras de olivos sobre la tierra roja, el riachuelo de plata que daba al mar— como si alguien se fuera a llevar esos paisajes: como si ésa fuera la última vez que los veía.

Tiempo después, ya viviendo sin Jorge en su casa bogotana, Feliza recordaría los dos meses que pasaron en la isla como una suerte de paraíso perdido, siempre listo en la memoria para regresar a él, siempre frustrante y doloroso por ser imposible ese regreso. Fueron dos meses de libertad como Feliza no había conocido nunca, meses de hacer el amor a cualquier hora, comiendo en las tabernas cuando les daba hambre y bañándose en el mar en la mitad de la noche, o saliendo al patio de la casa porque en el cuarto hacía demasiado calor, y quedándose allí, debajo del almendro, sentados en sillas que les dejaban marcas en la piel desnuda, fumando un cigarrillo tras otro y hablando del futuro como adolescentes: de las formas que habría que inventar y de los poemas que habría que escribir. Jorge los iba escribiendo casi a escondidas. A veces Feliza se despertaba tarde y se encontraba con un par de versos puestos en una página abierta para que ella los viera como una fruta de regalo, *El mediodía es vasto como el mundo. / Canta el cuerpo en la luz, la tierra canta*, o bien aquellos que parecían hablarle a ella, *Llenamos esta nada con las nubes, / Hemos hurtado al ser cada momento*, y aun aquellos otros que le dejaban a Feliza una sensación distinta en el cuerpo, como cuando había fumado demasiado y empezaba a dolerle la cabeza:

Te desnudé a la par con nuestro duelo.
Sé que voy a morir. Termina el día.

A mediados de octubre volvieron a París. Todo tenía el sabor de los finales: la partida de la isla, el calor de cielos limpios convertido sin transición en ese otoño de lluvias impredecibles, la súbita necesidad de ponerse medias en los pies. Por esos días Jorge había conocido a André Breton, y de inmediato surgió un proyecto entre ellos. Jorge le había hablado de una denuncia que se publicó en la revista, la historia tenebrosa de un campesino colombiano que, celoso de su mujer, le había cerrado el sexo con alambre de púas y un candado de llave gruesa. Era una anécdota criminal y así se había presentado en la revista, causando más escándalo entre las mujeres que entre los hombres y llevando a un par de debates efímeros en las columnas de opinión; pero a Breton le pareció extraordinaria. «*Mais c'est absolument magnifique*», exclamaba. «Hay que meter esto, hay que meterlo». Se refería a la exposición que estaba montando en esa época: surrealismo erótico o erotismo surrealista o alguna combinación de esos conceptos. Las fotos espeluznantes del sexo de una campesina herido con alambre, que habían servido en Colombia como documento probatorio, acabaron colgadas en las paredes de una galería pequeña de la rue de Miromesnil, y Feliza se pasó toda la inauguración tratando de mirar para otra parte. No pudo sacarse de la cabeza la idea de que André Breton, caminando entre los cuadros y los artefactos con una copa de vino en la mano, vestido con un traje ridículo de terciopelo, no era en realidad el artista rompedor del que hablaba Jorge con admiración, sino el maestro de ceremonias de un circo pobre, tratando de vender humo a los incautos.

«Me parece que no ha entendido nada», dijo Feliza.

«Nada de qué», dijo Jorge.

«Me parece», dijo Feliza, «que no tiene ni puta idea».

El año moría sin urgencia. En esos días de luz cambiante, días repentinamente amputados, Feliza y Jorge comenzaron a pasar más tiempo de puertas para adentro, en cafés y cines y museos, hurtándole el cuerpo al frío y a la penumbra. Jorge había encontrado un ejemplar de *Madame Bovary* en una caseta del quai des Grands Augustins, y lo subrayaba con líneas de lápiz que nunca estaban rectas, y a veces leía pasajes en voz alta. Pasaban tardes enteras en el Louvre viendo *El con-*

cierto campestre y *La nave de los locos*, y Jorge se quedaba largos minutos frente a los dos retablos, yendo del uno al otro como si quisiera ponerlos a conversar, mientras los demás transeúntes cruzaban por delante, las manos detrás de la espalda, ofreciéndole al cuadro sus medios perfiles de gente poco interesada. Más tarde, en las noches de insomnio o cigarrillos, Jorge tomaba notas en su diario. Uno de esos días, después de ir al cine en la rue Racine, Feliza le pidió que le dejara leer las notas, y él respondió con una broma: «Cuando me muera».

«Hablo en serio», dijo Feliza.

«O cuando lo publique», dijo Jorge. «Lo que pase primero».

Una noche de diciembre la despertaron los quejidos de Jorge. Sin despertar del todo, con los ojos abiertos pero sin ver el mundo, él se sentó en la cama y dijo: «No puedo mover el brazo izquierdo». Ella encendió la lámpara y empezó a vestirse por si había que salir a buscar un médico de guardia, pero en cuestión de minutos Jorge había vuelto a dormirse dejándola así, colgada del pánico de su voz, sola y con el sueño espantado. Pasó por encima del cuerpo dormido, cogió el libro que Jorge tenía en la mesa de noche y lo abrió en cualquier parte. Leyó pasajes subrayados, notas en el margen de la página, signos indescifrables: seguro que no había nada malo en este acto de voyeurismo inofensivo. Leyó: *Rodolphe, pornografía en el corazón de la clase media.* Leyó: *Léon: amante de verdad.* Leyó: *Emma entrando en Rouen.* Y se dijo que un día tendría que descifrar esas anotaciones.

Trató de seguir con la novela, pero su atención estaba en otra parte. Por primera vez desde su separación dolorosa había comenzado a preguntarse qué pasaba ahora: qué pasaría en el futuro. Se preguntaba si Jorge la necesitaba a su lado y se contestaba que no: este hombre no necesitaba a nadie. Jorge no vivía en ninguna parte, o, mejor dicho, vivía solamente en su cabeza, en las palabras de esa cabeza que no funcionaba como las otras, y Feliza pensaba en eso y la aliviaba no haber cambiado una jaula por otra. Ahora había empezado a sentir ganas de volver, pues las formas que sus manos imaginaban no estaban aquí, sino en Colombia, y allá también estaban los materiales. Volver otra vez, se dijo Feliza, volver acaso para quedarse: con Jorge o sin él, pero quedarse en el lugar que era suyo, para tratar de hacer allí lo que había imaginado cuando pensaba en su futuro. En París todos estaban de acuerdo: después de la Revolución cubana, era allí, del otro lado del mar, donde estaban sucediendo las cosas. Desde Cuba se irradiarían al resto del continente libertades nuevas, sí, libertades que antes de la Revolución no les habrían parecido posibles, y Feliza quería ser parte de eso. Había salido de Colombia como esposa presa y madre ausente, y ahora iba a volver como mujer libre, libre de ser artista y libre de ser mujer: libre, una vez más, de inventar su propia vida.

Cuando Pablo despertó de la siesta, la noche había caído, pesada y repentina como la noche de los niños. Feliza ya no estaba a su lado. Pablo encendió la luz y salió a buscarla, pero no había nadie más en el apartamento. Miró por la ventana, vio la casa de Mitterrand y vio dos peatones que se acercaban al parquecito vecino, se daban cuenta de que estaba cerrado (por la seguridad del presidente) y seguían su camino. Las luces de la rue de Bièvre ya estaban encendidas y el pavimento de repente había comenzado a brillar, aunque no hubiera llovido. ¿Había llovido? No: la lluvia habría sido nieve, en todo caso, porque los periódicos habían dicho que en la noche iba a nevar. Oyó pasos en la escalera: ¿Feliza? Pero los pasos siguieron hacia arriba, no se abrió la puerta, nadie lo saludó llegando de la calle, tal vez sin aliento. De repente estaba pensando en la escena que habían visto poco después de Navidad. Estaban en el estudio, preguntándose qué hacer con el mural horrible de las olas, cuando oyeron pasos y ruido y movimientos, y al salir a la escalera se encontraron de frente con los porteadores de un ataúd demasiado grande para esos edificios viejos. Les llegó de arriba un llanto de voz ronca: alguien que había fumado mucho. La escena impresionó a Pablo; habló de ella varias veces durante los días que siguieron, preguntándose en voz alta quién habría muerto, por qué causa, si deberían subir a dar el pésame. «Pero si ni siquiera sabemos a quién», dijo Feliza. «Pues averiguamos», dijo él. Nunca lo hicieron, sin embargo, y ahora Pablo estaba preguntándose si ya sería demasiado tarde, y se estaba contestando que sí, que ya era demasiado tarde, y que se quedarían para siempre con la duda de quién sería el muerto que se había muerto en plenas fiestas, y no serían capaces de darles su pésame a los deudos si se los encontraran en las escaleras o en la puerta del edificio. Se lo había dicho a Feliza cuando pasaron algunos días. «No hemos averiguado quién se murió. Ya no vamos a poder decirles nada».

«Mejor así», había dicho Feliza. «No estoy de ánimo para andar dando pésames».

No supo cuánto tiempo pasó entonces. Pero ese rato de soledad fue suficiente para picar las cebollas y ponerlas a cocinar, pensando siempre en que la sopa estuviera lista a última hora, y estaba revolviéndolas distraídamente, dejando que el apartamento se llenara del olor de la mantequilla derretida, cuando entró Feliza. «Y tú en dónde andabas», le dijo, y ella, como parte de la respuesta, sacó de una bolsa un exfoliador de papel cuadriculado. «Te estaba comprando esto», respondió ella con una sonrisa. «Para que trabajes más y jodas menos». Le gustaba el olor de lo que se estaba cocinando, dijo; le gustaba ver los vidrios empañados con el calor de la estufa. «Se siente uno como en la montaña», dijo. «Qué frío tan berraco. Si no fueran los Gabos, te juro que cancelaba esa comida y nos quedábamos aquí». Y añadió: «Pero las calles están lindas, hay gente, París es París. Podríamos salir temprano y dar una vuelta».

«¿Dónde queda el apartamento?».

«Por Montparnasse», dijo Feliza. «Cerca de la Grande Chaumière».

«Y vamos a comer por allá».

«Mercedes reservó», dijo Feliza. «Es un sitio que les gusta, un sitio ruso. A veces me parece que todo queda en ese barrio».

«Menos nosotros», dijo Pablo.

«Y el presidente. El presidente tampoco».

«Es verdad», dijo Pablo. Y luego: «Pues me parece muy bien. Salgamos temprano y así paseamos un poco. Pero eso sí: después de la sopa».

De repente, haber pasado unos minutos cocinando para Feliza, picando cebollas con cuidado y llorando un poco y hundiéndolas en caldo de vegetales, porque no había comprado otro más sabroso, le pareció lo más importante del mundo. Era verdad que la sopa les ayudaría a aguantar bien hasta la hora de la cena: era verdad que la cena con los Gabos sería tarde, y mejor no llegar a verlos con el estómago vacío, pues habría whisky o ron o vodka. Sí, todo eso era verdad. Pero había algo más en este impulso de cocinero, un reconocimiento de la fragilidad que Pablo veía en Feliza, un deseo tal vez inconsciente de cuidarla o de quererla de esa manera venerable: con un plato de comida. Luego, frente a la sopa servida, pensó que no se había equivocado. La vio contenta, ligera, y la oyó hacer bromas cuando se puso de pie, fue al cuarto brevemente y regresó con un marco en la mano. Era un cuadro que Alejandro Obregón les había regalado como solía hacerlo: dejándolo sin ceremonias —sin papel regalo, sin moños ridículos— en el taller de Feliza. En la superficie de un mar dramático de gruesos trazos densos surgía una roca enorme como una cabeza de gigante, un paisaje que Obregón había visto mil veces.

«Esto es», dijo. «Esto les va a gustar».

«¿A quiénes?», dijo Pablo.

«A los Gabos. Un cuadro de la Madre. Mejor regalo, imposible».

La Madre: así le decía Feliza a Obregón. «Él es como la madre de la pintura colombiana», le había dicho una vez a un periodista, mucho tiempo atrás, y ese elogio se convirtió después en sobrenombre privado y ya nunca desapareció. Pero Feliza no lo habría usado en este momento si no se hubiera sentido de buen humor: si no se hubiera sentido, pensó Pablo, *normal*.

«Imposible», dijo Pablo.

Después de terminar la sopa —Feliza raspó el fondo del plato, donde el pan se había quedado pegado a las paredes de porcelana, y Pablo pensó que sí, que le había gustado, que tal vez hubiera recuperado un poco el apetito— se pusieron juntos a empacar el cuadro. A Pablo no lo sorprendió que Feliza comenzara a hablar del pasado, pues lo mismo había sucedido muchas veces en estos últimos días. Había algo en el exilio forzoso que convertía cada objeto en el fantasma de una memoria, despertándola o pidiendo evocarla: quién nos dio este libro, quién nos tomó esta foto, dónde conocimos a esta persona. Ahora Feliza estaba recordando la tarde en que había conocido a Obregón, durante su primera exposición de chatarras, y todo lo que sabía de él incluso antes de conocerlo: era el hombre que se había comido el grillo entrenado de un amigo, sólo por joder; era el hombre que se había enfrentado en Barranquilla, él solo, a una horda de marines norteamericanos que habían irrespetado a una prostituta. Feliza empezó a recordar parrandas diversas, alguna fiesta de Año Nuevo, un amanecer que los había sorprendido cantando boleros con Gabo. «Seguramente los conocí a todos al tiempo», dijo Feliza. «A todos mis costeños». Cubrieron el cuadro con páginas de *Le Monde* que harían las veces de papel regalo, y pareció que la conversación sobre los amigos se había quedado en eso.

No era así. Cuando salieron a la calle, con tiempo suficiente para dar una caminata por el Barrio Latino antes de dirigirse a Montparnasse, Feliza empezó de repente a recordar a Álvaro Cepeda. «A todos mis costeños», había dicho Feliza, y él era uno de ellos. Los amigos lo apodaban el Nene: un escritor rebelde de inteligencia voraz y humor impetuoso cuya muerte prematura por un cáncer había trastornado a Feliza en su momento. Ahora, casi diez años después de esa muerte, saliendo del apartamento al frío de las siete de la noche, tomando la rue de la Montagne Sainte-Geneviève con la intención de perderse un poco por las calles pequeñas hasta que fuera prudente coger el metro, Feliza estaba recordando al Nene y diciéndole a Pablo: «Yo no quiero eso. Prométeme, Pablo. Prométeme».

Él sabía muy bien a qué se refería. El Nene había sido uno de sus amigos más queridos, igual que Obregón o que Gabo, pero Feliza había tenido con él una intimidad distinta. Los dos eran de risa fácil; los dos eran alérgicos a la timidez, y compartían una pasión por todo lo que venía de Estados Unidos, menos la política. Compartían también una idea de la amistad que más parecía un pacto de sangre, pero no sólo eso: eran capaces de provocar en los demás la misma entrega sin fisuras. Cuando fue necesario hospitalizar al Nene, su familia lo llevó a un centro de Nueva York porque un amigo adinerado le había pagado el mejor tratamiento disponible, y hasta allá se fueron Feliza y Pablo a visitarlo. Feliza andaba por esos días en conversaciones con Leo Castelli, un galerista importante, y además había pasado mucho tiempo desde la última vez que visitó a su tío el ingeniero. Todos los pretextos juntos acabaron justificando el viaje. Pablo y Feliza llegaron al Sloan Kettering Center en pleno verano, visitaron al Nene en una habitación de cuidados intermedios y hablaron como si el cáncer no existiera: del libro que el Nene estaba leyendo —el último de William Saroyan— y del que estaba a punto de publicar. Se llamaba *Los cuentos de Juana*, les dijo, y les tenía una noticia: Feliza aparecía en él. «¿Cómo?», preguntó ella. «Así como lo oyes», dijo él. «Pero ¿qué dices de mí?», preguntó ella, divertida. «Ah, no», dijo el Nene. «Para saber eso te va a tocar esperar a que se publique».

Feliza y Pablo salieron pensando lo mismo, y además con las mismas palabras: va a salir de ésta. Está animado, se lo ve contento, se va a curar: los milagros existen. Pero dos semanas después volvieron a visitarlo, y ya no lo encontraron en la habitación de cuidados intermedios, sino aislado del mundo en una habitación pequeña, detrás de una ventana enorme de vidrio grueso, enchufado a mil aparatos en su cama indefensa. No les permitieron entrar a hablarle ni mucho menos a darle una mano, y el Nene, con un tubo de plástico metido en la boca, apenas parecía tener conciencia de lo que lo rodeaba. Pero la tenía más de lo que parecía desde lejos: pues al verlos asomarse a la altura de su cara, los miró primero a los dos y luego clavó en Feliza sus ojos pequeños. Levantó la mano derecha, la que estaba menos agobiada por los cables, y con dos dedos hizo el gesto de una tijera. Feliza acercó la cara al vidrio, como pidiéndole que repitiera una frase inconclusa, y la mano débil del Nene volvió a alzarse: señaló los cables, los tubos, las máquinas, y sus dedos de tijera lo cortaron todo. «Mierda», dijo Feliza. «Ya no quiere más. Ya quiere morirse». Se alejó del vidrio y no pudo volver a acercarse. Minutos después, tras salir en silencio a las calles de

Manhattan, empezó a llorar como si se hubiera roto por dentro, y ya nunca paró hasta que llegaron al hotel. Y ahora, cruzando por la rue Monsieur le Prince en dirección al metro Odéon, avanzando a paso muy lento por las aceras estrechas, Feliza le estaba diciendo a Pablo: «Yo no quiero eso. Si un día llego a estar mal, que no me hagan lo mismo».

«Pero Feliza», dijo Pablo, «eso no te va a pasar a ti. Lo tuyo es otra cosa».

«Prométeme», dijo Feliza.

«Tú tienes los pulmones jodidos. No vas a correr la maratón de Nueva York, pero ya está. Es muy distinto».

Y Feliza dijo: «Prométeme».

Llegaron al carrefour de l'Odéon y bajaron al metro tomados de la mano, con cuidado de no ir a resbalar en algún escalón húmedo y acercándose a la pared para proteger de los otros transeúntes el cuadro de Obregón, que Pablo llevaba debajo del brazo como un ariete. Se cruzaban con gentes de ceño fruncido y paso acelerado, en perpetua prisa por llegar a ninguna parte, mientras sonaba en el fondo del corredor la música de un guitarrista invisible, que se fue convirtiendo lentamente en una canción de Brassens con la que alguien esperaba reunir unos céntimos. «Te lo prometo», le dijo Pablo a Feliza, y tal vez le iba a decir algo más, pero en ese momento llegaban a la plataforma, y el estruendo del tren le cortó la palabra. Era incómodo seguir la conversación de pie, aferrados a las barras, sus cuerpos rozándose con otros cuerpos, tratando de que nadie se recostara en el cuadro o le causara daño con una maleta, sus caras demasiado cerca de otras caras con sus propios alientos cansados, todos con ganas de volver a casa una tarde de viernes invernal. Alguien tosió en el metro, volvió a toser. Para cuando llegaron a la estación de Vavin, ya se había diluido en el presente la imagen del Nene, aquel hombre guapísimo destrozado por la enfermedad y acosado por tubos y cables. Salieron a la avenida iluminada: restaurantes que empezaban a llenarse, bombillos cálidos que iluminaban las caras y les producían la impresión de haber subido desde el inframundo. Sí: aquí estaban los vivos. Buscaron la rue Stanislas y en pocos metros habían llegado al edificio de los Gabos. En esa media cuadra Feliza aceleró el paso, como un caballo que regresa a casa. «¿Estás bien?», le preguntó Pablo.

«Sí», le dijo ella. «Porque tú estás conmigo». Se descubrió la muñeca —el guante de cuero, el puño estorboso del abrigo— y miró el reloj escondido. «Las ocho y cuarto pasadas. Timbramos, ¿no?».

A comienzos de los años sesenta, la fábrica de la empresa familiar quedaba en un galpón de techos altos donde funcionaban los telares, tan amplio que el viento corría en él, y tenía adosada una construcción más pequeña que toda la vida había servido de garaje para el carro de Jacobo y Chaja. Allí, en ese vértice de la gran ele, Feliza instaló su taller de escultura. Sus padres le entregaron la mitad del espacio: tal vez para convencer a Feliza de que se quedara en Colombia, ahora que su hermana Hela había regresado a Nueva York, y al mismo tiempo para remediar errores pasados, o bien pedir disculpas sin tener que pedirlas. Era un rectángulo profundo y sin ventanas al cual se entraba por un portón de madera, y sus paredes de concreto eran altas y frías, pero Feliza no necesitaba nada más. Lo fue llenando de tornillos sueltos y arandelas extraviadas y láminas de desecho, y nunca fue tan feliz como el día que encontró, en el depósito de su amigo el arquitecto Rogelio Salmona, una estantería atiborrada de latas de Nescafé que se habían ido acumulando con los años. Durante meses la vieron perderse en esa porción de garaje y salir después de largas horas, con la cara sucia por los vapores de la soldadura y la piel enrojecida por el calor. De las latas pasó a chatarras más gruesas. Era el mejor momento de sus días: ella sola en su garaje, con un delantal de mecánico automotriz y una máscara que le protegía los ojos, recordando a César pero también maldiciéndolo, y soldando tuercas y bujías y cables y engranajes para montar figuras hostiles, de ángulos duros y filos cortantes, tan oxidadas que daba miedo tocarlas, y luego titulándolas de la manera más delicada posible: *Una flor. Luna llena. Niña alegre.* Los que iban a verlas, ignorantes de que Feliza había trabajado en la inocencia y el entusiasmo, llevada por ciertos hallazgos técnicos y el deseo lúdico de unir cosas que antes estaban separadas, no sabían si Feliza se burlaba de ellos y, en ese caso, en qué consistía la burla.

Mientras tanto, se había encontrado de nuevo con Marta Traba. Ella seguía dando clases en la universidad, ahora con el pelo muy corto, como un adolescente, pero nada más había cambiado: su figura pequeña de huesos delgados se seguía moviendo con autoridad frente a auditorios de cien personas, y su voz aguda, que tanto había irritado a Larry, seguía hablando de Caravaggio y de Da Vinci sobre el susurro apenas audible de los lápices sobre las páginas. Había firmado ya los papeles necesarios en este país de papeleos interminables, pero su proyecto de museo de arte moderno seguía sin convertirse en realidad, o había sido capturado por una conspiración exitosa de burócratas y filisteos. Todo estaba paralizado. Marta la citaba en El Cisne para quejarse: la gente no entendía, Feliza, aquí los críticos estaban todavía elogiando a Van Gogh, y eso si hubiera críticos, pero no, Feliza, tampoco hay críticos, porque no vamos a pisarnos las mangueras. Los bogotanos eran demasiado hipócritas, demasiado zalameros, demasiado taimados para que el oficio de la crítica echara raíces aquí. No era tanto que se premiara la mediocridad, le decía, sino que se castigaba cualquier cuestionamiento, como si los artistas fueran niños chiquitos y hubiera que protegerles la sensibilidad, no vaya a ser que se pongan tristes; y cuando se hacía algo que pareciera crítica, generalmente era para enmascarar otras emociones, la envidia o el resentimiento o la simple frustración de los mediocres. Y después de despotricar contra todo lo que se moviera, le pedía a Feliza que le hablara de París, de Zadkine y de César, y le decía: «Pensar que yo tuve la culpa. Si no te hubiera presentado a Jorge, nada de esto habría pasado». Seguía teniendo el mismo flequillo de niña y la misma mirada insolente, y seguía profiriendo las mismas opiniones contundentes que se enredaban en debates sanguíneos con las vacas sagradas de la cultura colombiana, y sus ideas, vinieran como vinieran, tenían siempre la capacidad casi mágica de molestar a los demás.

«Se reúnen en El Automático para hablar mal de mí», decía Marta. «Que soy una celosa, pero no dicen de qué me dan celos. Que soy extranjera, eso no falta. Que soy una entrometida, que soy una histérica. ¡Una histérica!», le decía a Feliza entre dos tragos. «Vos decime a qué corriente del arte se refiere ese adjetivo».

Pero una tarde su tono cambió. No estaban en El Cisne, ni en ninguno de los cafés del centro, sino en el comedor del apartamento de Marta, tomándose un agua aromática que ya empezaba a enfriarse mientras su hijo Fernando, que por entonces tenía poco más de un año, dormía calladamente en una habitación de cortinas cerradas. Tal vez fue por cuidado de no despertarlo, de respetar este momento de silencio y reposo, pero Marta llevaba un buen rato hablando en voz muy baja. Feliza sólo se percató de ello cuando Marta le hizo prometer que nunca revelaría lo que le iba a confiar. «Hace unos años me contaron algo, pero ni hice caso», dijo Marta. «Yo tenía que encontrarme con Jorge en El Automático y al final no pude ir. Y de la que me salvé.

Después me contó Jorge que Gómez Jaramillo me había estado esperando con un revólver en la mano».

«¿Ignacio Gómez Jaramillo?».

«No hay otro», dijo Marta. «Estaba furioso por lo que escribí». Gómez Jaramillo había pintado dos murales en el Capitolio, uno sobre la revolución de los comuneros y otro con los esclavos como tema; en un artículo, Marta había evocado a los mexicanos y lo había llamado imitador de imitadores. «Y si no es por Jorge, quién sabe en qué acaba la cosa».

«¿Qué hizo Jorge?».

«No sé qué hizo, pero lo convenció de que pegarme un tiro no era la mejor respuesta. Y Jorge no estaba solo, además. Parece que Eduardo estaba con él».

«¿Eduardo Cote?».

«Eduardo Cote. Los fundadores de una revista convencieron a un pintor deprimido de que no matara de un tiro a una crítica muy crítica. Cosas que pasan en Colombia». Marta sonrió, pero era una sonrisa amarga. «En fin, eso fue hace años. Así me lo contaron, pero nunca me lo creí realmente. Me parecía imposible, viste, me parecía que se lo estaban inventando para asustarme. Ahora ya no estoy tan segura. Después de lo que pasó, quiero decir».

Todo había comenzado con la bienal de arte que se organizaba en México. A Marta se le había pedido su juicio sobre los artistas que deberían enviar sus obras en representación de Colombia, y Marta lo dio. De su guadaña crítica sólo se salvaron unos pocos (Botero, tal vez, y tal vez Obregón) y eran ellos, decía Marta, quienes debían representar a Colombia. Un grupo de pintores, los excluidos, montaron una protesta que más parecía una huelga de trabajadores: se reunieron frente al Ministerio de Educación, se quejaron, exigieron ser tomados en cuenta; y fueron tan insistentes que el ministro cedió sin más, y los mandó a todos a México. Y sí, Marta había sido muy crítica con esos pintores, con la cultura colombiana, con el arte que se manda a representar un país; y sí, había usado las palabras *provinciano* y *falso* y *perezoso*, y había considerado que esas pinturas mediocres, incluso las de artistas a los que antes había elogiado, eran indignas del patrocinio que iba a dar el ministerio, y era una vergüenza (había dicho) que esa protesta se resolviera fuera de la conversación crítica, como si se tratara de un mitin político. El enfrentamiento se agrió muy pronto. En artículos de prensa, en cartas que los periódicos publicaron, en entrevistas hechas a medida, los artistas ninguneados acusaron a Marta de ser una vendida a monopolios extranjeros (pero no dijeron qué quería decir eso, ni cuáles eran esos monopolios, ni cuánto le habían pagado), y la acusaron también de lanzarles ataques personales (pero no dijeron qué ataques, ni dónde). «Me acusaron de ser una dictadora», dijo Marta. «A seis columnas, vos fijate». Se refería a un periódico nacional cuyo titular la comparaba con María Eugenia, la hija del dictador Rojas Pinilla, la protagonista del incidente espantoso de la plaza de toros. «Dictadora yo», decía Marta. «Yo, que fui expulsada de la televisión por esa dictadura». Sí, todo eso había pasado. Pero nada le hubiera permitido a Marta imaginar que las cosas llegarían adonde llegaron.

«Llamaron a la medianoche», le contó a Feliza. «Toda la casa estaba dormida, el teléfono sonó, los niños se despertaron».

«¿Quién te llamó?».

«Qué sé yo», dijo Marta. «Un hombre, una voz de hombre».

La voz de hombre le preguntó si ella era Marta Traba. Marta dijo que sí. La voz de hombre le preguntó si ella era Marta Traba, la crítica de arte. Marta dijo que sí. Entonces la voz de hombre la llamó vieja hijueputa, le dijo que la iban a matar, la amenazó con marcarle la cara. Y luego cortó la comunicación.

«Y eso fue», dijo Marta. «Lo de *marcarme* la cara, eso fue lo que más me impresionó. *Marcarme la cara*, Feliza. ¿Quién habla así? Sólo alguien que sabe».

«Pero esto hay que denunciarlo», dijo Feliza. «Son un par de borrachos, nada más. Pero hay que denunciarlo».

«No sé, no sé. Yo no quiero más líos». Marta tenía los ojos llorosos, pero no de miedo, pensó Feliza, sino de rabia. «No quiero salir a la calle mirando por encima del hombro. Qué locos, qué locos están todos. Qué gente enferma, te lo digo yo, es como para mandarlo todo a la mierda. Esto es barbarie, no tiene otro nombre. Aquí no hay ideas, no hay debate: hay violencia, violencia pura, violencia en todas partes. Y ganaron los violentos. Nadie me ha hecho nada, Feliza, nadie me ha marcado la cara todavía, pero ya consiguieron que me callara: ya ganaron los violentos. Y un día te va a tocar también. Un día te va a tocar lidiar con esto. No sé qué es, no sé de qué se trata exactamente, pero un día te va a tocar. Vos acordate de mí».

Cuando hizo la primera exposición de sus chatarras, Feliza se acordó de esa tarde, de esa conversación: se acordó de Marta. La misma galería que antes había acogido las aguadas sobre cartón le cedió sus paredes, que habían estado adornadas hasta la tarde anterior con bodegones de sandías de un verde luminoso y granadillas sobre platos de cerámica y paisajes sabaneros de bellos cielos neblinosos, para que Feliza metiera sus angulosos artefactos incomprensibles que dejaban polvo de óxido en las manos de los que los acomodaban según cierto metódico desorden. La tarde de la inauguración cayó en Bogotá un aguacero de dos horas que hubiera podido espantar a la gente, pero a la galería llegaron los amigos, unos empapados hasta las medias, otros cerrando sus paraguas negros. Jorge había traído a sus colegas de la revista —Hernando Valencia y Eduardo Cote estaban allí, y también otros desconocidos— y con él habían llegado también dos amigos costeños de los cuales Feliza había oído hablar con frecuencia. El rubio era Alejandro Obregón, uno de los pocos pintores a los que Marta Traba había defendido en el escándalo reciente de la bienal mexicana; el otro, un muchacho muy flaco de cara de árabe, tenía un bigote estilo Valentino que no le cubría un lunar grueso, y constantemente se llevaba un cigarrillo a la boca, pero daba la impresión de que lo hacía menos por fumar que para tener algo que hacer con las manos. Se presentó con el énfasis impostado de los tímidos, apresurando su nombre como si sintiera que no tenía derecho a que fuera tan largo: Gabriel García Márquez.

«¡Ah, es usted!», exclamó Feliza como si hubiera reconocido a un amigo extraviado. Luego lo atacó a elogios, contándole del día en que Jorge había recibido el manuscrito de *El coronel no tiene quien le escriba*. Feliza lo había leído de inmediato y le había dicho a Jorge: «Esta vaina es genial. Tienes que publicarlo, pero ya». García no sabía dónde poner los ojos, y parecía apabullado por la alegría contagiosa de esta mujer salida de quién sabe dónde. Feliza quería saberlo todo: dónde lo había escrito, quién era el coronel, si García había publicado otras cosas. Él contestaba a todo con una seriedad invencible pero con un dejo de ironía en la voz, como si no acabara de confiar en la sinceridad de una bogotana. Después de unos minutos, Feliza decidió dejarlo en paz.

La inauguración fue para Feliza como una fiesta, pero una fiesta cuyos asistentes no hubiera invitado la dueña de casa. Casimiro Eiger, vestido con traje de tres piezas, caminaba entre las chatarras con aires cómodos, pero todos sabían que por dentro lo consumía la confusión: ¿era esto el arte moderno? En los días siguientes Feliza y Jorge pasaron un par de veces por la galería. «¿Se ha vendido algo?», preguntaba Jorge. «No», decía el señor Eiger. «Pero tampoco nos han pedido que cerremos, y eso ya es ganancia». Feliza no se preguntó demasiado por qué alguien querría cerrar su exposición de chatarras inofensivas, pero el sábado le cayó encima la revelación de que las chatarras no eran tan inofensivas después de todo. Había pasado la noche en el apartamento de Jorge (los vecinos los habían mirado de reojo en la escalera, habían hecho comentarios en voz baja, habían cerrado su puerta con gesto indignado), y comenzaban a preparar una fiesta que darían en la tarde: trajeron tamales santandereanos; Jorge le compró una caja de vino, ese exotismo, a un funcionario de la embajada española. Entró una llamada, Jorge contestó, Feliza vio la ceja que se le alzaba en momentos de irritación, y poco después estaban bajando a la calle para buscar a un chino que les vendiera un ejemplar de *El Espectador*. Y allí estaba: en una de las páginas más leídas del periódico y en uno de los días más leídos de la semana, a tres columnas junto a una foto demasiado granulada, el crítico Walter Engel, que hacía y deshacía reputaciones, opinó que la muestra de Felisa Brustyn no tenía ningún valor plástico, que convertir desechos rotos y oxidados en obras de arte requeriría un milagro, que no había en estas figuras ni talento ni verdad y todo parecía más bien un remedo sin alma de las obras de Negret, y su opinión definitiva era que esta señora debía dedicarse a otra cosa.

«¿Brustyn?», dijo Feliza.

«Y Felisa, con ese», dijo Jorge. «No cogió ninguna».

«Viejo pendejo. Y además de pendejo, sordo».

Nunca se lo dijo a nadie, pero el artículo de Walter Engel la hirió mucho más de lo que hubiera esperado. Marta Traba se lo quitó de encima sin trabajo, y publicó ella misma una defensa tan encendida de las chatarras que Feliza habría podido sentirse plenamente vindicada. No fue así. Las palabras —burlonas, condescendientes— se le aparecían sin avisar en momentos diversos del día, como las miradas de censura de algún vecino impertinente, sí, como si la señalaran por la calle: es ella, ahí va, mírenla todos, es la libertina que rompe familias, es la estafadora que hace pasar chatarra por arte, mirémosla y condenémosla y expulsémosla para salud de los demás, de nuestra moral y nuestras buenas costumbres. Ante Marta fingió que tenía las causas del ataque identificadas, o, mejor aún, que las había desactivado como un explosivo: nada más se podía esperar de un país premoderno para el cual era una amenaza una mujer que, además de mujer, quería ser libre. Marta, por supuesto, le prestaba las palabras; Marta le daba argumentos del cajón de su propia experiencia, coleccionados durante muchos años de lucha contra las agresiones de este charco demasiado pequeño para tantos peces. Pero el ataque de Engel fue tan salvaje que incluso un hombre de gustos conservadores como Casimiro Eiger asumió la defensa de Feliza, aunque fuera una defensa secreta. Ella nunca llegó a saber qué mecanismos había puesto en marcha, ni con qué complicidades había contado; pero a finales de año la embajada de Israel le estaba extendiendo una invitación para exponer en Jerusalén.

Feliza no lo dudó. Habló con sus padres; sus padres hicieron llamadas; Feliza escribió largas cartas. En Jerusalén vivía Abraham Pilan Bursztyn, un médico respetado en la familia, que contestó de inmediato para darle la bienvenida, y un nuevo viaje comenzó a ponerse en marcha, más interesante todavía porque incluía un viejo deseo de Feliza: conocer Israel, el proyecto del que sus padres socialistas habían sido testigos (no: protagonistas) mucho antes de que ella naciera, la tierra donde habían comenzado a ser la pareja que después acabó en Colombia como hubiera podido acabar en cualquier otra parte. Sí, viajaría a Jerusalén y sería como encontrarse con el pasado de su apellido, o con una parte de ese pasado, y sería encontrarse también con esa fe que ya había abandonado para siempre, y que sin embargo daba forma a su vida: la fe que una vez la había expulsado de su familia. Eso era lo que le había sucedido años atrás, ¿no era cierto? Una vez la desterraron; ahora la admitían de nuevo: el viaje sería un reencuentro con el pasado de su estirpe. Fue por esos días cuando se topó con la foto del abuelo Isaac y la abuela Lente sentados bajo un árbol, en verano, años antes de que el abuelo muriera a manos de los nazis, y usó la foto para pintar el retrato al óleo que hizo llorar a su padre. El llanto de Jacobo selló algo nuevo, como si su relación con Feliza hubiera vuelto a empezar, y a partir de entonces pasaron más tiempo juntos, él contándole historias de la familia, hablándole de Polonia, reviviendo para ella la memoria de esos muertos lejanos. Antes de que Feliza se embarcara para Israel, Jacobo la invitó a su oficina, a la misma oficina desangelada donde había hecho negocios durante años, y le entregó con solemnidad los libros del abuelo, que no eran solamente los libros del abuelo, sino los de Isaac Bursztyn, venerado rabino de Ostrolenka y víctima de la Shoah. Nadie le tuvo que explicar a ella lo que significaba este regalo.

«Cuando vuelva», le dijo a Jacobo, «quiero que los leamos juntos».

Se acordaría de esa despedida meses más tarde: del proyecto de leer juntos esos libros escritos en una lengua que Feliza no entendía; del sombrero que su padre se quitó para que ella le diera un beso en la frente. Se acordaría de esa despedida como tratamos de iluminar en la memoria las escenas pasadas que de repente se han vuelto importantes, y nos preguntamos por qué no supimos entonces reconocer su importancia; y nos decimos enseguida que nadie lo sabe nunca, y que no podemos vivir cada momento como si después fuera a resultar que allí nos cambió la vida. Así fue para Feliza. En Jerusalén intimó con Abraham, su tío remoto, y aprendió algunas palabras de hebreo y expuso sus chatarras en el Museo Bezalel. Y mientras tanto tuvo tiempo de una correspondencia breve con Bogotá. Alcanzó a escribirle a su padre y a contarle de los planes que tenía en Israel; alcanzó a recibir una carta de Marta llena de largos sarcasmos sobre ciertos pintores colombianos y su ego tan alto, pero tan alto, que su talento no llegaba a alcanzarlo ni con escalera. Y le dio a Jorge detalles de su viaje, su llegada, su exposición y las reacciones del público.

La respuesta de Jorge fue un breve reporte de su vida con la pandilla de la revista *Mito*. Sus cartas —Feliza lo sabía— solían ser memoriales de agravios para reclamar colaboraciones, solicitar dineros atrasados, dar instrucciones a los editores o armar redes de trabajo con cómplices de medio mundo. Pero esta carta era distinta. Jorge hablaba de un homenaje que le habían hecho los amigos en el restaurante Breogan de Bogotá; Feliza supo que el pretexto era la publicación de *Si mañana despierto*, el libro que Jorge le había dedicado a una mujer de nombre falso, Betina, y en el cual había incluido todos los poemas escritos para ella en los días de Ibiza y de París. En el restaurante lo acompañaron Alejandro Obregón, el Nene Cepeda y el poeta Eduardo Carranza, entre otros muchos cómplices, y todos leyeron sus poemas —sus poemas, sí, sobre Feliza— y las cartas que habían enviado Aleixandre y Cernuda para felicitar al autor por su libro. El homenaje era también una despedida, pues Jorge tenía pensado viajar pronto a París y quedarse tres o cuatro meses. Le prometía a Feliza que le mandaría un ejemplar de *Si mañana despierto* tan pronto como pudiera, y le recordaba los planes que habían hecho —planes de amantes que se echan de menos— para volver a encontrarse en París.

Feliza contestó a esa carta de inmediato.

Mi vida, amor mío,

Estoy dichosa con la idea de que te voy a ver muy pronto, estoy como en agujas contando las horas y los días. No he recibido el libro pero espero que llegue muy pronto. Yo pienso salir de Israel alrededor del veinte de este mes, por favor mi amor mándame la plata o el pasaje para París y un poco de plata extra para el viaje pues estoy varadísima. Jorge nene mío no puedo creer que te veré muy pronto mi vida yo te amo tanto.

te beso y abrazo todo
tuya
Feliza

Puso la carta en el correo el día 4 de febrero; la respuesta de Jorge le llegó el 16. Después pensó que la rapidez del intercambio habría debido ponerla en aviso, o por lo menos la escualidez del sobre. Era una sola página delgada sin un solo tachón, y contenía pocas palabras, pero la escritura desparramada de Jorge la llenaba cabalmente. Feliza, sin embargo, se quedó enganchada en la primera línea.

Queridísima Feliza: acabo de ver en el periódico la noticia de la muerte de tu padre.

Tuvo una impresión novedosa: primero fue un estremecimiento, como si una mano le hubiera tocado la nuca; luego se sintió encerrada contra su voluntad, y la sensación fue tan fuerte que tuvo que salir a la calle para respirar mejor. Quiso estar ya mismo en el barrio de Teusaquillo, como si eso arreglara algo, y no estarlo le produjo una rabia sorda sin destinatario definido. No, no estaba bien armado un universo donde su amante se enteraba de la muerte de su padre —y por la prensa— antes que ella misma. ¿Cómo era posible? Regresó a Colombia en el acto, haciendo un vuelo de cuatro escalas sin más equipaje que una cartera de mano en la cual metió su pasaporte, su billetera y la carta de Jorge. Al llegar a Bogotá se enteró de que Jacobo había enfermado semanas atrás, y los médicos de la Marly estuvieron todos de acuerdo en que su corazón era débil y le quedaba poco tiempo; pero había tomado él mismo la decisión de que nadie le avisara a Feliza, pues le parecía que era más importante proteger el trabajo que ella estaba haciendo en Israel. «Eso es sagrado»: ésas, al parecer, habían sido sus palabras. Chaja sólo avisó a su hija mayor, Hela, que alcanzó a llegar de Nueva York a tiempo para sentarse junto a su padre en la clínica, tomarlo de la mano y verlo morir de un infarto inevitable después de tres horas de silencio. «Me habría gustado que me avisaran, me habría gustado», decía Feliza entre lágrimas, y Chaja sólo podía repetir: «Tu padre prefirió que fuera así». Lo enterraron en el Cementerio Hebreo del Sur, a pocos metros de un monumento reciente: cuatro grandes pilares sobre los cuales descansaba, en las alturas, una menorah gigante que parecía dorada cuando le daba el sol.

Después del entierro, cuando todo había pasado, Feliza volvió a leer la carta de Jorge que le había dado la noticia, y esta vez se fijó en otras palabras, las que venían después de la noticia sobre Jacobo.

> *Aunque lo conocí muy poco, por tratarse de algo entrañablemente tuyo he sentido un profundo pesar y quiero que sepas que te acompaño totalmente, pues considero lo tuyo como mío.*
>
> *Imagino que este doloroso suceso influirá sobre nuestros planes y por tanto te ruego tenerme al tanto de todo. Ya sabes, además, que puedes contar totalmente conmigo y que estoy a tus órdenes para lo que se te ofrezca.*
>
> *Te abraza y besa muy tiernamente,*
> *Jorge*

Sí, a Feliza le habría gustado contar con él para sobrellevar la muerte de su padre: le habría gustado contar con su compañía y con su voz, y tocar su rostro bello y ver sus ojos de un color que nunca había entendido. *Imagino que este doloroso suceso influirá sobre nuestros planes.* Así era. El viaje de Feliza a París —el encuentro con Jorge que estaba en esos planes— se había convertido en un imposible. En las semanas que siguieron, Feliza fue aceptando la realidad molesta: no era sólo que no tuviera dinero para viajar, sino la necesidad inesperada de acompañar a su madre en Bogotá y dejar que se asentara en su vida, sin viajes ni distracciones, la memoria de su padre muerto. Jorge llegaría en junio; demasiados días la separaban de esa fecha, pero todo era cuestión de paciencia. Las cartas de Jorge se quejaban de los problemas de la revista, le hablaban de cine y de libros —había visto *Cleo de 5 a 7* y estaba leyendo a Stendhal como si fuera una droga—. Y Feliza iba dejando que el tiempo pasara a su lado, como un desconocido, mientras esperaba el regreso de Jorge. Y estaba segura de que aquí, con su complicidad y su cariño, Feliza lograría darle forma a esta vida nueva que comenzaba tras la muerte de su padre.

De manera que lo estaba esperando ese 21 de junio, cuando Jorge embarcó en el aeropuerto de Orly para volver a Colombia. Sabía que la compañía era Air France y sabía cuáles eran el vuelo y el itinerario, que contemplaba escalas en Lisboa y en las islas Azores antes de atravesar el Atlántico, pero no sabía muchas otras cosas. No sabía, pero sabría más tarde, que el avión era un Boeing y que el piloto era el preferido del presidente De Gaulle. No supo tampoco las causas precisas del problema, pero supo después, como todo el país, que el avión había entrado en el espacio aéreo de la isla de Guadalupe y comenzaba el descenso hacia la ciudad de Pointe-à-Pitre, donde tenía que hacer escala antes de seguir hacia Bogotá, cuando se produjo un incendio en los motores. La nave en llamas perdió altura antes de tiempo, planeó sin control y se estrelló contra la cara occidental del cerro Lomo de Burro, en un lugar que los locales llaman Cafeto. Eran las 3:30 de la madrugada del viernes 22 de junio; Feliza despertó cuatro horas después y no sintió que nada malo hubiera pasado durante la noche. Se enteró más tarde de que había borrasca sobre la isla, y supo también que la madrugada era oscura, que el incendio en los motores no era tan grave, que ninguno de los ciento once pasajeros había sobrevivido, y sólo podía sentir que delante de ella se abrían años y años en los cuales Jorge ya no estaría. Pensó brevemente en su padre, la otra ausencia. El mundo nos hiere, nos persigue, nos envilece, recordó Feliza: eran las palabras que Jorge le había dicho en otro avión, no llegando a Guadalupe sino alejándose de la isla, cuando los dos creían, como ángeles equivocados, que su destino común era la felicidad.

Feliza nunca dejaría de sorprenderlo, pensó Pablo, mientras veía a Mercedes abrazándola y a Gabo aplaudiendo frente a la pared donde ahora estaba el cuadro: la cabeza del gigante rompiendo la superficie del mar Caribe. Al entrar al apartamento, incluso antes de saludar a los otros dos invitados, Feliza había echado una mirada de animal de presa a las paredes del salón, y en cuestión de segundos había escogido un espacio descubierto. Entonces sacó de alguna parte —¿de su cartera, de un bolsillo?— el mismo rollo de cinta que Pablo había utilizado en la mañana para sellar las ventanas del apartamento, y con movimientos diestros arrancó cuatro pedazos, los entorchó para que adhirieran por las dos caras, los pegó al cuadro y pegó el cuadro a la pared, perfectamente recto y equidistante de los otros marcos.

«¿Y esto qué es?», dijo Gabo.

«Un detallito», dijo Feliza.

«Bueno», dijo Gabo, «¿pero por qué?».

Pablo pensó que Feliza había planeado el momento presente con anticipación de varios días. Ella, mientras tanto, contestaba con ojos pícaros:

«Ay, yo no sé. Porque me da la gana».

Los otros invitados eran Enrique Santos, un periodista al que conocían desde los años sesenta, cuando entrevistó a Feliza para el periódico más influyente del país, y su esposa María Teresa, cuyo acento de músicas mezcladas siempre les había gustado: era italiana de nacimiento, pero se había asentado en Colombia como si llevara allí toda la vida, y hablaba con gracia de cualquier cosa, desde la historia de Roma a la última novela de Marguerite Duras. Pablo entendió bien que Gabo los hubiera invitado. Enrique estaba en París porque lo habían nombrado corresponsal de *El Tiempo*, el periódico de su familia, un monstruo de poder que hacía y deshacía en la vida política del país, pero poco tiempo atrás había acompañado a Gabo en una aventura quijotesca: la fundación de una revista de izquierda. *Alternativa*, se había llamado la revista, y se había cerrado por problemas económicos, o eso era lo que se decía; pero durante los años de su existencia atribulada había resultado tan incómoda para tantos, o tan certeras sus denuncias, que sus periodistas recibieron amenazas y fueron víctimas de atentados con una regularidad pasmosa. Enrique había vivido las dos cosas: varios años atrás, después de que apareciera en la revista un artículo sobre ciertos casos de corrupción en el Ejército, un explosivo puesto por manos anónimas estalló en la puerta de su garaje. Pablo recordaba con nitidez el comentario de Feliza tras enterarse de lo ocurrido: «Parece que hasta los triciclos de los niños quedaron destrozados». ¿Era ésa la razón por la que estaba aquí? ¿Tendrían eso en común todas las personas sentadas en esta sala: haber sido expulsadas de su país por fuerzas ocultas que en realidad no eran ocultas para nadie?

Y aquí estaba Feliza, arrellanada junto a Pablo con una sonrisa, recibiendo un whisky de manos de Mercedes (y un posavasos, para que la condensación no se pegara a la mesa de vidrio), y tomando un sorbo pequeño, como hacía siempre: cuidando que los hielos no se movieran de repente y le salpicaran la cara. Pero entonces, cuando los demás no estaban mirando, dejó su vaso en la mesa y ya no lo volvió a tocar. Sólo Pablo se dio cuenta; le hizo con la mirada una pregunta que ella entendió. «Tómatelo tú», dijo Feliza. «Yo no tengo ganas». Nadie la oyó, por fortuna, pues habrían comenzado de inmediato las preguntas sorprendidas: ¿Feliza rechazando un trago? ¿Se sentía mal, estaba enferma, qué le pasaba? Pablo no insistió, y el vaso de whisky se quedó allí, sobre la mesa, junto a un catálogo enorme de Darío Morales y un libro de fotografías de Cartier-Bresson. Enrique y Gabo se habían enzarzado en una conversación sobre la izquierda colombiana, que no iba a conseguir un carajo mientras no dejaran de comerse entre sí como caníbales. Era por eso por lo que había desaparecido la revista, o también por eso y no sólo por los problemas económicos de todas las revistas del mundo: porque su breve existencia había sido un campo de guerras intestinas, donde el peor enemigo de la izquierda radical no era la extrema derecha, sino la izquierda moderada, y la bestia negra para un marxista-leninista era un maoísta o un trotskista, y la bestia negra para un trotskista era un guevarista o un marxista-leninista, y mientras tanto el continente entero se hundía bajo las dictaduras militares y se iba a seguir hundiendo.

«Menos en Colombia», dijo Feliza para nadie. «En Colombia no va a haber una dictadura militar, porque ni falta que hace».

Mercedes había puesto sobre la mesa las aceitunas de dos colores y el jamón que acababan de traer de Barcelona, y las manos se alargaban y los platos se iban despejando, pero Feliza no tocó la comida. Los vasos de los otros se vaciaban y volvían a llenarse, y se volvían a vaciar y se volvían a llenar, y mientras tanto el de Feliza seguía allí, el hielo derritiéndose y las gotas de agua formando en el posavasos un delicado charco diminuto, muy cerca del libro de Darío Morales en cuya portada una mujer desnuda se estiraba como un gato sobre una mecedora de mimbre. A Feliza le gustaban las pinturas de Darío Morales, pensó Pablo, y tal vez en estos momentos estaría pensando en ellas; tal vez estaría pensando en que Darío Morales vivía aquí, en París, igual que Luis Caballero, cuya obra también estaba hecha de cuerpos desnudos. Cuerpos de hombre, cuerpos de mujer, cuerpos desnudos pintados al óleo o al carboncillo, cuerpos sin rostro visible porque eran sólo cuerpos, y además pintados en París: lejos de Bogotá, lejos de Colombia, lejos del odio y el miedo y la violencia. Ni a Darío Morales ni a Luis Caballero los arrestarían nunca, porque vivían aquí, protegidos por un océano de distancia, libres de sospechas, dedicados a mirar los cuerpos desnudos de sus amantes o sus modelos. Pablo pensó: Ahora tendremos esto, Feliza. Pensó: Ahora vamos a vivir más tranquilos.

«¿Cómo estás?», le preguntó en voz baja.

«Bien, mi amor», le dijo ella. «Todo bien». Y le puso una mano en la pierna.

A las nueve y media de la noche Mercedes dijo: «Carajo, se me olvidó confirmar». Se levantó, desapareció detrás de una puerta y volvió al cabo de un rato diciendo que había llamado al restaurante. «Nos reservan una mesa, pero nos tenemos que ir ya», dijo. «Porque la cocina cierra a las diez». María Teresa preguntó de qué restaurante se trataba. Se llamaba Dominique, dijo Mercedes: un ruso, ruso de rusos de verdad, que conocían de tiempo atrás y nunca les había fallado. «Y además quiero que Feliza pruebe el *borsch*», añadió, y se giró hacia ella: «Te va a encantar». «Eso es lo que voy a pedir», dijo Feliza. «Es que el sitio es una maravilla», dijo Gabo entonces. «Perfecto para desquitarse». Después repetiría la misma idea: sí, el país los había maltratado, y sí, era mucho lo que habían sufrido, pero no era nada que no se pudiera arreglar con una buena comida, un buen vino y buenos amigos. Ése era el mejor de los desquites. «Yo brindo por eso», dijo María Teresa.

«Salud», dijo Enrique.

«Salud», dijo Pablo.

«Bueno, vámonos», dijo Gabo. «Que no se nos haga tarde para las cosas buenas».

IV. La casa y el mundo

Hablemos de la casa. La relación entre Feliza y esa construcción extraña que fue cambiando con el tiempo, como inventándose mientras Feliza se inventaba, fue tan intensa que se convirtió en otra dimensión de su persona. La muerte de su padre la sorprendió justo cuando comenzaba a descubrir nuevas complicidades con él; y pocos días después, mientras trataba de lidiar con el dolor en compañía de su madre y su hermana, el avión en que viajaba Jorge Gaitán Durán, el hombre que más había querido en la vida, se estrelló contra una montaña de la isla de Guadalupe. Yo tengo para mí que fue por entonces cuando Feliza llegó a la conclusión, sin saber muy bien cómo explicarlo, de que la única manera de llevar la vida era llevarla sin ataduras —ni a la familia, ni a los hombres, ni a la mirada de la gente—, pero que tener un lugar en el mundo, en cambio, era la única certeza necesaria. Las dos muertes en espacio de pocos días fueron como un ancla que se hubiera soltado del lecho del mar, como si Feliza anduviera de repente a la deriva: como si también sus muertos la hubieran liberado. Le correspondía a ella y a nadie más transformar la muerte en otra cosa, darle una respuesta o ponerle la cara y desafiarla con la simple insolencia de sus ganas de vivir, y lo que no podía hacer era aceptar las talanqueras que la ciudad o el país (su temperamento inquisidor y desconfiado, su dedo censor permanentemente enhiesto) le estaba presentando todo el tiempo. Había que ser respondón con la vida, sí, porque uno tenía dos opciones: o vivir su propia vida o que los demás *se la vivieran*. Era una sensación vertiginosa y algo de miedo había en ella, pero Feliza pensó que ninguna libertad viene sin miedos. Y de repente fue como si la vida misma empezara a estar de acuerdo. Con Jacobo muerto, con su hermana Hela viviendo en Estados Unidos, su madre empezó de un día para el otro a hablar de un cambio de país.

«Quiero volver a Israel», dijo. «Quiero cerrar el círculo».

Era verdad: con los años, familiares y conocidos habían ido llegando a Tel Aviv para cerrar existencias itinerantes y desarraigadas, y Chaja quería hacer lo mismo. Feliza, en cambio, sentía que sólo aquí, en esta ciudad eléctrica que era Bogotá, en esta Colombia estremecida y hostil que era su paisaje de fondo, tenían sentido las imágenes que se aparecían en su mente cuando pensaba en su futuro. Hablaron largamente, hicieron acuerdos, llamaron a Hela para consultas que tenían tanto de sentimental como de práctico; y luego, cuando Chaja se despidió de Feliza y del país que había sido el suyo durante treinta años, ya todo estaba arreglado. Vendieron la casa de la familia en Teusaquillo, donde Feliza había crecido, y ella se quedó con todo lo que pudiera servirle, desde la cama a los tenedores, y también con lo que era suyo desde su vida anterior de madre y esposa: la mesa del comedor donde su mano había recibido un golpe; la nevera blanca de puertas sin ángulos; el aparato de radio y tocadiscos que tanto disfrutó de adolescente. Vendieron la maquinaria de la fábrica de textiles; Feliza se quedó con el garaje y el espacio donde trabajaba en sus esculturas, y Chaja alquiló el resto de la propiedad y se comprometió a cederle a su hija una parte del alquiler. Pronto fueron evidentes dos cosas. Primero, que no iba a poder hacerlo con constancia, pues ella también necesitaba el dinero; segundo, que incluso si lo hacía, esa entrada fija no le alcanzaría para nada a Feliza.

Tampoco el espacio era suficiente. En aquellos quince metros cuadrados era imposible trabajar en las esculturas enormes. Mientras Chaja viajaba a comenzar una vida nueva en Tel Aviv, Feliza tomó posesión del garaje de la fábrica, el espacio donde antes se guardaba el carro de Jacobo, y con la ayuda generosa de sus amigos arquitectos convirtió ese rectángulo de cemento sin gracia en un lugar habitable. Carlos Valencia donó los materiales. Fernando Martínez y Rogelio Salmona, que por esos días estaban convirtiendo a Bogotá en una ciudad moderna —reformando de arriba abajo la plaza de Bolívar, por ejemplo, o haciendo los planos para una torre de apartamentos de treinta y siete pisos de ladrillo rojo—, dedicaron sus ratos libres a construir un lugar donde Feliza pudiera vivir como quería. Rompieron los techos para ganar altura y construyeron dos niveles más, de manera que abajo quedó el taller donde Feliza trabajaba con sus sopletes y sus motores eléctricos y sus montones de chatarra que esperaba con paciencia su metamorfosis, y arriba, subiendo por una escalera que parecía levantada en ángulo recto y no hubiera desmerecido en una casa en el árbol, se llegaba al pequeño cuadrilátero que alguien llamó burlonamente la *zona social*. En el último nivel estaba la habitación de Feliza, pero más de una vez las reuniones de amigos terminaban demasiado tarde para subir hasta esas alturas, o con demasiado ron, y Feliza se quedaba dormida sobre los cojines de su sala sin darse cuenta de quién se había marchado a qué hora.

Eran años de fiestas, sí, pero eran también años crispados. Después del asesinato de Kennedy, que había ocurrido en una ciudad lejana y sin embargo parecía cosa del vecindario, una verdad incómoda quedó en evidencia para todos, y era llamativo que sólo lo hiciera en ese momento, a pesar de llevar varios años andando por aquí: la Guerra Fría había llegado a la ciudad. Ya estaba en estos barrios donde nunca pasaba nada, y no era solamente por el apocalipsis de los misiles soviéticos acercándose al mar Caribe, que todos habían visto por televisión, sino porque la Revolución cubana los había obligado a asumir posiciones sobre cualquier cosa, desde el bloqueo norteamericano hasta la moralidad de tomar Coca-Cola, desde la forma correcta de escuchar a los Beatles hasta los enfrentamientos entre las facciones diversas —e irreconciliables— del marxismo-leninismo. Durante unos años pareció que uno se iba a dormir por la noche y se despertaba en la mañana con la noticia de un nuevo movimiento guerrillero, prosoviético o prochino, trotskista o guevarista, que había nacido en las montañas y en las selvas, lejos de la ciudad pero viviendo en ella de forma vicaria o secreta, y bebiendo de las ideas que se discutían en ella: en los cafés, en los panfletos anónimos, en las universidades donde las manifestaciones se volvieron cotidianas, en los platós de televisión y tras bambalinas en los teatros. Feliza veía cómo los elencos de repente se quedaban incompletos, porque uno de los actores se había ido al monte a tomar las armas; cómo una transmisión se interrumpía porque llegaba la noticia de un arresto, y había que volcarse a las calles para exigir la liberación de todos los presos políticos. Ella salía a protestar, igual que había protestado años antes contra la dictadura de Rojas Pinilla, y a veces salía sin razón ninguna: solamente para acompañar a su gente.

Había descubierto que nada le importaba tanto como los amigos. Los amores iban y venían y uno hacía lo que pudiera con esas presencias más o menos fugaces, hechas de curiosidad y de deseo, y el sexo sin ataduras era una ventana por donde se podían entrever otros mundos; pero la amistad de los suyos era lo que daba un orden al mundo de aquí, o lo que le permitía vivir a gusto su independencia. Tras la muerte de Jorge le habían llegado poco a poco los rumores acerca de sus últimos días en París, donde, al parecer, lo habían visto con una poeta argentina: asistiendo a las reuniones que organizaba Octavio Paz en la embajada mexicana, o visitando con Julio Cortázar una galería del barrio de Saint-Sulpice. Alejandra Pizarnik, se llamaba la mujer. Feliza recibía esos rumores póstumos pensando que nunca había sido dueña de Jorge igual que él no había sido nunca su dueño, o comprendiendo que Jorge era un hombre de varias vidas, o que necesitaba varias vidas para saciar su sed de experiencia, para echar su pulso contra la decadencia y la muerte. También ella era libre, también iba a disfrutar de su libertad. Y para eso contaba con sus amigos. Algunos venían de antes, como Marta, y algunos eran herencias de Jorge, como la gente del grupo *Mito*. Cuando murió Eduardo Cote —un accidente de carretera a pocos kilómetros de Cúcuta—, su esposa Alicia se fue acercando cada vez más a Feliza, en parte por la intuición de haber compartido un destino y en parte por afecto de verdad. Y Feliza se entregaba a esas relaciones, pues había comprendido que el mundo es muy jodido y muy hostil (nos hiere, nos persigue, nos envilece), y había comprendido sobre todo que los enemigos son muchos más de los que uno cree, y los amigos, en cambio, son muchos menos. Y había que rodearse de ellos como se rodea un comandante guerrillero de un anillo de seguridad.

Uno de esos amigos que no eran sólo amigos, sino también protectores y compañeros de batallas, se llamaba Santiago García. Era una de las inteligencias más vivas que Feliza había conocido. Era tan inteligente, decía Feliza, que su cabeza había tomado la forma de una naranja: para que le cupiera el cerebro. Santiago lo miraba todo con sus ojos pequeños desde el otro lado de sus gafas de marco grueso, y sobre todo tenía un comentario iluminador que llevaba las cosas a otra parte. Había estudiado con Seki Sano, el maestro japonés que fue expulsado por el dictador Rojas Pinilla, y después había pasado unos años en Praga y en París de los cuales volvió lleno de anécdotas sobre el estreno de *Esperando a Godot* y lleno de convicciones sobre la manera correcta de poner en escena a Brecht. Feliza lo admiraba. Había sido testigo del momento en que Santiago, tras recibir la oferta de dirigir el grupo de teatro La MaMa, de Nueva York, la rechazó como si lo insultaran. «Pero te pagarían muy bien», le dijo Feliza, y él respondió: «Sí, pero yo pagaría mucho más por no vivir en Estados Unidos».

Desde entonces el tiempo le había alcanzado para inventar junto a su esposa un grupo de teatro y montar obras que eran como extensiones de su militancia. Patricia Ariza, se llamaba ella: una mujer alta y de pelo corto que parecía galvanizada por una misión constante. Verlos juntos era un espectáculo. La primera vez que Feliza la invitó a su taller, Patricia hizo preguntas sobre el soplete y la chatarra y vio los materiales derretidos como chocolate y se puso la careta con curiosidad genuina, pero aprovechó el primer momento para arrastrar a Feliza a las filas de las Juventudes Comunistas. «Pero si yo ya no soy juventud», le decía Feliza. «Y de lo otro, menos todavía». Patricia le habló de la revolución de Cuba, de la revolución de Castro, de la revolución del Che, y Feliza escuchaba sus peroratas íntimas y las terminaba con una mueca de ironía: «Ay, Patricia, me tiene mamada con su revolución», le decía. «No joda más, ¿sí? Hablemos de otra cosa». Patricia no lo entendía, insistía, volvía a insistir. Hasta que un día Santiago le dijo: «Déjala en paz. Feliza no es de partido». «¿Pero acaso no es de izquierda?», dijo Patricia como si Feliza no estuviera presente. «Lo que es es una anarquista», dijo Santiago. «Ella va por la libre y no hay nada que hacer. ¿Te la imaginas en una reunión de célula? Un desastre, no dejaría hacer nada. No, esta pobre no aguantaría ni dos días. Mejor así, de lejos».

Feliza pensó que Santiago la había entendido mejor que mucha gente. Fue una sociedad de mutuo beneficio. Feliza consiguió que sus conocidos de la comunidad judía donaran telas para el Teatro La Candelaria, con el cual Santiago y Patricia estaban poniendo patas arriba la dramaturgia colombiana, y le regalaba a Santiago camisas finas que nadie sabía de dónde sacaba, y que él a veces se ponía y a veces usaba como vestuario para actores; Santiago, por su parte, utilizó su prestigio para llevar a Feliza ante los mandamases de la televisión nacional, y así fue como ella empezó a diseñar escenografías para todo lo que pudiera pasar frente a una cámara, desde un teleteatro al fondo especial de un programa de concurso. Lo que más le gustaba, sin embargo, era trabajar con La Candelaria en obras para la escena, pues la idea de llegar a ese mundo negro donde no había nada y fundar allí otro mundo, el mundo de los personajes, era lo más parecido a la escultura. Cuando Santiago montó *Un hombre es un hombre*, la obra de Brecht sobre un pobre tipo que va a comprar pescado y acaba metido sin querer en el ejército, Feliza se inventó una docena de metralletas de utilería con trozos de chatarra, y lo hizo con tanta pericia que después, cuando el grupo fue a montar la obra en un escenario de provincias, se encontraron con un comando de militares alertados que los esperaban en el parqueadero del teatro. Santiago y Patricia tuvieron que abrirles todas las cajas y dejar que inspeccionaran la camioneta en la que habían llegado, pues las armas falsas eran demasiado realistas para no sospechar que pudieran camuflar otras verdaderas, o para que los soldados no las tomaran por ayuda para los movimientos guerrilleros con los cuales simpatizaban tantos —esto no era secreto para nadie— en los ambientes del teatro. Y a Santiago le parecía maravilloso que Feliza, una burguesa privilegiada que nunca había tenido un rifle en las manos ni seguramente lo tendría, que detestaba la violencia en todas sus formas y no había hecho nunca nada más revolucionario que salir a la plaza de Bolívar para agitar pañoletas contra el régimen de Rojas, hubiera sido capaz ahora de fabricar un pequeño arsenal de mentiras con el cual tal vez habrían podido tomarse un pueblo.

«No te quejarás», le dijo Santiago tan pronto volvió a verla. «Seguramente es la mejor crítica que te han hecho».

Y ella soltó una carcajada.

Fue por esos días cuando le dieron a Feliza una noticia que parecía solamente incómoda, pero que luego fue tomando un cariz amenazante. Para una puesta en escena de *El cementerio de automóviles*, había cubierto el escenario con chatarras que simulaban un taller de desguace como tantos que conocía tan bien, y los actores caminaban entre los guardabarros y las puertas sin manilla y las rejillas de los radiadores, moviéndolas con cables de acero de tal manera que las piezas producían ruidos. El director estuvo encantado con la idea desde el primer momento, pero conforme avanzaban las funciones y los actores tocaban las piezas, los mecanismos se desacomodaban y las estructuras se volvían inestables, y Feliza tenía que hacer ajustes o reparaciones para que nada fuera a caerse en medio de una escena. Y en ésas estaba, apretando tornillos y añadiendo cuñas, cuando un tramoyista vino a decirle que su amiga la Traba —así le dijo, «su amiga la Traba»— había vuelto a meterse en problemas.

«A ver, qué hizo esta vez», dijo Feliza.

«Yo no sé cómo hace», dijo el hombre. «Es como si le pagaran».

Marta se lo confirmó todo. En esa época había comenzado a emitir un programa de televisión que no sólo hablaba de arte, sino que se metía de cabeza y con los ojos abiertos en los debates más agrios. Así había ocurrido entonces. Una manifestación procubana en la Universidad Nacional se había transformado en una escena de guerra, con los estudiantes cubriéndose la cara con pañoletas para tirar piedras y botellas y con la policía cargando a golpes de bolillo desde caballos enormes, y días después Marta apareció allí, en el recuadro en blanco y negro de todas las televisiones, con su collar de tres vueltas y su traje a cuadros de mangas recogidas, moviendo sus brazos pálidos en el aire de la pantalla, hablando con un grupo de muchachos de lo que había ocurrido y aclarando para beneficio de los televidentes que esa conversación se transmitía en vivo y en directo. Les dijo a los estudiantes que los apoyaba, porque le parecían valientes; les dijo que la universidad era un territorio que debería ser sagrado; les dijo que en ese territorio no debería tener entrada la policía, ni en Colombia ni en ningún país. Fue una conversación de veinticinco minutos, poco más que eso, y ya se estaba terminando cuando tres agentes de uniforme verde, uno de gorra de paño y dos de casco rígido, irrumpieron en los estudios para suspender el programa, y el de la gorra acusó a Marta de hacer apología de la subversión y le dijo que más bien agradeciera.

«¿Que agradecieras qué?», le preguntó Feliza.

«Que no me pusieran ahí mismo las esposas», dijo Marta. «Y luego me dijeron: acuérdese la señora de que usted es huésped en este país».

«Menos mal no pasó a mayores», dijo Feliza.

«Ah, pero va a pasar», dijo Marta. «Claro que va a pasar».

Su denuncia apareció a los pocos días en la sección de cartas de *El Tiempo*. Marta habló de intromisión indebida, de censura rampante, de régimen de miedo; dijo que la persecución hablaba más de los temores del gobierno que de la amenaza de los perseguidos; dijo que antes cerraría ese espacio que ceder a las presiones del autoritarismo, y terminó preguntándose si todos los policías se la pasaban viendo televisión en la mitad del día sólo para ver si podían arrestar a alguien en los estudios. Fueron pocas líneas, pero encendieron un debate que salió de ese periódico y contagió a otros, y muy pronto Marta las estaba ampliando, y la carta a un periódico se convirtió en una entrevista en la cual no se cortó la lengua: «Me gustan los estudiantes porque llevan la acción hasta sus últimos extremos», dijo, y también: «Yo siempre estoy con el bando de los que ponen los muertos, no de los que matan». Feliza leyó esas declaraciones con algo que sólo podía llamarse solidaridad, pero una frase apareció involuntariamente en su cabeza: *Se te fue la mano*. A los pocos días estaba en su cocina, que sus arquitectos amigos habían construido como una esquina de su taller, haciéndose un café con la radio encendida; y apenas había comenzado a servirlo, un ritual matutino que era la única manera de que la cabeza comenzara a funcionar, cuando oyó la noticia que una voz de predicador leía sin afecto: *Marta Traba, expulsada de Colombia*. Dejó la taza en la mesa y caminó a la puerta de su casa con pasos largos, y encontró el periódico de todos los días asomándose en el buzón de lata, mitad seco y mitad húmedo por la escarcha de la mañana. La noticia estaba escondida en las páginas interiores, rodeada de avisos publicitarios e ilustrada con una foto demasiado vieja (Marta ya había cambiado de corte de pelo), y era en general demasiado discreta para la enormidad de lo que contaba, pero eso no evitó que Feliza la leyera como si estuviera publicada a seis columnas:

> La crítica de arte Marta Traba, de nacionalidad argentina, será expulsada del país por decisión de la Sección de Extranjería del Departamento Adminis-

trativo de Seguridad bajo la sindicación de auxiliar a los subversivos e inmiscuirse en los asuntos políticos internos de Colombia. El ministro de Defensa guardó silencio sobre el particular.

En ese instante Feliza no dudó que la expulsión se produciría, y de repente se sintió un poco más sola en Colombia. Marta había sido su apoyo más grande en estos años: sus artículos la habían defendido de los ataques rutinarios de los dueños del arte (esa gente para la cual la escultura era de piedra o no era, esa gente que no quería museos, sino panteones), y al escribirlos, además, le prestaba a Feliza una suerte de coraza hecha con el temor que despertaban en los demás sus opiniones fustigantes. Con su partida perdería a una amiga, pero también a una militante de su causa privada. Pero la decisión oficial de expulsarla se vio enredada en una controversia que nadie había previsto: el mundo cultural se dividió en dos bandos beligerantes, y una guerra de opiniones estalló en las páginas de los periódicos —en la sección de cartas primero y en las columnas de opinión después— con tanta saña de todas partes, y argumentos tan animosos, que aquella simple decisión administrativa se convirtió en cuestión de Estado. Unas columnas acusaban a Marta de histérica y melodramática y otras acusaban al gobierno de xenófobo y totalitario, y alguien recordó al japonés Seki Sano, expulsado por un dictador muy pocos años atrás, y otro se preguntó si podían hablar de libertad los cómplices silenciosos de los crímenes estalinistas, y el historiador Germán Arciniegas, que en otros tiempos había denunciado las dictaduras militares, acusaba a Marta de estar haciendo agitación comunista, y García Márquez le respondía desde México, convocando a sus compinches escritores, apoyando a Marta y recordándole a ella que no estaba tan sola como pensaba el gobierno. Y mientras tanto

Marta intervenía en lugares diversos, por escrito o de viva voz, para recordarles a todos que no sólo había dedicado casi quince años a trabajar por este país, a veces en condiciones muy precarias, y no sólo se había enfrentado a la dictadura militar para defender derechos que eran de todos, sino que estaba casada con un hombre colombiano y era madre de dos niños colombianos, y además era imposible que ella se inmiscuyera en los asuntos políticos internos de Colombia, señores del gobierno, pues ella estaba adentro, ella era parte de *lo interno*, y no se podía acusar de inmiscuirse en nada a alguien que ya estaba hundido hasta el cuello. En uno de los muchos reportajes que aparecieron, a un artista que prefirió no dar su nombre le preguntaron qué opinión le merecía todo este asunto, si se podían calificar las palabras de Traba como apoyo a la subversión y, sobre todo, si era legítimo que un extranjero interviniera en política. La voz anónima lo resumió así:

«En ninguna parte la atacan tanto», contestó. «Dígame usted si eso no es la prueba máxima de que es de aquí».

La defensa de Marta, azuzada por Feliza y su círculo de conspiradores, fue tan ruidosa que el gobierno echó para atrás la expulsión y de un día al siguiente se puso a fingir que aquí no había pasado nada. Para Feliza fue una victoria personal; la celebró en el taller de su casa junto a una veintena de resistentes que se sentaron a la mesa de madera tosca o se agruparon en corrillos entre los fierros desperdigados y los tanques de gas, entre los restos de accidentes de tránsito y los aparatos de soldadura. Feliza puso sobre la mesa una caja de ron Tres Esquinas que sirvió generosamente en tazas desportilladas cuando se acabaron los vasos limpios (siempre sobre gruesos pedazos de hielo que parecían sacados a cuchillo de una cantera, siempre mezclándolo con soda y limón, siempre revolviendo la bebida con su dedo experto antes de entregársela al invitado), y luego, en la mitad de la noche, les hizo a todos una olla de espaguetis al ajo incomibles de tan secos, y todos comieron y brindaron por Marta y dieron mueras al gobierno.

Esa noche estuvieron todos los amigos. Estaban Santiago y Patricia, la gente de la revista *Mito* y Alejandro Obregón, y estaba Rita Restrepo, la galerista, buscando alguna chatarra maravillosa para exponerla en sus salones, y estaba Carlos José Reyes, uno de los dramaturgos preferidos de Santiago, y estaba Carlos Pantoja, el vecino marxista que se pasó una hora y media hablando con Patricia de la necesidad imperiosa, tal como quería el Che Guevara, de internacionalizar la revolución. Feliza le había tomado cariño: era el hijo de un artesano del sur del país y había llegado a Bogotá para convertirse en abogado, pero se convirtió pronto en un líder universitario de mucha influencia, y la universidad acabó expulsándolo después de uno cualquiera de los muchos enfrentamientos de los estudiantes con la policía. Ahora vivía frente a la casa de Feliza, en el tercer piso de una construcción que no habría debido tener más que dos: era una especie de mansarda añadida para jóvenes sin dinero, y desde ese lugar —«el *pent-house* de Pantoja», lo llamaba Feliza— Carlos bajaba para ayudarle a la artista a mover chatarras pesadas y equipos de soldadura mientras decidía qué hacer con su vida de estudiante sin estudios. Feliza confiaba tanto en él que le permitía organizar en la casa taller sus reuniones políticas —con movimientos obreros, con líderes sindicales— siempre que ella no estuviera en ese momento.

«Tú puedes traer a la gente que quieras», le decía, «con la condición de que no sea para levantarse en armas».

Y entre todos ellos estaba Beatriz Daza, sentada en una silla con una sonrisa en la cara, viendo el espectáculo de los borrachos con cierta distancia benevolente y divertida. Iba toda vestida de negro (negros sus pantalones y negro su buzo de cuello de tortuga), igual que era negro su pelo corto y negras sus cejas espesas sobre esos párpados caídos que a Feliza siempre le gustaron. Era una mujer silenciosa y líquida, de movimientos suaves y cordiales sin ser impostados, y lentamente se había convertido en algo más que una buena amiga para Feliza: una cómplice o una conspiradora. Se habían acercado sobre todo en los últimos años, a fuerza de encontrarse en galerías y en museos y en cafés donde la gente del teatro y la televisión se reunía después de las horas de trabajo para matar la noche en compañía. La tarde en que se conocieron, las dos participaban con sus obras en el Salón de Artistas Colombianos, dos treintañeras que no parecían tener nada en común salvo una risa fácil y las ganas de convertir materiales rotos o descartados (pedazos de lo que antes fue una cosa completa) en objetos nuevos y autónomos, listos para existir por sí mismos con un significado distinto. Beatriz trabajaba con cerámica esmaltada, pero los materiales tóxicos que utilizaba para conseguir sus esmaltes habían comenzado a afectarle los pulmones, así que buscó por caminos distintos: rompiendo porcelanas viejas o tazas de barro y armando composiciones sobre una tela cuadriculada. Eran naturalezas muertas, llenas de luz y color y ligereza, y Feliza las admiraba por tener todo lo que sus esculturas de chatarra no tenían. Cuando a Feliza la atacaban por trabajar como un hombre, con materiales y métodos que hubieran podido ser los de un mecánico de automóviles, ella recordaba las críticas que recibía Beatriz: que lo suyo no era arte, sino obras manuales para señoras en la cocina. Cuando a Beatriz la elogiaban por ser una artista *responsable, mesurada y serena*, Feliza sentía que la estaban criticando por ser todo lo contrario. Sí, también eso compartían: la necesidad de lidiar con lo que, en opinión de los demás, debía ser el arte de una mujer.

Los choques con el mundo eran cosa de todos los días. Una tarde de finales de año, Feliza recibió en el taller a un periodista joven que le había pedido una entrevista, un flaco de pelo engominado con un lunar carnoso en la mejilla izquierda. Se llamaba Gilberto Vélez Castro, y se presentaba así, solemnemente, con sus dos apellidos y juntando demasiado los talones al estirar la mano. Feliza pensó de inmediato: es uno de ésos. Los había visto muchas veces ya: jóvenes de familias conservadoras que tenían todas las razones del mundo para desconfiar de Feliza, no sólo por ser ella una burguesa que traicionaba a su clase con sus convicciones de izquierda, sino porque era una mujer que traicionaba a los hombres con su reputación de independencia. La ocasión era una controversia ridícula: a Feliza le habían encargado una escultura de homenaje al expresidente Alfonso López Pumarejo, y ella presentó en su maqueta una figura abstracta del tamaño de un edificio, hecha de gigantescos tubos de hierro como una flauta de Pan enrollada sobre sí misma. Vélez quería hablar de las reacciones que había provocado la propuesta: los que la consideraban una falta de respeto a la memoria de un gran estadista, los que la despachaban como un atajo sin imaginación de una artista perezosa, los que la veían como una enorme mamadera de gallo de parte de una mujer que no se tomaba nada en serio. Pero lo primero que preguntó Vélez no tenía nada que ver con la escultura. Feliza le abrió la puerta vestida con sus pantalones sucios, un delantal de cuero que la protegía de las chispas y las manos enfundadas en guantes de cuero, y el periodista preguntó: «¿Qué opina usted de los que dicen que su trabajo es poco femenino?». Por toda respuesta, Feliza le pidió un momento, se perdió detrás de la puerta del taller y regresó en segundos con los mismos jeans, el mismo delantal y los mismos guantes de cuero, pero con un collar de perlas colgándole del cuello, y le dijo, con una sonrisa dulce y un sarcasmo de derretir metales:

«¿Así estoy más mujer?».

El resto de la entrevista transcurrió de manera más o menos cordial, sí, pero siempre incómoda, porque Feliza no dejaba pasar una oportunidad de despistar a Vélez. Se despidieron al cabo de una hora, tal vez cuando el periodista se dio cuenta de que no sacaría nada en claro más allá del ofrecimiento de un café con leche. Vélez no tenía por qué saber que lo mismo hacía Feliza con todos los demás, y que en su sarcasmo había tanto de irreverencia como de timidez. Sus desplantes eran inofensivos, pero irritaban enormemente a sus víctimas. Luego los periodistas publicaban sus crónicas sin ocultar su desorientación o su molestia, a veces incluso acusando a Feliza de no tomarse en serio su trabajo. «Dicen que usted le mama gallo a la gente», la acusó una vez un reportero ofendido.

«Yo me mamo gallo a mí misma», repuso ella. «Pero esto no lo entiende todo el mundo».

Fueron los años en que la novedad de Feliza Bursztyn —el aura leve de escándalo que la rodeaba desde su relación con Jorge, sus provocaciones entre graciosas e involuntarias, su desparpajo que chocaba con el ánimo gris de los bogotanos— le abrió un lugar en las páginas de los periódicos, y a ella no le pareció mal instalarse allí con sus respuestas herméticas y sus actitudes libertarias, pero también con las imágenes de sus fierros incomprensibles, que los fotógrafos no sabían por dónde empezar a mirar. Se dio cuenta de que los medios habían comenzado a construir un personaje que les gustaba o les interesaba, y decidió que no los sacaría del error: que dijeran lo que quisieran decir. Con el tiempo lo resumiría en una frase precisa, más parecida a un reclamo publicitario, cuando le dio su consejo de vida a una periodista. Estaban hablando de la dificultad de lograr que se la tomaran en serio, y del descubrimiento invaluable que hizo un buen día: tal vez había que dejar de jugar con las reglas del mundo de los hombres; tal vez apelar a la cordura y a la discusión sensata, que de todas maneras eran una máscara, acababa siendo una pérdida de tiempo. «Al principio me decían que estaba loca», dijo Feliza. «Y pensé: pues tal vez por ahí es la cosa. A la loca no se le puede criticar más, porque de todas formas está loca. En cambio pueden decir: esta loca hace cosas interesantes. Y así llegué a mi conclusión, que es también mi consejo».

«¿Qué consejo?», preguntó la periodista.

«En un país de machistas, ¡hágase la loca!».

Beatriz Daza vivía en un apartamento pequeño del barrio de La Candelaria, a tres cuadras de la librería del austriaco y la galería El Callejón, esos espacios donde a Feliza le habían ocurrido cosas importantes. Se veían en los cafés de la zona o se dejaban tomar fotos espontáneas por los fotógrafos profesionales de la carrera Séptima, pero sin detenerse a posar, más bien apurando el paso, muy conscientes de la forma en que su belleza rompía al alimón la atención de los oficinistas, de los vendedores ambulantes, de los estudiantes de corbata. Hablaban de sus proyectos futuros; en la amistad con Beatriz, Feliza encontraba algo que Marta, cuya intransigencia nunca descansaba, cuya militancia parecía no apagarse nunca, no podía darle. Marta era como un agente provocador, siempre lista para la siguiente pelea, a veces buscando peleas donde no las había para que nadie fuera a confundir silencio con conformismo. Beatriz, en cambio, era una mujer sosegada que hubiera preferido pasar desapercibida, pero tenía una idea precisa de lo que quería hacer con sus lienzos y su causa era la de Feliza. Encontraron una complicidad discreta y sin aspavientos; Beatriz se volvió su confidente. Cuando Feliza comenzó a trabajar con retal de acero inoxidable, sólo por ver qué pasaba, Beatriz la acompañó a la fábrica de baterías de cocina donde le ayudaban a recortar el material. Cuando Feliza se puso a jugar con pequeños motores para que las esculturas se movieran, imaginándose desde el primer momento la indignación que eso iba a causar, Beatriz fue la primera que supo cómo se iba a llamar esa escultura: *Histérica*. Y por eso fue normal, cuando Feliza se enteró de que la guerra había estallado en Israel, que la llamara a ella antes que a nadie para compartir la preocupación.

«Mi familia está allá», le dijo a Beatriz. «Y no hay noticias. Nadie me dice nada».

No sólo Chaja estaba en Tel Aviv: Hela había sido contratada por el Instituto Weizmann para un trabajo de dos años y había viajado para pasarlos con su madre, viviendo con ella, haciéndose mutua compañía por primera vez desde la muerte de Jacobo. «Y no tengo noticias de nadie», dijo Feliza. «El teléfono no existe. Ya fui al consulado y no saben nada. No me pueden decir si están bien o si están mal». *Si están vivas o muertas*, pensaba sin atreverse a decirlo. Cuando por fin logró comunicarse con ellas, ya había reservado los pasajes para embarcarse en un vuelo próximo. Hela y Chaja tomaron turnos en el teléfono para decirle que estaban bien, que Jerusalén había sido bombardeada pero en Tel Aviv no había pasado nada grave, y todo era zozobra y angustia y también incertidumbre, pero las dos estaban juntas y se acompañaban y se ayudaban. En resumen, le dijeron, no había ninguna razón por la cual Feliza tuviera que ir a meterse a un país en guerra, aunque sintiera de maneras ambiguas que esa guerra también la involucraba.

«Pero si ustedes están allá», les dijo Feliza. «Mi familia está allá, y es la única que tengo. A ver si voy a necesitar más razón que ésa».

Resultó que sí tuvo otra razón. Unos días atrás, Patricia la había buscado después de una presentación en el Teatro La Candelaria. «Les hablamos de ti a los de la Casa de las Américas», le dijo. «Te quieren invitar a La Habana. Santiago y yo creemos que deberías ir. Están haciendo cosas importantes, cosas valientes. Además, esa ciudad es única en el mundo». La llevó detrás de la escena y le entregó un sobre sin que nadie las viera. Era una invitación en papel membreteado, firmada por Haydée Santamaría y Marcia Laiseca, que se presentaban como fundadoras de la Casa de las Américas y admiradoras del trabajo de Feliza, y hablaban de la unión de los pueblos, de solidaridad latinoamericana, de la misión revolucionaria del arte y de la construcción del Hombre Nuevo. «Hay que ir», insistió Patricia. «Pero no se puede ir directamente, porque no hay vuelos. Ni tampoco volver». Lo ideal, comprendió Feliza, era tener el pretexto de otro viaje. Y ella lo tenía.

Feliza diría después que fue el vuelo más difícil que había hecho nunca, pues en cada escala —la Guadalupe, donde murió Jorge, luego las Azores, luego París— se preguntaba qué se encontraría al llegar a Israel. Cuando las vio a las dos en el aeropuerto de Tel Aviv, a su madre y a su hermana, cuando las dos salieron a su encuentro con los brazos abiertos en medio de la pequeña multitud de caras preocupadas, supo que todo el tiempo había temido con una parte de la cabeza que al llegar recibiría alguna noticia irreparable: que habían muerto en un bombardeo, por ejemplo, o que se habían ido a ayudar en un kibutz y habían desaparecido. Al abrazarla, su madre le dijo algo inesperado: «Es la primera vez que te veo llorar». Feliza pensó que era una exageración en una mujer nada proclive a exagerar, pero su hermana se lo confirmó después. Para Feliza fue como una revelación: de ella decían los amigos que su sola presencia era capaz de alegrar un entierro, y le gustaba esa fama de alegría testaruda que no se deja amilanar por nada; pero ahora había sido necesario cruzar medio mundo en tiempos de guerra para dejar que su familia fuera testigo de su llanto, y Feliza sintió que sólo por eso valía la pena haber venido.

Feliza, gracias por recibirme otra vez.

Con mucho gusto.

Quisiera que habláramos de su nueva exposición, que se acaba de inaugurar en el Museo de Arte Moderno. Pero me gustaría empezar con otra cosa. La última vez que nos vimos, usted estaba todavía en medio de la controversia sobre el monumento al presidente Alfonso López. ¿Qué ha pasado con esa escultura?

Pues que no se va a hacer.

¿No se va a hacer? ¿Por qué?

Mire, a mí me encargó la escultura un comité de personas que respeto mucho y que además conocen mi trabajo. Marta Traba, Rogelio Salmona, etcétera. Pero otras personas no están de acuerdo con que una artista haga un encargo que se parezca a su propia obra. Por lo menos, eso es lo que me imagino que pasó. Y todo el mundo tiene derecho a su gusto, faltaba más. Para mí la escultura contemporánea no tiene límites, no tiene reglas, y nos propone mil cosas sorprendentes. A mí eso es lo que me emociona, ¿verdad? Experimentar, hacer cosas nuevas, cosas que no se hayan hecho antes. Eso es lo que me interesa. Si a tanta gente no le interesa, deberían hacerle encargos a otra persona. Sí, hay quienes creen que la escultura sólo debe representar a un personaje, y más si se hace en homenaje a una persona. Yo creo que eso es cosa del pasado, y además, si le digo la verdad, nunca me han gustado los monumentos en forma de estatua. Las estatuas son para que caguen las palomas.

¿Pero usted qué quería decir con esa escultura?

Es que yo no explico mis esculturas. Lo que tengo que decir, lo dicen ellas. Y si no lo dicen, pues el problema es de ellas, ¿no le parece?

Hablemos de la exposición del Museo de Arte Moderno.

¿Qué quiere que le diga?

Se llama «Las histéricas». ¿Por qué?

Ay, pero otra vez la misma cosa. Mire, si yo tengo que explicar mis obras se me va a ir la vida en eso y no voy a tener tiempo para hacerlas. Lo único que puedo decir es lo que todo el mundo ve: que el material es otro. Ya no es chatarra. Llevo varios meses investigando lo que se puede hacer con el acero inoxidable y eso es lo que traigo ahora. A veces creo que me gusta más.

¿Por qué?

Pues porque brilla y es bonito.

Pero el material no es la única novedad. Las esculturas tienen movimiento, se mueven solas. ¿Por qué?

Porque les puse unos motores.

Quiero decir, ¿qué buscaba usted con eso?

Buscaba que se movieran.

No me está contestando con claridad. ¿No le gusta hablar de esto?

No me gusta que se obligue al escultor a decir lo que debería decir el crítico. No me gusta que se le pida al escultor explicar lo que debería sentir el espectador. Encontré unos motores de tocadiscos y los soldé de tal manera que las figuras de acero se movieran irregularmente. La sala está a oscuras para que los brillos se vean de cierta forma, produciendo reflejos y sombras. Y como hay movimiento, y como los materiales son los que son, la exposición hace un ruido especial. Todo eso produce un efecto, y en eso consiste el arte. Pero ni voy a decirle a nadie lo que tiene que sentir ni voy a decirle al crítico lo que he tratado de hacer. ¡Que se las arreglen solos!

¿No cree que el arte que usted hace necesita explicaciones de algún tipo? Precisamente por el hecho de ser novedoso, de hacer cosas que no se habían hecho antes con materiales a los que la gente no está acostumbrada.

Lo que hago no es tan novedoso. El viejo César lleva años haciéndolo en París, lo que pasa es que allá nadie se escandaliza por pendejadas.

¿Pero por qué se llama «Las histéricas» esta exposición? ¿Las histéricas son las mujeres?

Si usted quiere.

¿Y usted qué quiere?

Ahora mismo quiero un whisky. Me lo voy a tomar cuando usted se vaya.

Se lo pregunto de otra forma. ¿Usted pertenece a un movimiento artístico?

Sí. Se llama «Romanticismo motorizado». ¿Qué le parece?

Me parece que usted no me toma en serio.

Se equivoca. No me tomo en serio a mí misma. Que es lo mejor que puede hacer un artista, sobre todo cuando sí se toma en serio su arte.

Cambiemos de tema. Hace unos meses usted estuvo en La Habana. ¿Cuál fue el motivo de esa visita?

Fui a La Habana por invitación de la Casa de las Américas, una institución que está haciendo una labor muy importante en condiciones muy difíciles. No sólo para Cuba, sino para América Latina. Y fui porque quería ver lo que está pasando allá, y no simplemente creer lo que dicen los periódicos de aquí. La propaganda anticubana es muy fuerte en todas partes y Colombia, el país más godo del universo godo, no es la excepción. Lo que digo es muy sencillo: si uno tiene la oportunidad de ir a ver con sus propios ojos, es bueno tomarla. Además, a mí me interesa el proceso cubano. Hay algo muy valioso allí.

¿Qué es lo valioso? ¿Qué se encontró en Cuba?

Me encontré con una sociedad que está tratando seriamente de eliminar la pobreza, y puede que lo esté consiguiendo. Pero sobre todo conocí a artistas, así que puedo hablar mejor de eso. Y los artistas, igual que todo el mundo, tenían un lugar donde vivir, un lugar donde trabajar, educación para sus hijos, salud para ellos. Y en la calle no hay gente muriéndose de hambre, no hay niños pidiendo plata. ¿Cómo no defender lo que están haciendo allá? El esfuerzo de la Revolución es valioso, más allá de los altibajos, que los hay. Yo no soy comunista ni lo he sido nunca. Es más: mis amigos comunistas llevan toda la vida tratando de meterme al partido y no lo logran, y se quedan lo más decepcionados, pobres. Pero eso no quiere decir que yo no reconozca lo que están haciendo en Cuba, ni que no me parezca mal que otros países traten de sabotearlo.

Usted dice que no es comunista, pero aquí estamos sentados frente a una pared donde hay retratos de Fidel y el Che Guevara.

Los traje de este viaje, justamente. Me los regaló Haydée Santamaría, la directora de la Casa de las Américas. Me alegra tener esos retratos ahí. Al Che lo acaban de matar, como a Camilo. Cuando estuve en Cuba nos llevaron a un paseo al campo, y ahí estaba Fidel, que es una de las personas más interesantes que he conocido. Yo tengo esas fotos en mi casa y son para mí. No veo por qué le tengan que importar a nadie más.

¿Qué pasó cuando volvió de Cuba, Feliza? Corrió el rumor de que la detuvieron al aterrizar en Colombia.

Sí, pero me trataron muy bien.

¿La interrogaron?

Me ofrecieron un tintico, lo más queridos.

¿Qué pasó exactamente?

No pasó nada. La policía del aeropuerto quiso hablar conmigo de La Habana, de Cuba, y entonces me invitaron muy amablemente a quedarme unas horas con ellos, charlando. Muy curiosos, ¿sabe?, muy interesados. O tal vez estaban aburridos y simplemente querían conversar, también eso es posible.

Pero se supo que un político liberal tuvo que ir al aeropuerto para que a usted la dejaran salir.

¿Ah, sí? Yo pensé que lo habían invitado también.

Cambiemos de tema. ¿En qué está trabajando ahora?

En contestarle a usted.

Se lo pregunto de otra forma: ¿cuál es su siguiente proyecto?

Vamos a mostrar mis *Histéricas* en Cali, en el festival de arte que organiza Fanny Mikey. También se van a exhibir las obras de Beatriz Daza, que a mí me encantan, y las de otras artistas colombianas. Lo que hace

Beatriz no se parece en nada a lo que hago yo, pero creo que nuestras obras conversan de formas misteriosas.

¿Y qué se dicen?

Bueno, muchas cosas. Pero eso es entre mujeres, no me pida que le explique.

Feliza, ayúdeme un poco. Yo vine aquí para hablar de usted.

Hable de mí todo lo que quiera. Pero déjeme que mientras tanto piense en cosas más interesantes.

La noche de la inauguración, los cielos de Cali se habían nublado sin resquicios, y en el aire, oloroso a tierras húmedas y a vegetaciones vivas, flotaba una densidad que sólo se resolvería con un aguacero. En un salón espacioso del Hotel Aristi, donde las había alojado el festival —el VIII Festival de Arte, anunciaban las invitaciones y los carteles—, Feliza y Beatriz terminaban de preparar la exposición de las *Histéricas*, cuidando la colocación de las figuras para que no se estorbaran ni sus láminas de acero ni sus brillos ni el eco de sus sonidos: es decir, para que su asalto a los sentidos del espectador fuera insolente pero no agresivo, atrevido pero no hostil. La tarde anterior se habían dedicado a los cuadros de Beatriz, que Feliza ayudó a colgar en las paredes de la galería con un ojo preciso para las simetrías y los contrastes, de manera que las texturas de las tazas rotas contaran una historia coherente en el espacio de sus bodegones extraños; y luego, después de una cena protocolaria con alcalde a bordo en el restaurante del hotel, pidieron una botella de vodka y se quedaron hablando en el bar desierto hasta las tres de la madrugada. Era el 21 de junio. No le gustaba esta fecha. Seis años atrás, Jorge estaba volando hacia Bogotá en un avión que no llegaría nunca.

«Aprovechemos que es el día más largo», dijo Feliza.

«Pero si aquí todos son iguales», dijo Beatriz.

«Pues razón de más», dijo Feliza.

¿De qué hablaron esa noche? Feliza trataría de recordarlo después, pero sin éxito. Cualquier asunto era posible entre ellas, y lo más probable era que los hubieran tocado todos: Cuba, Israel, un artículo del *New Yorker*, la vida de Marta Traba (su matrimonio estaba mal, era posible que se separara de su marido), la vida de Feliza (nunca más se iba a casar con nadie, eso era seguro), el trabajo de Beatriz como jurado del concurso de cerámica (no sabía por qué lo había aceptado, pues juzgar a los demás no le gustaba), la escenografía más reciente que Feliza había diseñado para la compañía teatral de Santiago García... La obra era *La cocina* y el autor era Arnold Wesker: un nombre y un título que Beatriz no había escuchado nunca. «Cuando volvamos a Bogotá, te consigo una boleta», le había dicho Feliza, «que la cosa vale la pena». Y luego se habían despedido: «Hasta mañana», le dijo a Beatriz, y ella respondió: «Sí. Que ya es hoy».

Y aquí estaban ahora, en el salón de las *Histéricas*, entre visitantes y curiosos que parecían tantear un mundo desconocido. La primera que lo comentó fue Beatriz: «La gente está desorientada», dijo. «Se mueven más despacio. Es como si no supieran por dónde es la salida». Ella se había sacado ya de encima las obligaciones del día —las horas como jurado del salón de cerámica y su propia visita al Museo La Tertulia, donde se exhibía su *Naturaleza muerta número 2*—, y ahora quería salir del foco, no ser más la protagonista, sino más bien observar el protagonismo de su amiga. Feliza les había pagado a dos estudiantes para que dieran vueltas por la exposición de las *Histéricas* y recopilaran las reacciones de la gente. Fue un ejercicio fascinante: al cabo de las horas, los muchachos se le acercaron con una libreta de colegio de las de dos ganchos en el lomo, arrancaron la página del medio y se la entregaron a Feliza, que leyó las frases como si se tratara de las tiras cómicas:

Extraordinario.
No entiendo nada.
Qué maravilla.
¿Esto es arte ahora?
Mami, tengo miedo.
Es una falta de respeto.
¿Se pueden tocar?
Pues no: en mi época, esto no pasaba.

A eso de las once de la noche, ya aburrida de sí misma, Feliza propuso que caminaran hasta la avenida Colombia. Allí, en una casa privada, se había organizado una especie de recepción para los invitados al festival. Feliza dijo que estaría la Madre y Beatriz preguntó la madre de quién, y en ese momento apareció Alejandro Obregón, abotonándose con trabajo una camisa de flores. «Ajá, ¿ustedes van también para la vaina esa?».

«Beatriz», dijo Feliza: «Te presento a la Madre del arte colombiano».

«Mucho gusto», dijo Obregón.

«Yo sí sé quién es usted», dijo Beatriz. «Pero no sabía que le dijeran así».

«Sólo se lo permito a ésta», dijo Obregón, «que es una atrevida. Pero salió así de fábrica y ya no hay quien la eduque».

La casa era grande y de dos plantas, con ventiladores que giraban discretamente en los dos ambientes donde se movían los invitados y un jardín al fondo, detrás de una puerta corrediza, en cuyo centro se levantaba un árbol frondoso. La gente se había formado ya en corrillos, hombres de pantalones claros y camisas de lino, mujeres de vestidos coloridos de escotes en la espalda. Las ventanas de la sala estaban abiertas y también la puerta, y ni siquiera la presencia de tantos cuerpos ocultaba el olor de las plantas tropicales que llegaba del lado del río como si ya hubiera llovido. El fotógrafo Hernán Díaz, que estaba exponiendo sus retratos en el Museo La Tertulia, se acercó a Feliza para hablarle del que le había tomado a ella: Feliza aparecía de piernas cruzadas y vestida con un suéter negro de cuello de tortuga; en una mano de dedos largos sobresalía un anillo, una gran canica de vidrio opaco, y de la otra colgaba un cigarrillo encendido.

«Todo el mundo está hablando de esta foto», le dijo Hernán. «Yo creo que es de las que van a quedar».

Estuvieron conversando un buen rato sobre García Márquez, a quien Díaz había retratado en Ciudad de México, y sobre su última novela, que todo el mundo estaba leyendo en todas partes. Mientras tanto sonaba en los parlantes una canción de moda sobre una piragua, y jóvenes de camisa de manga corta los interrumpían para saludar a Feliza, pues la habían visto en la inauguración y ahora se acercaban con los ojos muy abiertos y un elogio en los labios; y los meseros pasaban haciendo equilibrios precarios con sus bandejas de whisky, sus baldes de hielo con pinza de plata, sus pasabocas que se ponían duros demasiado rápido. Al fondo, Obregón hablaba con Maritza Uribe, la directora de La Tertulia, y Beatriz, que se le había perdido de vista durante un tiempo indeterminado, ahora volvía a aparecer allá, sentada en el sofá grande, reprimiendo un bostezo.

Y el bostezo se le contagió a Feliza. Sí, también ella estaba cansada. Había sido un día largo y el anterior también, e incluso la criatura gregaria que era comenzaba a añorar un momento de soledad y silencio, sin saludos ni sonrisas, sin música de fondo. Se había hecho tarde: en su mano, su vaso de whisky ya estaba opaco de tan manoseado, pues Feliza había preferido que no se lo cambiaran cada vez que venían a ofrecerle un trago más, y ahora el vidrio sucio era como un espejo de su cansancio. Beatriz parecía haberle leído la mente, pues ahora se ponía de pie como desenrollándose y se despedía de su interlocutora —un beso en la mejilla, una sonrisa, una palabra de agradecimiento—, y luego comenzaba a caminar hacia Feliza.

«Yo estoy muerta», le dijo. «Me voy al hotel».

«Y yo me voy contigo», dijo Feliza. «¿Qué hora es?».

«Más de la una».

«Pues perfecto para caminar. A esta hora no hay nada mejor que la brisa».

El hotel quedaba a ocho cuadras de la avenida Colombia. Dos de ellas flanqueaban el río: allí el aire se movía más libre y los olores eran más fuertes. Las raíces de los árboles rompían las aceras; sus follajes cortaban la luz de los faroles tímidos. Empezaron a caminar bordeando el parque Simón Bolívar, y apenas habían avanzado una cuadra cuando la luz se convirtió de repente en pequeñas chispas que flotaban en el aire: era una llovizna de gotas leves, casi invisibles, y luego se hicieron más gruesas y en segundos ya se podía decir que estaba lloviendo. «Qué jartera», dijo Beatriz. «El pelo se me va a poner como una esponja». Decidieron seguir adelante porque ya no tenía sentido nada más, y entonces aparecieron a sus espaldas las luces de un Volkswagen de ventanas abiertas. Una cara se asomó y les dijo:

«Buenas noches, ¿van para el hotel?».

Eran dos hombres jóvenes, los dos de cejas espesas y sonrisa franca, los dos de camisa de manga corta. Habían estado en la recepción, dijo alguno de ellos, y el otro dijo que admiraban mucho su trabajo, Feliza, y qué gusto acercarlas al hotel: no es que la calle fuera peligrosa, ni mucho menos, pero a esta hora no se sabía con quién podían cruzarse unas mujeres tan bonitas, ¿cierto? Beatriz se llevó una mano al peinado que tal vez no se le fuera a dañar del todo. «Yo acepto», dijo. El que viajaba en el puesto del copiloto se bajó, plegó su asiento y les indicó a las mujeres que podían subirse; luego hizo un gesto torpe, o cambió de opinión o se dio cuenta de que era absurda su propuesta, y entonces subió él mismo al puesto trasero, y hubo un momento demasiado largo, un pálpito de indecisión en medio de la calle, mientras Feliza y Beatriz decidían sin palabras quién debía sentarse atrás y quién adelante.

«A ver, yo me hago atrás», dijo Feliza.

«¿Segura?», dijo Beatriz.

Y Feliza dijo: «Segura».

Lo siguiente ocurrió entre brumas, o más bien se convirtió en una memoria brumosa después, cuando Feliza trató de recordar con precisión el orden de las cosas. Beatriz se subió al puesto que antes había ocupado el joven copiloto y el Volkswagen se puso en movimiento, y así avanzaron, cuatro cuerpos en un espacio muy pequeño, las dos ventanas abiertas para que circulara el aire; y el aire circulaba y despeinaba a Feliza y le sacudía los cuellos de seda de su blusa, y el muchacho que iba manejando comenzó una frase que tal vez quería ser una pregunta, *y qué, cómo les ha ido en el festival*, o acaso *me imagino que no es la primera vez que vienen a Cali*, pero no alcanzó a terminarla ni a formularla correctamente, porque al doblar la esquina de la Séptima, a la altura del Centro Médico, se encontraron frente a dos luces plenas que los enceguecieron a todos, y Feliza diría después que sí le pareció notar, en esa fracción de segundo tan larga en la memoria, que las luces se acercaban a ellos a una velocidad que tal vez no era normal. Y fue como si su cabeza se negara a creerlo, como si hubiera algo inverosímil o absurdo en la situación entera, y lo último que recordaría Feliza fue el grito de su vecino y también el grito de Beatriz, y el blanco de las luces viniendo de frente, y el estallido ensordecedor de las latas y los vidrios, tan fácil de confundir con el de sus propios huesos, sus huesos quebrándose dentro de su cráneo.

Entonces ya no supo nada más.

Feliza no supo que el ruido del impacto paralizó el tráfico de las calles vecinas, intenso todavía a pesar de lo avanzado de la hora, ni supo que los testigos se acercaron de inmediato a la catástrofe para subir los cuerpos heridos al primer carro disponible, ni tampoco supo que los llevaron al Hospital Universitario, que era el más cercano. No supo que los médicos del hospital, cuando los recibieron a todos en Urgencias, comprendieron la gravedad del caso de Beatriz, que llegó inconsciente y manando sangre, y la llevaron a la sala de operaciones sin demasiado optimismo. No supo que a ella misma la sometieron a trece horas de cirugías para salvarle la vida, primero, y luego para estabilizar su cuerpo roto, ni supo que pasó varios días en coma inducido, ni que su plaza en el hospital tenía el número 523. El choque la había propulsado hacia delante, de manera que su pecho reventó contra el espaldar del asiento delantero y su cara, que chocó tal vez contra Beatriz, o tal vez contra el vidrio panorámico, recibió un golpe tan violento que los pómulos quedaron destrozados, y los médicos dirían después que había sido un milagro salvar los dos ojos. El impacto le rompió la mandíbula y le arrancó varios dientes desde sus raíces, desgarrando el hueso de la encía y rompiendo la carne de la lengua, pero esto no lo supo Feliza hasta muchos días más tarde, cuando salió de la anestesia. Entonces trató de hablar, pero su cabeza estaba cubierta de vendas y su mandíbula había sido inmovilizada con una estructura de yeso, y sus ojos hinchados apenas comenzaban de nuevo a percibir la luz del día. No supo en qué momento se la habían llevado de Cali a Bogotá, ni que la decisión la había tomado Maritza

Uribe; ni supo quién había decidido ponerla en las manos expertas de un cirujano de la clínica Marly, la misma en la que había nacido. Hernando Castro Romero despertaba veneración entre sus pacientes, y, lo cual era más raro, entre sus colegas, que lo llamaban el Ciego porque era capaz de operar con los ojos cerrados. De él se decía —esto fue lo que Feliza oyó durante días, esto le dijeron sus amigos para tranquilizarla o para tranquilizarse ellos mismos— que era un genio sin igual de la cirugía de reconstrucción, el único médico de Colombia capaz de arreglar a Feliza para que pudiera seguir viviendo. Todo esto lo supo Feliza en los días posteriores al accidente en el que sobrevivió sin que nadie entendiera cómo; lo que tampoco supo fue quién le dijo, ni en qué momento, ni con qué palabras precisas que Beatriz, en cambio, no había sobrevivido. Había muerto en Cali, en la sala de operaciones del Hospital Universitario, a las diez de la mañana de ese domingo, en presencia de seis médicos desesperados que nada lograron hacer por ella.

A partir de cierto momento perdió la cuenta de las cirugías que le hizo el Ciego, o tomó la decisión de dejar de contarlas como si fueran momentos mágicos de los cuales saldría transformada. No, no tenía la impresión de ninguna transformación extraordinaria, a pesar de que la gente le decía que cada vez se la veía mejor, o a pesar de que cada vez le daba menos miedo el espejo. El tiempo dejó de tener sentido, pues todos los días eran el mismo día de dolores y analgésicos y miedo a no ser nunca la misma. Todo su cuerpo era una máquina rota, una colección de daños, una chatarra. Los primeros meses fueron un diario encontrón con el horror de su propia cara destruida, y al desnudarse en el baño le parecía imposible que esas cicatrices, las líneas de rubor que le bajaban por los senos reconstruidos, fueran a desaparecer algún día tal como se lo decía el cirujano. Se dio cuenta de que no le importaba verlas: las cicatrices notorias eran un memorando de su supervivencia inverosímil.

Pero Feliza nunca se había sentido tan sola y a la vez tan dependiente de la buena voluntad de los otros, como una Blanche DuBois que se hubiera extraviado en Bogotá: no tenía a nadie más que a sus amigos. Pero los amigos no eran la familia, como sabía todo el mundo, y la familia de Feliza no existía, o había existido y luego dejado de existir, y era en todo caso incapaz de hacer lo que hacen las familias: estar cuando nadie más está. Fue curioso que se precisara algo tan grave como aquel accidente y sus consecuencias para que Feliza confirmara una vez más el lugar que sus amigos ocupaban en su vida. Pero así pasó. A veces era Hernando Valencia y a veces Marta Traba, a veces eran Santiago y Patricia y a veces era su vecino Carlos Pantoja, que bajaba del *pent-house* para ayudar en lo que fuera necesario: los amigos se tomaban turnos para llevarla a las consultas clínicas, acompañarla en los días de las cirugías o quedarse con ella en las convalecencias, o simplemente para tomarla de la mano cuando ella, entre lágrimas, se ponía a discurrir sobre la muerte de Beatriz.

«Yo le dije que se sentara adelante», decía.

O bien: «Yo la puse en ese puesto».

O bien: «A la que le tocaba era a mí».

Pasaron los meses y Feliza se refugió más que nunca en su trabajo. Era su única forma de lidiar con el extravío que sentía, la impresión de haberse perdido dentro de su propia vida. Empezó a sentir la necesidad de irse, de irse a cualquier parte, de salir de esta ciudad enfrascada entre montañas que le sabía a hospital; pero no tenía dinero para hacer viajes, así que tuvo que depender, como tantas otras veces, de la amabilidad de los amigos. El Nene Cepeda hizo que la invitaran a pasar unos días en Barranquilla, y meses después, gracias a Obregón, pasó una semana feliz en Cartagena, frente al mar Caribe por donde se asomaba una roca grande con forma de cabeza. Estuvo una temporada larga en Medellín, como escondida de todo. Vivió varias semanas en la casa de Edmundo, un arquitecto amigo cuyo garaje convirtió en taller. Fueron días de estar consigo misma y trabajar en sus criaturas, pero Feliza sacó tiempo para aceptar la visita del pequeño Ramón, el hijo menor de Alicia y Eduardo Cote, y para fabricarle con pedazos sobrantes un elefante de chatarra que pronto se convirtió en su juguete favorito.

Poco a poco recuperó la vida. Cuando la supo de regreso en Bogotá, Marta empezó a convocarla cada vez que montaba una exposición nueva en el Museo de Arte Moderno, y Feliza respondió lanzándose a un frenesí de creación que jugaba con todo, que buscaba todas las posibilidades, que no desdeñaba nada. Llenó una habitación pintada de negro con aros de acero inoxidable que deformaba con soplete para que emitieran sonidos al moverse, y puso en el suelo una serie de óvalos y en el techo, encima de los óvalos, una estalactita, también de acero, que se movía como una amenaza colgante. Como el accidente la había debilitado, abandonó las construcciones grandes que la obligaban a subirse a escaleras plegables para llegar a las latas más altas, y de un día para el otro empezó a experimentar con los restos inservibles de máquinas de escribir: los desarmaba y los volvía a armar de otra forma, y acababa produciendo unos androides del espacio, llenos de botones y engranajes que los espectadores podían oprimir, mover para arriba y para abajo, modificarlos si querían. Los exhibió en la galería San Diego, y la gente pasaba para confirmar que Feliza se había vuelto loca, como dijo un crítico, o llevaban a los niños para que jugaran con las máquinas, lo cual a Feliza la llenaba de dicha.

Uno de esos días, Marta la llamó por teléfono. «Viene una gente a casa», le dijo. «Y yo quiero que estés vos». Feliza había comenzado a salir de nuevo, ya sintiendo que podía hablar con la gente sin ver en sus rostros el reflejo del suyo: sin que en los rostros ajenos se viera la preocupación, la curiosidad malsana, la simple lástima. Las operaciones de la mandíbula y los pómulos habían producido una cara que era increíblemente igual a la de antes. O por lo menos eso decían los amigos, aunque Feliza, por su parte, notara en secreto las pequeñas diferencias, un ángulo en el hueso maxilar, una sombra en la mejilla que antes del accidente no había existido, la sonrisa que no era la que se había asomado en su boca durante más de treinta años. Pero Marta le decía: «Eres la misma de antes. No puedes seguir escondida». Y Feliza pensaba en Giacometti, en sus figuras que tenían todas la cara de su esposa, y recordaba los primeros días en la academia de la Grande Chaumière, cuando Zadkine les decía a los aprendices que la primera cara, cuando se trabaja sin modelo, siempre es la de uno mismo: la que mejor conocemos. Eso es lo que hacen nuestras manos la primera vez que se enfrentan a una montaña de buen barro: hacen nuestra propia cara, aunque no nos demos cuenta. ¿Qué saldría de la montaña de barro, se preguntaba Feliza, si se pusiera hoy mismo en la tarea de esculpir su cara? ¿Aparecería una mujer reconocible o una extraña?

Marta vivía en un apartamento de la calle 45, entre estanterías atiborradas de libros en tres idiomas, pasando por convulsiones de otro tipo: se había separado de Alberto y comenzaba a sentir que la vida en Colombia, sin su marido colombiano, ya no tenía demasiado sentido. Feliza la oyó hablar de lo mucho que quería a este país, pero, al mismo tiempo, lo mucho que este país la había agotado. «Todo es una guerra», le decía a Feliza. «Todo es una guerra que no se acaba nunca, que se pelea contra todo el mundo. Todo el mundo es enemigo.

Miro a los que estamos aquí y se me olvida, pero allá fuera, del otro lado de la puerta, comienza otra vida, mucho más violenta. Y entonces uno se pasa la vida en guerra». Feliza miraba a su alrededor y se preguntaba si eso era verdad. De repente tuvo una intuición: Marta le estaba hablando de la posibilidad de irse de Colombia, pero la verdad secreta era que ya había tomado la decisión. «¿Te vas?», le preguntó. «Marta, dime la verdad. ¿Te vas de Colombia?». Ella no contestó, o contestó con evasivas. En esa conversación estaba Feliza cuando le pareció reconocer a alguien. Tal vez le llegó su voz primero, o tal vez su silueta capturada sin querer. Allí, entre poetas inéditos y actores delgados y artistas en busca de un lugar en el mundo, estaba un hombre de barba densa y mirada amable que no dejaba de hablar del Apollo 11 ni de Neil Armstrong, y se preguntaba en voz alta lo que se sentiría en la planta del pie cuando uno pisaba la Luna. Feliza lo reconoció: era Pablo, sí, Pablo Leyva.

No lo había visto en años, pero algo en su voz cálida provocaba la impresión extrañísima de que hubieran pasado juntos la tarde anterior, hablando de todo y de nada, o ni siquiera hablando, sino acompañándose en silencio como las parejas y los amigos viejos. Se habían conocido en el 63, en casa del fotógrafo Nereo, un apartamento oscuro y húmedo del barrio de Las Aguas, durante una de esas fiestas donde siempre había demasiada gente en muy poco espacio y cuyo final natural solía producirse en la comisaría más cercana, poco antes del amanecer, con declaraciones ante un policía somnoliento. Pablo era por entonces un ingeniero químico recién graduado, y a pesar de su juventud ya tenía un sueldo fijo que le daba un aire de adulto responsable en las fiestas de la bohemia bogotana, pues les había servido de fiador a varios artistas que de otra forma no hubieran podido alquilar un lugar donde vivir. Era ocho años menor que Feliza, pero hablaba con una rara serenidad.

¿Quién los había presentado esa tarde? Feliza era hija de judíos emigrados; por alguna razón, los amigos más cercanos de Pablo eran judíos, y de la misma parte del mundo. David Feferbaum, hijo de un polaco hecho a pulso en el exilio colombiano, y José Urbach, que había nacido en Polonia y vivido cuatro años de su primera infancia en el gueto de Tschenstochau, escondido en un colchón de paja: Feliza conocía sus historias; las dos familias habían almorzado más de una vez en el comedor de los Bursztyn. Ahora Feliza se preguntaba si había sido José quien le presentó a Pablo en el apartamento de Las Aguas, o tal vez David. Eso trataba de recordar ahora, mientras las canciones de Jacques Brel salían como ensuciadas de los parlantes temblorosos, pero no lo conseguía, y él tampoco, y ninguno de los dos era capaz de hilar una memoria precisa, y Feliza se carcajeaba con un cigarrillo entre los dedos largos, repentinamente ligera, la cara echada hacia atrás, la boca abierta, las líneas del humo peinándole las cejas.

Durante los días siguientes volvieron a verse con frecuencia. Feliza fue descubriendo a un hombre más impredecible de lo que parecía a simple vista. Hablaban del cura Camilo Torres, a quien ambos habían conocido: un burgués que creyó en la lucha armada, fue expulsado de la Iglesia por acercarse al comunismo y acabó uniéndose a la guerrilla del ELN, yéndose al monte sin la menor experiencia militar y muriendo de un tiro en el primer combate, por no saber manejar ni siquiera el arma que le dieron como dotación. Feliza lo había frecuentado en el barrio de Teusaquillo; a los quince años había recibido de sus manos, como regalo, su primer diccionario de filosofía. Pablo, por su parte, había asistido a las misas que Torres daba en la capilla de la Universidad Nacional, liturgias enrarecidas en las que sus compañeros de banco eran adeptos de la teología de la liberación o estudiantes de Economía que no abrían la boca sin citar *Pasajes de la guerra revolucionaria.* Pablo y Feliza descubrieron que tenían en común un pacifismo inquietante y testarudo, y, a pesar de haber visto con admiración la Revolución cubana, no conseguían convencerse de que en Colombia sólo se pudieran arreglar las vidas de todos haciendo correr la sangre de algunos. Eso era, aparentemente, lo que pensaba todo el mundo: los fusiles eran el único camino, y eso lo habían demostrado los barbudos de Cuba. ¿Quién les hubiera dicho que la revolución ocurrida en una isla más o menos lejana (y en todo caso lejana de Bogotá, que quedaba lejos de todo) iba a marcar sus vidas diarias tanto como lo estaba haciendo?

Tenían en común el paso por París. Feliza supo que Pablo había regresado pocos meses después de recibir su doctorado en aquella ciudad convulsa, mientras los compañeros de otras facultades levantaban adoquines para tirárselos a la policía, y había visto por la ventana de su hotel las embestidas de los gendarmes contra los estudiantes de Nanterre que protestaban frente a la Sorbona, y luego contra los estudiantes de la Sorbona que protestaban en todo el Barrio Latino; y había visto los gases lacrimógenos y las barricadas y las llamas de los carros incendiados, y durante los días sin orden de ese mayo inolvidable oyó las sirenas y las voces que pedían a gritos que los gringos salieran de Vietnam y que la imaginación llegara al poder, y vio las marchas por Indochina y por Argelia y por la huelga general. Cuando acababan los enfrentamientos, sin embargo, bajaba a la calle todavía cubierta de destrozos para echar una mano y hablar con los estudiantes, y una vez acabó siguiendo a un grupo de ellos a las puertas del Jardin du Luxembourg, y antes de que se diera cuenta estaba viendo a Jean-Paul Sartre debatiendo con un joven pelirrojo que le reprochaba, en nombre de los dirigentes estudiantiles, sus posiciones más conservadoras. A Feliza le gustaba oír las anécdotas sobre Sartre, que la hacían pensar en Jorge y los años de la revista *Mito*, pero le gustó más todavía saber que Pablo había vivido cerca de Montparnasse, compartiendo con otros latinoamericanos un apartamento de estudiantes en el boulevard Saint-Jacques, y le preguntó si se había fijado en la casa de Camille Claudel y si alguna vez había pasado por la rue de la Grande Chaumière y si había visto en el cementerio la escultura de Brancusi.

Estas conversaciones ocurrían en el apartamento de Marta, en el de Pablo, en los cafés y en los cines y en los museos, y sobre todo en la casa taller de Feliza, que para entonces se había convertido en el centro de operaciones de una banda enorme de artistas y poetas y periodistas y gente de teatro que parecían encargados de acompañarla o de servirle de comparsa en el oficio diario de comerse el mundo. Sin ellos tal vez no hubiera salido nunca de las profundidades de su accidente, o se hubiera hundido en el espacio donde se encontraban la muerte de Beatriz y sus propios dolores, los dolores de sus huesos y de su piel, los dolores de su carne destrozada y vuelta a hacer. No, no lo habría logrado sin ellos, pensaba Feliza, pero no lo habría logrado, sobre todo, sin Pablo, que había entrado en su vida sin que ninguno de los dos se diera cuenta, trayendo sus modales suaves, su mirada abierta que parecía entenderlo todo a la primera, su tolerancia ilimitada para con el mundo desordenado de Feliza. Sí, era sobre todo eso: Feliza era anarquía pura, pero al entrar en contacto con Pablo parecía que esa anarquía se desactivaba, como una mecha que se apaga con la lluvia. Tal vez Feliza se dio cuenta de que ese sosiego le venía bien a su vida, pues antes de que terminara el año, tras una noche que pasó con ella en la casa taller, le dijo a Pablo que no se fuera para su apartamento. Él le dijo que sí, que se podía quedar hasta el día siguiente, y estaba a punto de dar las razones por las cuales tendría que madrugar cuando Feliza lo cortó y le dijo que no se refería a eso. No quería que se quedara hasta mañana: quería que viniera con sus cosas y comenzara una vida nueva con ella, en su misma casa, en su misma cama, en el altillo abierto sobre el mundo caótico de chatarra sin forma y tanques de gas y aparatos de soldadura, ese mundo que yacía ahí, en el piso de abajo, en espera de un orden.

Pablo se instaló en la casa taller como si la hubiera remodelado él mismo. Sabía todos sus secretos. Dominaba la escalera que subía a los pisos abiertos de la sala y la habitación, y sabía negociar su verticalidad peligrosa y subir los peldaños imposibles sin necesidad de un pasamanos que, por otra parte, no existía; hasta llegó a conocer la rutina de los dos gatos de la casa, que todos los días a la misma hora salían de alguna parte para frotarse contra sus piernas. Pablo puso sus conocimientos de ingeniería al servicio de las máquinas estrafalarias de Feliza, y pronto descubrieron juntos nuevas maneras de crear movimiento, estrategias para mantener el equilibrio de figuras que desafiaban la gravedad. Entonces Feliza se descubrió sintiendo algo que no había sentido nunca. Llevaba ya meses en esa nueva vida de pareja cuando le dijo a Pablo: «Quiero que me acompañes a San Antonio. Quiero que conozcas a las niñas».

Las niñas. Así las llamaba todavía, a pesar de que Jeannie estaba muy instalada en sus quince años, y así las seguiría llamando toda la vida. Feliza llevaba meses ahorrando para ese viaje, pero no había logrado todavía recoger lo necesario; ahora, con la ayuda de Pablo, podía por fin hacer el viaje, alquilar un carro cualquiera y además compartir ese motel de carretera que parecía salido de una película de Hitchcock: fue lo más barato que encontraron. La relación de Feliza con sus hijas estaba marcada por las carencias, pues nunca había plata para hablar por teléfono todo lo que Feliza quisiera, ni para ir a visitarlas con la frecuencia que le gustaría, ni mucho menos para darles alguno de los privilegios que ella había tenido de niña. El tiempo del viaje se les fue hablando de estas ansiedades, del futuro de las niñas, de la relación con Larry, del fracaso de su matrimonio, de la cicatriz en forma de medialuna. Feliza nunca le había hablado a nadie de esa herida; Pablo, que había notado la cicatriz, nunca le preguntó nada. Ella se daba cuenta de ese rasgo curioso de su temperamento: un respeto sin fisuras por los secretos del pasado. No, Pablo nunca preguntaba nada; le tocaba a ella tomar los episodios de su pasado y envolverlos para regalo en los momentos de soledad. Así fue con Larry y con las niñas.

Por eso le pareció, al llegar a la casa de sus hijas en San Antonio, que Pablo no exageró cuando les estrechó las manos a las tres con solemnidad bogotana y les dijo: «Me han contado muchas cosas de ustedes. Ya es como si las conociera». Se habían convertido en adolescentes vivaces y a la vez ingenuas. Larry y su nueva esposa, una mujer amable que se dedicaba (creyó entender Feliza) a la finca raíz, salieron a recibirlos en el sendero de cemento que llevaba a la casa, entre un antejardín de césped cuidado y un carro de familia estacionado en frente del garaje abierto. Larry fue cordial y deferente con Pablo, y lo fue sin esfuerzo aparente: como si hubiera tenido siempre la amabilidad sonriente de los sureños en lugar de haberla impuesto a su antigua sequedad neoyorquina. A Feliza la sorprendió que no los hicieran seguir, pero tampoco le importó que las niñas se subieran al carro alquilado tan pronto como hubieron intercambiado las cortesías de rigor: quería comenzar lo antes posible su tiempo con ellas. En esos días tomaron malteadas de colores escandalosos en un restaurante de sillas de aluminio y cojines de cuero rojo, y caminaron por un centro comercial del cual salió cada niña con una prenda nueva, y Feliza les preguntó si tenían novio y cómo iban los estudios; y todo era tan común, tan cotidiano, que

Feliza tuvo dos impresiones contradictorias: por un lado, que esta vida convencional y ordenada como una biblioteca por colores, en aquellos suburbios tranquilos de casas bajas que no hacían sombra, no era para ella; por otro, que esa vida *hubiera podido ser* para ella, y entonces tendría a las niñas en el cuarto de al lado todas las mañanas y todas las noches, y las vería crecer. Sintió que su ausencia era un vacío irremediable, y que todos los días de la vida se perdía algo —una revelación, un aprendizaje— que no podría recuperarse nunca; al mismo tiempo había algo en el carácter de sus hijas, en sus sonrisas invencibles, en su entusiasmo contagioso, que provocaba la ilusión confusa de la normalidad.

«Es como si nos hubiéramos visto ayer», le dijo Feliza a Pablo. «Y al mismo tiempo, como si nos estuviéramos descubriendo».

«Se nota que te quieren mucho», dijo Pablo.

«Ay, sí», dijo Feliza. «Pero tú dime que también se nota lo que yo las quiero».

«Se nota».

«Dime que ellas se dan cuenta, mejor dicho. Es lo único que me importa».

Y Pablo le dijo: «Tus hijas te adoran. Y tú las adoras. Y ellas se dan cuenta».

Al despedirse el último día, Bethina le preguntó a Feliza cuándo se volverían a ver.

«Nos vamos a ver apenas se pueda», dijo Feliza con un gesto teatral. «*Cross my heart and hope to die*».

Hacia el mes de abril, poco después de las elecciones presidenciales, Pablo recibió la noticia: tendría que hacer un viaje a Dinamarca, convocado por una firma danesa para un encuentro de ambientalistas. Gastarse todos sus viáticos invitando a Feliza fue la decisión más sencilla del mundo. El ambiente en Bogotá era tenso: se hablaba de fraude en las elecciones; el candidato derrotado era el viejo dictador Gustavo Rojas Pinilla, cuyo partido era una extraña mezcolanza de militares y sindicalistas, disidentes conservadores y movimientos de izquierda, unidos todos por el rechazo a las viejas élites políticas que habían manejado el país desde su independencia. En los días que siguieron a las elecciones, los seguidores de Rojas salieron enfurecidos a la calle, y la policía se enfrentó a ellos con los mismos bolillos y a lomos de los mismos caballos enormes que se habían usado para defender a Rojas cuando estaba en el poder, y los organismos de inteligencia descubrieron las preparaciones de un levantamiento popular, y el presidente decretó el estado de sitio y la censura de prensa y el arresto domiciliario del viejo dictador, igual que el dictador había decretado, años antes, la censura de prensa y el estado de sitio. Entre los amigos que visitaban la casa taller se hablaba de la violencia política como si fuera un inspector que esperaba pacientemente en la puerta de entrada: era inevitable y entraría tarde o temprano. El viaje a Dinamarca, en ese ambiente envenenado, era como subir a la superficie a tomar aire.

Pero Pablo no se esperaba lo que ocurrió en Copenhague. Habían llegado a una primavera luminosa, con flores que estallaban en los árboles alrededor del hotel, con calles de piedra que amanecían brillantes de rocío, como si el mundo estuviera recién pintado. Les habían dado una habitación de colegas: con dos camas pequeñas y separadas en lugar de una cama de pareja. Una mañana, tres días después de la llegada, Pablo notó al despertar que Feliza estaba sentada ya en su cama, recostada al espaldar, leyendo un libro; y era sorprendente, porque en estos días le había costado un trabajo enorme vencer el sueño desfasado, y se había desvelado en silencio y luego dormido hasta bien entrada la mañana. Pablo dio un salto hasta su cama, y al darle un beso de buenos días le notó algo raro en su cara, una presencia nueva, como un invitado que nos mira desde una esquina del salón. Se arregló para irse a su encuentro de ambientalistas, y luego, cuando se acercó a Feliza para despedirse, ella lo tomó de la mano y le dijo: «Quiero que nos casemos». Y luego, sin darle tiempo a responder, añadió: «Si tú quieres también, casémonos aquí. Casémonos ya. Seguro que es muy fácil y la ciudad está linda».

Pablo dijo: «Sí».

«¿Verdad que sí?», dijo Feliza.

«Sí», dijo Pablo. «Sí, yo también quiero».

En las siguientes cuarenta y ocho horas, mientras él se reunía con sus colegas, Feliza se encargó de la burocracia y los papeleos, hizo llamadas con la ayuda de una recepcionista confundida por la urgencia, consiguió que las autoridades aceptaran los papeles que traían consigo y también que les asignaran un turno en la alcaldía de Copenhague. El señor Fog, el danés alto y calvo que era su anfitrión, no lograba entender por qué se estaban casando estos dos colombianos apresurados en Copenhague y no en Bogotá. «Ni yo misma sé», dijo Feliza. «Pero así son las cosas». La ceremonia tuvo lugar un sábado en el segundo piso de la alcaldía. Llegaron demasiado temprano y tuvieron que esperar en una banca de madera, mirándose en silencio mientras otra pareja terminaba su propia ceremonia. Entonces entraron a un salón pequeño e imponente a la vez, con muebles que parecían sacados de un tribunal, y una mujer joven, vestida con la toga de los jueces, les habló en danés y luego en inglés, y ellos asintieron a todo y se besaron y posaron para la cámara de un fotógrafo de bigote frondoso (Feliza de minifalda, con medias del color del chocolate y blusa de flores, y Pablo con la única corbata que había traído), y después recibieron del señor Fog su regalo de matrimonio: dos entradas para un reloj. El regalo quedaba allí mismo, en el ayuntamiento, en lo alto de una torre con vistas a la plaza: un cuarto pequeño donde podían verse los mecanismos que marcaban los minutos y las horas y los días y los años y el movimiento de las constelaciones, y los seguirían marcando durante los próximos quinientos mil años. Feliza tomó a Pablo de la mano. «A ver si esta vaina nos dura tanto», dijo.

Para cuando volvieron a Colombia, ya convertidos en marido y mujer, el presidente Misael Pastrana se había posesionado a pesar de las denuncias de fraude. El descontento era como un ruido de fondo, porque mientras tanto Feliza era una mujer satisfecha. Se miraba al espejo todos los días y no estaba segura de encontrarse a la misma persona que había vivido en su cara antes del accidente, pero eso ya no importaba, porque se había acostumbrado a la persona nueva: a la que había surgido de las cirugías y las cicatrices, a la que ahora salía en las fotos de los periódicos sin avergonzarse de sí misma, a la que se había enamorado de Pablo Leyva. En una entrevista le preguntaron si estaba casada, y Feliza sonrió como no había sonreído en mucho tiempo y dijo:

«Uy, sí. Mucho».

Por esos días, además, cumplió uno de sus sueños: hacer una escultura de gran escala para un espacio público. Que la gente viviera todos los días con uno de sus fierros, que lo vieran mientras iban al trabajo, mientras volvían a la casa, mientras pensaban en sus hijos y en sus padres y en sus amantes, que su escultura existiera a la intemperie, sufriendo la lluvia y el viento y el humo de los carros, sí, respirando lo mismo que respiraban los bogotanos. Era un encargo oficial. Después de recibirlo, Feliza recorrió con Pablo todas las chatarrerías del sur de Bogotá, pero sin suerte. Cuando se toparon con aquellos tres pedazos monstruosos, Pablo hizo dos maquetas buscando que la figura respetara equilibrios difíciles, y Feliza las montó en el taller de Domenico Parma, trabajando durante varias semanas con la ayuda de siete mecánicos y un operador de grúa. El resultado se llamó *Homenaje a Gandhi*. «¿Por qué el título?», le preguntó el periodista Vélez, el del lunar carnoso en la cara, y ella, en vez de salir con uno de sus sarcasmos, se puso seria: «Porque hay que resistir», dijo, «pero sin violencia». Y luego: «Ay, pero no me haga preguntas de cajón, ¿sí? Mire que me aburro y empiezo a decir pendejadas».

¿Qué ha pasado desde nuestra última conversación?
Ha pasado de todo. Hice lo de Gandhi, allá en la 100 con Séptima. Participé en una exposición colectiva en Cali, en La Tertulia, un museo que quiero mucho. Allá llevé una *Histérica*, una escultura que se llama *Homenaje a Camilo* y una que se llama *Movimiento hacia la izquierda*. Sí, han pasado muchas cosas.

¿Ese Camilo es Camilo Torres?
Muy bien, lo felicito. Y antes de que haga más preguntas inteligentes: ese *Movimiento hacia la izquierda* es un movimiento hacia la izquierda.

También tuvo un accidente.
Hace mucho tiempo. No quiero hablar de eso.

¿Cree que ese accidente cambió su obra artística?
Dije que no quiero hablar de eso.

La nueva exposición está en el Museo de Arte Moderno. ¿Puede hablar un poco de ella?
Bueno, son cosas que llevo trabajando varios años. Se llama *Las camas*. No sé qué más decir.

Son estructuras de metal puestas en un espacio oscuro, y hay lámparas que las iluminan con luz directa. Suena una música moderna, de sonidos electrónicos, y las estructuras están cubiertas con sábanas que se mueven de maneras muy sugestivas. Las formas que se sugieren debajo de las sábanas podrían ser humanas.

Cada uno ve lo que quiere ver.

La crítica ha hablado de «movimiento ambiguo-sexual».

Eso lo dijo Marta Traba, que es muy querida. Además, es de las pocas personas que entiende lo que yo trato de hacer, o más bien que trata de entenderlo. Lástima que ya no esté aquí para explicármelo.

Hace tiempo que Marta Traba se fue de Colombia. ¿Qué opina usted de su partida?

Pues que es una gran pérdida. Lo que Marta hizo por Colombia es inmenso, inmenso. Y yo no creo que este país le haya hecho la vida fácil, ¿sabe? Más bien siempre fue lo contrario. Le hicieron la vida difícil, a veces fueron realmente agresivos. Este país nunca la mereció.

¿Qué opina de la crítica en nuestro país?

Hay de todo, claro. Hay gente como Marta, que es arbitraria y nada objetiva, pero que sabe todo lo que hay que saber. Además, la crítica objetiva no es posible. De Marta se ha dicho que es injusta. Pero el problema de la crítica no es de justicia, sino de gusto. La crítica se hace de pasión: sin pasión no hay nada, y la pasión de verdad se basa en gusto y conocimiento. Luego están los otros, los que tienen una erudición de Almanaque Bristol. Sí, ésos no sólo existen, sino que tal vez sean mayoría. Qué se le va a hacer.

¿Pero está de acuerdo con los que dicen que las esculturas son deliberadamente eróticas?

¿Qué tal que fueran accidentalmente eróticas?

En todo caso, esta exposición ha molestado a mucha gente. Hay quien ha pedido que se prohíba la entrada a menores de edad.

Sí, como si fuera una película. Es muy divertido, ¿no? En realidad, lo único que hice fue seguir con lo que estaba haciendo. Comencé hace años con las *Histéricas* y luego las metí en la cama. Nada más. Pero este miedo que se le tiene en Colombia a ciertos temas... Se toca el tema del sexo y la gente sale corriendo a esconderse. Es un país muy puritano, sí, muy reprimido. Yo he sabido de gente que se pone a llorar frente a las camas, otros les levantan las sábanas para ver qué hay debajo. Todo eso está bien: a mí lo que me gusta es que una obra produzca reacciones. La colombiana sigue siendo una sociedad muy hipócrita, me parece a mí, y de vez en cuando hay que sacudir las cosas.

Pero es que las camas se mueven.

Pues por lo menos hay algo que se mueve en este país.

¿Pero le parece que ésa es la misión del arte? ¿Escandalizar, molestar a la gente?

No sé, yo creo que el arte no tiene misión. Si se pone una misión, es que es mal arte. Pero es inevitable que sea crítico, y la crítica siempre molesta a alguien. Y si no se mete con lo prohibido, ¿quién va a hacerlo? No importa si el objetivo es político o erótico, el arte es una manera de hablar de cosas de las que no se puede hablar de otra manera. ¿Le parece muy enredado lo que le digo?

¿Sus nuevas esculturas son políticas o eróticas?

Nadie dijo que haya que escoger.

Hábleme del arte político.

Es muy difícil hacerlo, pero algunos lo han logrado. Eisenstein en cine. García Márquez en literatura. Canogar en artes plásticas. Pero es muy difícil: hacer arte político sin que se vuelva propaganda, sin que se vuelva afiche. Eso sí que es fatal.

¿Siente afinidad con estos nombres? García Márquez es muy controversial. Se le critica mucho su cercanía a Fidel Castro.

Claro, cómo no se le va a criticar. Pero eso no es lo que molesta a la gente, sino que tenga tanto éxito. Eso es lo que no se le perdona a alguien que además es públicamente de izquierda. Colombia tiene una relación muy rara con él.

¿Y cómo es su propia relación con él?

Viene a cantar boleros y vallenatos. Se los sabe todos, es impresionante. En París, antes de ser famoso, cantaba en los bares de salsa para poder comer. Y luego se iba para su buhardilla a escribir *El coronel.* Por esa época nos conocimos, pero no en París, sino aquí. Hace años, hace años. Eso es como si fuera otra vida.

Yo me refería a su relación política con él.

No tengo relación política con mis amigos. Tengo amigos y ellos tienen ideas políticas y yo a veces las comparto. A veces las comparto todas, a veces comparto algunas, a veces no comparto ninguna. Pero no los escojo porque piensen lo que pienso yo. Toda la vida he tenido amigos de todas partes. Tengo más amigos en el Partido Conservador que usted, se lo aseguro. El otro día estuvo aquí Belisario Betancur, que es el mejor godo del mundo y yo lo quiero con toda el alma. Creo que sería un buen presidente. Es más: si se presenta en las próximas elecciones, tiene mi voto asegurado.

¿El suyo? ¿El de una persona que tiene retratos de Fidel Castro?

Pues sí. ¿Ve ese patio? Mire por la ventana y dígame qué ve.

Un patio con una palmera, muchas matas y una camioneta amarilla.

Sí, es mi camioneta de recoger chatarra. Hay otra camioneta, la de mi marido, que es azul. Pero él no está, porque él sí trabaja en cosas serias. Además de la palmera hay un magnolio que es un problema, porque las raíces están levantando la casa: viera los daños que hacen las raíces. Bueno, pues ahí, en ese patio, estuvo Belisario Betancur hace años, lanzando su primera candidatura presidencial. Fue un fracaso y perdió, claro, pero eso no importa. La lanzó aquí, en mi casa, en mi patio, aunque creo que la palmera no estaba. ¿Y qué? Yo sigo siendo la persona que soy. Mejor dicho, la política es otra cosa.

Pero a usted le interesa.

¿Qué cosa?

La política.

Ah, bueno. Es que todo lo que hace una sociedad es político. No se puede vivir en una sociedad sin tomar una actitud política.

¿Usted es feminista?

Feminista y liberacionista violenta.

¿De las que cargan pancartas que dicen «abajo los hombres»?

No, claro que no. Los hombres me encantan. Son un invento maravilloso que hay que cuidar.

¿Cómo es un día de trabajo? ¿Cómo es su horario?

No tengo horario. Lo que más me gusta en el mundo es la libertad: si mi trabajo me la quitara, buscaría la manera de hacer otra cosa. Puedo trabajar horas enteras en un estado de concentración absoluta y luego pasarme días sin hacer nada. La escultura tiene sus ritmos... Por lo general, trabajo de noche, a veces hasta que amanece. Eso es lo bueno de que la casa y el taller queden en el mismo sitio.

Alguna vez, en una entrevista, usted dijo que la escultura era una aberración.

La escultura es una aberración. El arte es una aberración. La política es una aberración.

¿Qué quiere decir?

El periodismo es una aberración. Las entrevistas son una aberración.

¿Ésta también?

Sobre todo ésta, querido amigo. Sobre todo ésta.

Feliza se había acostumbrado a esas rutinas enrevesadas: se despertaba en lo más oscuro de la madrugada, tal vez por un dolor sordo en el fondo del cuerpo, tal vez por una sensación de agobio salida de ninguna parte, y aceptaba sin escándalo que sería imposible volver a conciliar el sueño. Después de unos minutos de mirar al techo acababa bajando las escaleras (de espaldas, siempre de espaldas, y en medio de grandes esfuerzos por no hacer demasiado ruido) y saliendo por la puerta que daba al nuevo taller. Era capaz de hacerlo todo sin encender la luz: salir de la cama, bajar las escaleras, encontrar la puerta sin tropezarse con nada. Pero una noche de frío se había puesto unas medias de lana, y su pie derecho resbaló sobre un tablón de la escalera. Feliza alcanzó a agarrarse de uno de los parales y reducir así el impacto de la caída, pero el golpe contra la escalera y después contra el suelo fue tan intenso que dañó dos costillas y asustó a sus médicos, que bastante escarmentados estaban ya. El Ciego la remitió a otro doctor de la Marly, y éste a otro, y alguno acabó poniéndole un arnés para proteger la columna vertebral, una suerte de corpiño rígido de aluminio, cubierto de espuma y una lámina de plástico blanco, que la enfureció durante los primeros días, pero al cual tuvo que resignarse. «Esta mierda es como un cinturón de castidad», les decía a sus amigos. «A mi edad, no joda. Lo único que me faltaba». Alejandro Obregón le decía que tenía huesos de pájaro. «Es desde el accidente», le respondía Feliza. «Todo se me quebró ese día y se quedó quebrado». El accidente de Cali: un día tendría que preguntarse seriamente cuánto le había cambiado la vida desde esa noche.

Llevó el arnés durante meses, de manera casi permanente, pero no dejó que esa incomodidad le cortara el impulso. Nunca había trabajado con tanto provecho, sintiendo que le faltaba el tiempo para hacer todo lo que imaginaba. Le gustaba la forma como sus materiales de trabajo habían ido colonizando la construcción entera: la parte que antes había sido fábrica de telas y luego taller de mecánica automotriz se había convertido en su espacio privado, su galpón de fantasía. Pablo la apoyó sin reticencias. Cancelaron el acuerdo con los arrendadores, cuyos años de presencia habían deteriorado los suelos (las cicatrices que deja la maquinaria pesada, las heridas hechas a fuerza de goteo por el aceite de motor), y el galpón gigantesco fue ocupado por los equipos de soldadura de Feliza, los tanques de Feliza, las montañas de chatarra de Feliza que esperaban pacientemente su turno. El lugar no había perdido su ambiente de polígono industrial, pero la presencia de Feliza y sus figuras juguetonas le daba a todo un aire lunático. De pie entre las chatarras con sus enormes guantes de cuero y su máscara sin facciones, o acuclillada con el soplete en la mano como una incandescente varita mágica, Feliza parecía la protagonista de una película de ciencia ficción, la heroína escondida en la sala de máquinas de una oscura nave enemiga. El frío de la noche le cerraba los poros, pero ella se envolvía en un kimono de seda, la cara cubierta por la máscara, y ponía un *long-play* en el enorme aparato de radio que había sido de sus padres en la casa de Teusaquillo. Y entonces se ponía a soldar.

Le gustaba el potente resplandor blanco del electrodo, capaz de aclarar hasta el último rincón de lo que podía verse, inventando sombras fugaces en las paredes lejanas al mismo tiempo que derretía lo que se le ponía debajo. A veces el ruido y la luz intensa despertaban a Pablo, que, dependiendo de la hora, declaraba también el final de su noche de sueño, hacía café para los dos e incluso se ponía a ayudar a Feliza antes de salir para su trabajo, poniendo sus conocimientos de ingeniería al servicio de una figura que se negaba a moverse como Feliza quería. A veces Feliza trabajaba hasta la medianoche, y a esa hora le proponía a Pablo que fueran a dar una vuelta. Se encontraban con sus amigos de la televisión y del teatro, que habían terminado las funciones de la noche y se calentaban el cuerpo con un aguardiente tardío. A Feliza le gustaban esas largas conversaciones con Santiago y Patricia donde se planeaba la siguiente escenografía para la siguiente obra de teatro, y sobre todo le gustaba que acabaran siempre hablando de cosas muy distintas de la siguiente escenografía y la siguiente obra de teatro. Fue una de esas noches cuando Patricia le habló de la última visita que hicieron a La Habana, y de cómo se habían visto obligados a dar una vuelta absurda para regresar a Colombia. «Tuvimos que salir por Gander», contaba Patricia. «Eso es en Canadá, casi llegando a Groenlandia. Una isla donde no hay nada, sino nieve y un pueblito con aeropuerto. Hasta allá volamos desde La Habana, imagínate. Mejor dicho, para volver a Colombia desde Cuba hay que pasar por el Polo Norte, Feliza, y todo para que a la vuelta no haya un sello en el berraco pasaporte. Yo me iba a morir de frío, allá con mi vestidito caribeño y en medio de la nieve... Y para ir de Bogotá a La Habana, pues por México. La visa la ponen en un papelito aparte, claro, para no ir a contaminar nada. No, si te lo digo yo: ir a Cuba hoy en día es más peligroso que meterse a la guerrilla. Todo está mal, todo es una mierda. Pero hay que ir a Cuba». Feliza estaba de acuerdo: todo era una mierda, pero había que ir a Cuba. Y Pablo estaba de acuerdo también: había que ir a Cuba aunque todo fuera una mierda. Y se quedaban así, resolviendo los problemas del mundo en los pocos lugares que abrían hasta tan tarde —a veces en El Cisne, a veces en el bar del Hotel Tequendama—, y luego volviendo a la casa taller en su Wartburg amarilla para que Feliza siguiera trabajando o para meterse los dos en la cama, muy juntos, tratando de quitarse el frío de los pies.

Mi Cariño Verdadero: así le decía Feliza a su Wartburg, porque así le decía la propaganda de la radio. Habían tomado las palabras de una canción popular, la historia de un hombre enamorado de su velero que no está dispuesto a venderlo ni por todo el dinero del mundo:

Ni se compra ni se vende
El cariño verdadero

El velero de la canción se había convertido, por virtud de propaganda, en la Wartburg 311: una camioneta a la que le profesamos una lealtad sin límites. Y Feliza lo sentía así. Su Wartburg era del color de los pollos, pero los años y el contacto con los fierros toscos le habían raspado la pintura. La había comprado en Medellín, durante esa breve temporada que pasó como anacoreta en casa de su amigo Edmundo, y después de poco tiempo comenzó a preguntarse cómo había conseguido vivir sin ella tantos años. Era justo lo que necesitaba: una camioneta de familia a la que se le hubiera amputado la parte de atrás de la cabina, reemplazándola por una plataforma sin barandas donde se podía llevar cualquier cosa. Feliza la usaba para mover sus fierros inmensos de un lado al otro, entre los desguazaderos y el taller, entre el taller y los museos. La Wartburg se había convertido en parte del paisaje de la calle. «Ahí va la señora de las chatarras», decía la gente, o también «Ahí va la chancleta de la loca», y la imagen era inolvidable para quien la viera: la cabina estrecha con Feliza dentro, encorvada sobre el timón, y detrás de ella sus morrallas y los restos de otras cosas, torpes y desordenados sobre un chasis abierto. Su presencia se advertía a cuadras de distancia, no sólo por el traqueteo de los hierros sobre la carrocería, sino por el bullicio del motor, que funcionaba con una mezcla de aceite y gasolina, y tosía como enfermo y soltaba un humo negro que a Pablo el ambientalista lo escandalizaba sin remedio. La Wartburg amarilla se reveló tan útil que Pablo, cuando se topó con otra en el taller de un mecánico conocido (azul, esta vez, y más nueva), la compró sin pensarlo dos veces aunque contaminara lo mismo. «¿No hay manera de que eche menos humo?», le preguntó una vez un vecino. Él explicó que así era el motor, que eran carros baratos, hechos en Alemania Oriental sin ninguna de las sofisticaciones de ahora.

«Ésa es la vaina con ustedes», dijo el vecino. «Si hasta sus carros son comunistas, qué barbaridad».

«¿Ustedes?», dijo Pablo. «¿Quiénes son "ustedes"?».

«Es molestando», dijo el hombre. «No me haga caso».

No era un comentario para tomar a la ligera: ni siquiera si hubiera venido envuelto en menos hostilidad o en más ironía. En todo el país se vivía un ambiente de paranoia contenida. Lo que más se comentaba entre Pablo y Feliza, durante las comidas con amigos y en las reuniones con el grupo de teatro y en los encuentros en los cafés al salir de la televisora, era lo que estaba pasando con el M-19, una guerrilla que se había presentado en sociedad con acciones espectaculares que más parecían *happenings* de arte: robando, por ejemplo, la espada de Simón Bolívar, que acumulaba polvo en la vieja quinta bogotana de la cual salió el Libertador hacia su muerte. «Bolívar, tu espada vuelve a la lucha», habían escrito en el comunicado que anunció la acción al mundo. El atrevimiento —y sobre todo la *gratuidad* del hecho, su aparente inutilidad— le gustó a Feliza: tenía el valor de las cosas que no parecen servir para nada. Por eso se decepcionó tanto cuando la guerrilla empezó a secuestrar empresarios (y no sólo porque hubiera ya visto el miedo en la cara de varios, amigos suyos o amigos de sus padres), y todavía más cuando los noticieros dieron la noticia de que la guerrilla había asesinado a un sindicalista por considerarlo traidor y cómplice del imperialismo. La foto del cuerpo sin vida de José Raquel Mercado, abandonado en la rotonda de la calle 63 con carrera 50, apareció en todos los periódicos. «¿Pero por qué?», dijo Feliza. «¿Por qué tiene que ser así?».

Las calles comenzaron a llenarse de policías. Algo cambiaba en el aire de la ciudad, o eso parecía; y una de esas noches, la ciudad les dio la confirmación definitiva. Volvían a la casa taller por la carrera Séptima, después de visitar unos desguazaderos del norte, cuando se encontraron, al pasar en frente del *Homenaje a Gandhi*, con una cuadrilla de hombres que rodeaban la escultura en actitudes extrañas. Pablo fue quien se dio cuenta primero.

«Mierda», dijo. «Se la quieren robar».

«No», dijo Feliza. «Ya se la están robando».

Era verdad: habían acercado una grúa y encadenado la ganzúa a la base de los hierros, y estaban comenzando a tirar para derribarla. Pero la figura se aferraba tercamente a su pedestal enorme: Feliza, temerosa de cualquier accidente, les había pedido a los ingenieros de obras que la fijaran a su base bajo la supervisión de Pablo, de tal manera que ni un terremoto pudiera con ella. Y ahí estaban los ladrones, tratando de arrancarla de su sitio. Pablo les gritó palabras gruesas desde el otro lado de la calle, y en el tiempo que le tomó frenar en seco y cruzar la calle, ya los ladrones habían renunciado a su propósito. Les tomó unos segundos perderse hacia el occidente por la calle 100, y allí dejaron a Pablo, parado en la calzada de la carrera Séptima, en la soledad de la noche sin tráfico, mientras Feliza se carcajeaba en la cabina de la Wartburg.

Les quedó un mal sabor en la boca, como si hubieran asistido a una premonición. ¿Pero de qué? La única medida que tomaron fue volver al día siguiente, a plena luz del día, y desprender del zócalo una enseña de piedra que consignaba para el paseante el nombre de la escultura y el de la artista responsable. Por lo demás, no volvieron a recordar el incidente: la memoria de esa noche desapareció de sus preocupaciones hasta meses más tarde, cuando tuvieron que prepararse para salir de viaje y les pareció, por primera vez en la historia de su vida juntos, que no era buena idea dejar la casa sola. Iban a estar dos meses fuera; Bogotá ya no era la ciudad segura de otros tiempos: era una ciudad donde una cuadrilla de hampones aficionados trata de robarse una escultura de cinco toneladas de peso a la vista de todo el mundo. ¿No era razonable tomar ciertas precauciones con la propia casa, aunque en ella no hubiera nada de valor? Así que le pidieron a un hombre de la cuadra, Luis Junca, que se quedara a dormir en la casa taller a cambio de un salario. Luis era un campesino que había llegado de Boyacá en los últimos años de la Violencia, y por eso su exigencia no fue del todo sorprendente.

«Me quedo si me dan con que defenderme», dijo.

«Con que se quede en la casa es suficiente», dijo Feliza. «Éste es un barrio tranquilo».

«Los sitios son tranquilos hasta que pasa algo, sumercé», dijo Luis. «Y yo aquí no tengo ni un machete».

«Machetes no tenemos», dijo Pablo. «Pero a mí sí se me ocurre qué le puedo dar».

Estaban en el jardín de la casa. Pablo entró y volvió a salir en cuestión de minutos. Llevaba en la mano una caja blanca; al quitar la tapa, reveló una pistola pequeña.

«Ay, pues claro», dijo Feliza. «Carajo, se me había olvidado que esto existe».

Era una Beretta 950: una pistola con aspecto de juguete que le hubiera cabido a ella en la mano si alguna vez la hubiera empuñado. Se la había regalado su amigo Ernesto Atehortúa, a quien llamaban Checho para no enredarse la lengua con su nombre. Una noche, años antes de que Pablo llegara a vivir con ella, Checho le había sugerido que andar así por Bogotá no era aconsejable.

«¿Andar cómo?», le dijo Feliza.

«Así, así como anda usted», dijo Checho. «Sola en su camioneta, a las tres de la mañana, por estas calles». Se había sabido de atracos con cuchillo; en el Parque Nacional había aparecido una mujer violada que no se acordaba de lo que le había pasado. «Y usted atraviesa la ciudad como si estuviera en Suecia, Feliza. No, no es recomendable». Entonces la acompañó hasta la Wartburg, que estaba parqueada en los sótanos del Tequendama, y allí sacó la caja blanca de un bolsillo de su chaqueta, le mostró a Feliza la pistola y le dijo: «Mire, le tengo un regalo».

«¿Qué es esto?», dijo Feliza.

«Esto es lo que lleva cualquier señora respetable en su cartera», le aseguró el Checho.

«Pues tenemos un problema», dijo Feliza. «Yo ni uso cartera ni soy una señora respetable».

Al Checho se le endureció la mirada: «No es mamando gallo, Feliza, estoy hablando muy en serio. Es bueno que la tenga. Si no la quiere cargar en la cartera, pues no la cargue: métala en la guantera del carro y ya. Uno nunca sabe, qué tal que cualquier cosa. Por lo menos tenga esa vaina ahí. Por si acaso».

«Pero si yo no sé ni por dónde se agarra una pistola», le dijo Feliza.

«Pues aprenda», respondió Checho. «O no aprenda, da igual. Pero meta esta vaina en la guantera». Y como ella no lo hizo, lo hizo él mismo: abrió la guantera de la Wartburg, metió la pistola dentro de su caja y la caja dentro de una bayeta sucia, y dijo: «Ahí se queda, úsela como quiera».

Feliza nunca la usó. La Beretta nunca estuvo ni siquiera en sus manos, no sólo porque Feliza no sabía cómo dispararla, sino porque ni siquiera hubiera sido capaz de averiguar cómo meterle las balas. La dejó en la guantera de la Wartburg, y allí se habría quedado hasta pudrirse de óxido si Pablo no se la hubiera encontrado por pura casualidad. Fue una tarde de junio, poco después de las elecciones en que ganó el candidato liberal Julio César Turbay. Feliza conducía por la calle 26 cuando la Wartburg amarilla comenzó a tartamudear, y luego corcoveó como un caballo y se murió sobre el andén, frente al Cementerio Central. Antes de llevarla a que la viera un mecánico, Pablo vació la guantera. Ahí estaban los papeles de la camioneta, un cassette de *The Mamas and the Papas*, una cajetilla de Marlboro olorosa a tabaco viejo y una bayeta sucia: y envuelta en la bayeta, una caja pequeña con una pistola. Se la llevó a la casa —junto a los papeles y el cassette de *The Mamas and the Papas*; la caja de Marlboro, en cambio, la tiró a la basura— y la metió en un cajón de la mesa de noche que compartía con Feliza. Las armas de fuego le daban miedo, igual que a ella, y ninguno de los dos volvió a acordarse de su existencia. Y entonces apareció Luis Junca, vigilante improvisado, pidiendo algo con que defenderse mientras cuidaba la casa taller.

Pablo le entregó la caja blanca. Luis abrió los ojos como un niño: nunca había visto una pistola tan bonita, dijo. Y la recibió como si fuera un regalo.

Dos meses después, cuando Feliza y Pablo volvieron del viaje, Luis Junca les entregó una pequeña caja con tres pedazos de metal. Había tenido tanto tiempo libre, tantas horas vacías en una casa tan grande y en noches tan largas, que acabó dedicándose casi sin darse cuenta a desarmar la pistola para ver cómo era por dentro, y luego no fue capaz de volver a armarla. Ahí estaba el esqueleto de la Beretta: el gatillo y el percutor se habían extraviado, pero en la caja sobrevivían la armazón, separada de la corredera, y el mecanismo del gatillo separado de la armazón y, junto a ellos, el cargador atascado, todavía lleno con sus ocho balas sin usar.

«Pero qué es esta vaina», dijo Pablo.

Luis bajó la cabeza.

«Es que yo quería saber», dijo.

«¿Y qué tal que la hubiera necesitado?».

«Pues lo mismo pensé yo», dijo el hombre. «Viera lo que me arrepentí de andar pendejeando con la pistola. Afortunadamente no pasó nada».

«Aquí nunca pasa nada», dijo Feliza distraídamente.

«Eso sí no sé, doña Feliza», dijo Luis. «Ustedes andaban por fuera, pero aquí la gente anda muy nerviosa. Desde hace rato, si viera. Todo el mundo cree que algo serio se está cocinando».

Y entonces recibió su plata, se despidió con cortesía y salió a la calle, mirando a ambos lados, hundiendo los hombros para soportar el frío.

Pablo y Feliza se enteraron de lo ocurrido como el resto de los bogotanos. A medida que la información fue saliendo a la superficie, supieron que un comando del M-19 se había instalado a finales de año en una casa de familia justo en frente del Cantón Norte, donde estaban los arsenales militares, y durante setenta y tres días, mientras se mostraban de puertas para afuera como unos vecinos nuevos y amables, los guerrilleros cavaron un túnel por debajo de la carrera Séptima. En la Nochevieja, al mismo tiempo que Pablo y Feliza sobrevivían a la fiesta de Año Nuevo con Santiago, con Patricia, con el poeta Juan Gustavo Cobo, con Nicolás Suescún y con un grupo grande de actores (sobrevivían al estrépito de la pólvora, a los borrachos que gritaban en la calle y golpeaban en la puerta de latón y querían brindar con todo el mundo), los guerrilleros sacaron sin que nadie se diera cuenta cinco mil setecientas armas del depósito más protegido del país, y al día siguiente anunciaron, mediante un comunicado de mimeógrafo, que la Operación Ballena Azul había sido todo un éxito.

Así empezó 1979. Feliza recordaría bien lo que fue el regreso a la vida cotidiana en la ciudad tensa: los cielos limpios, las madrugadas heladas pero secas que dejaban escarcha en las ventanas del taller, y allí, en esos días luminosos, la militarización de las calles, que se llenaron de uniformes con cascos demasiado grandes, y bajo los cascos, muchachos asustados y sudorosos que no sabían muy bien lo que buscaban. Había retenes en las vías principales y requisas a la entrada de las universidades. Eso no ocurrió un día, ni dos, sino durante semanas enteras, mientras el gobierno reaccionaba como podía al golpe del Cantón Norte, que no sólo había sido una derrota militar, la pérdida de todo un arsenal, sino un garrotazo de propaganda. El gobierno echó mano del Estatuto de Seguridad, una ley promulgada cuando el presidente Turbay llevaba apenas meses en el cargo, cuyo objetivo ostensible, según se repetía machaconamente en los medios, era enfrentar el crecimiento de las organizaciones subversivas, pero que les permitía a las fuerzas del orden arrestar sin trámites ni justificaciones, allanar sin orden judicial y juzgar a civiles en consejo de guerra. En los meses siguientes las cárceles se llenaron de presos políticos. Uno de ellos —uno de esos encarcelados improcedentes, el más notorio hasta aquel momento— fue el poeta Luis Vidales.

Feliza no lo conocía, pero sabía quién era y sabía también que tenían varios amigos en común. Vidales era un hombre ya mayor, autor de versos que fueron vanguardistas en su momento ya remoto, y había sido secretario del Partido Comunista en los años treinta, cómplice clandestino de las guerrillas campesinas en los cuarenta, exiliado político en Chile en los cincuenta y colaborador de periódicos revolucionarios toda la vida. Lo habían arrestado más de treinta veces en su larga existencia de rebelde, y esta vez habría podido ser una más, pero fue distinta por razones que sólo serían evidentes con el tiempo. Los soldados lo sacaron de su casa junto con su esposa, lo acusaron de dos o tres cosas distintas que se contradecían las unas a las otras y lo liberaron al cabo de varias semanas, después de un escándalo que se volvió internacional y en el cual intervino hasta Jean-Paul Sartre. Hubo protestas en las universidades y en las plazas: Feliza y Pablo estuvieron en una de ellas, y también Santiago y también Patricia, y Feliza recordaría a una conocida de sus padres, Sara Guterman, que había venido acompañada de un joven de pelo negrísimo y cara de mediterráneo, tímido pero bien plantado, que cargaba una cartulina entre dos tablas de balso donde se leía en letras de molde: «¿Libertad bajo palabra? ¡Libertad para la palabra!». Hubo denuncias en las columnas de opinión; hubo declaraciones de simpatía que venían de todas partes. Ante los micrófonos de los medios, el ministro de Defensa respondió a todo aquello con palabras simples: «Aquí no hay poeta que valga». Hubo en el exabrupto algo de honestidad involuntaria: allí estaban, a la vista de todos, las antipatías más obstinadas del gobierno.

Tenían de repente la sensación de vivir en estado de sitio. Bogotá, a veces, se parecía demasiado al 9 de abril, o a los días que lo siguieron: mucho había cambiado desde 1948, pero en cierto sentido no había cambiado nada. Feliza estaba montando por entonces una de sus instalaciones más ambiciosas. La había titulado *La baila mecánica*: una serie de figuras de un metro y medio de alto que había construido con varillas de hierro y cubierto con telas de colores —naranja, ocre, lila— que había teñido ella misma en el taller y que se movían gracias a unos viejos motores de aviones jubilados. No llegó a contar cuántas veces la pararon en la calle, frente a la galería donde preparaba la instalación, ni cuántas tuvo que mostrar su identificación y abrir su cartera, pero el día de la inauguración fue especial, o se quedaría en su memoria por razones especiales. Había llegado temprano en la mañana para supervisar los cantos corales de Perotinus Magnus que acompañarían el baile de las figuras inquietantes. Un soldado de piel de niño, que parecía estar estrenando bozo, le pidió la bolsa en la que Feliza llevaba sus materiales; trataba de sostenerla con sus manos lampiñas mientras la registraba, y lo único que consiguió encontrar en ese equilibrio difícil fue un pequeño ejemplar de *La aventura de Miguel Littín clandestino en Chile*, cuya portada imitaba una página de periódico con la foto del autor. «Usted es la artista, ¿verdad?», dijo el soldado. «La misma», dijo Feliza. Sin hostilidad de ningún tipo, más bien con algo parecido a la humildad, el soldado le devolvió la bolsa, pero se quedó mirando el libro un instante, por delante y por detrás, sin atreverse a abrirlo, y terminó por devolvérselo también. «¿Es verdad que es guerrillero?», le preguntó.

«¿Quién?», dijo Feliza.

«El escritor», dijo el soldado. «El tal García Márquez».

«Ah, eso sí no sé», dijo ella con una mueca de sarcasmo. «Se lo tendría que preguntar a él».

Luego pensó que su respuesta habría sido distinta si algo le hubiera permitido prever lo que sucedió después. Pero no hubo presagios, por lo menos en público, que advirtieran de nada. En esos meses, sabiendo lo que sabían (aunque Feliza, que se movía entre políticos influyentes igual que entre revolucionarios clandestinos, habría podido intuir algo más), nadie, salvo los más paranoicos, habría visto una relación entre la realidad de todos los días, que parecía haberse desquiciado para siempre, y lo que pasaría después. En febrero, un comando de dieciséis guerrilleros se tomó la embajada de la República Dominicana mientras en ella departían diplomáticos de trece países, y a cambio de soltar a los rehenes pidieron cinco millones de dólares y la liberación de trescientos de sus militantes. Durante sesenta y un días tensos Feliza y Pablo siguieron las negociaciones pensando que sólo estaban siguiendo las negociaciones: convencidos de que eso no tenía relación alguna con lo que pasó después. Los guerrilleros no consiguieron la liberación de los trescientos presos, pero sí un avión que los llevó a todos a Cuba, y allí fueron liberados los rehenes y los guerrilleros se refugiaron durante meses, lejos de la ley y del Ejército de Colombia: pero eso, les pareció a Pablo y a Feliza, no tenía relación alguna con lo que pasó después. No habían transcurrido más de dos semanas cuando un grupo de ochenta rebeldes, liderados y organizados por uno de los hombres que habían escapado a Cuba, desembarcó en la boca del río Mira, en el sur del país, con un cargamento de armas suficiente para tomarse una ciudad. Fueron capturados por el Ejército, juzgados en consejo verbal de guerra y condenados a prisión, pero el presidente consideró además que no habían recibido de Cuba solamente un refugio transitorio, sino también entrenamiento y apoyo material para su invasión fracasada, y de inmediato rompió relaciones diplomáticas con el régimen de Fidel Castro.

Pero eso, evidentemente, no tenía relación alguna con lo que pasó después.

En todo caso, ni Pablo ni ella estaban esperando la noticia que les dio la radio una mañana de marzo. Feliza no solía estar despierta a esas horas, pero esta vez el teléfono la había sacado de la cama. Era Santiago: «Pon Caracol, Feliza. Está pasando algo con Gabo». El programa de las mañanas habló del intento de golpe de Estado del 23 de febrero en Madrid, de un terremoto cuyas réplicas todavía se sentían, del traslado de la dictadura de Pinochet al Palacio de la Moneda y de la huelga de hambre de Bobby Sands, un miembro del IRA, y luego la voz del locutor de los cables de última hora, la voz melodramática sobre fondo de falsos ruidos de telégrafo, como de mensajes entrando en clave morse, anunció con el tono de las catástrofes que Gabriel García Márquez, el colombiano más célebre de todos los tiempos, se acababa de ir de Colombia para evitar que lo arrestaran.

«Jueputa vida», dijo Feliza. «Ahora sí se jodió todo».

Durante días no se habló de otra cosa. Feliza asistía a la realidad con una mezcla de incomprensión y hastío. Una columna de opinión acusó a Gabo de complicidad con la guerrilla, pues era muy sospechoso que este amigo público de Fidel Castro se escapara justo después del incidente del río Mira y el rompimiento de relaciones con Cuba. Otra se acordó entonces de que su nueva novela, *Crónica de una muerte anunciada*, estaba justamente llegando a las librerías, y sugirió que su partida intempestiva, clandestina pero también ruidosa, era una maniobra de publicidad para levantar las ventas de un libro del que se había impreso un millón de ejemplares. Un funcionario del gobierno lo acusó de deslealtad con su patria, de cobardía moral y de manipular a la prensa internacional, que seguía con lupa sus movimientos y siempre había tomado nota atenta de todas sus declaraciones. Y el periodista Vélez, que entrevistó a Feliza a propósito de la presentación en Varsovia de *La baila mecánica*, le dijo después de cerrar la libreta: «Ya vio lo de su amigo, ¿no?». Y ante el silencio de Feliza, añadió: «Sólo le digo una cosa: si se va así, es porque algo habrá hecho».

«Eso es lo más idiota que he oído», dijo Feliza.

«Lo que usted diga, Feliza, lo que usted diga. Pero el que nada debe nada teme».

Entonces, a comienzos de abril, el periódico *El Espectador* publicó la respuesta de Gabo a las acusaciones, o su defensa airada contra ellas. Feliza se había pasado la noche entera soldando trozos de chatarra de colores vivos, restos de accidentes de tránsito o de carrocerías rescatadas de los desguazaderos: puertas, capós, tapas de baúles que había retorcido en su prensa y sometido a la transformación del soplete. La Galería Latinoamericana de La Habana le había propuesto exponer la nueva serie junto a Edgar Negret, y Feliza no estaba dispuesta a dejar que la oportunidad se le escapara. Negret era uno de los pocos artistas colombianos que estaban usando metales y tuercas y tornillos para hacer objetos bellos, y no sólo era para Feliza una especie de hermano mayor, sino que se había convertido con el tiempo en una presencia de la casa taller: pues la única chimenea de la casa, un gran bulbo anaranjado atado al techo por un tubo grueso, era obra de sus asistentes. Por todo esto, la idea de exponer con él en La Habana era una especie de sueño cumplido. Y en ésas andaba Feliza, rompiendo y volviendo a soldar latas de colores durante varias horas al día, cuando se publicó el artículo de Gabo.

Lo leyó allí, en el taller, con su delantal todavía puesto, quitándose los gruesos guantes de cuero para manipular el periódico mientras el gato Trotsky le buscaba las manos con la cabeza. «Punto final a un incidente ingrato», se titulaba la columna, y desde la autoridad del centro de la página, que Gabo había ocupado durante meses, lanzaba una defensa tan feroz, y con un ánimo de vindicación que se parecía tanto a la venganza, que Feliza sólo podía pensar en un animal herido. Hablaba de la trampa que le habían puesto, aunque se guardaba los nombres de los responsables; de los rumores de su pronto arresto, que al parecer eran de dominio público; de una cena en el palacio presidencial donde un militar de alto rango había anunciado su intención de convocarlo a su oficina para interrogarlo acerca del M-19. Hablaba de las malas lenguas que habían asociado su último viaje a La Habana, cuyo propósito fue un encuentro de escritores en la Casa de las Américas, con el desembarco de guerrilleros entrenados en Cuba; y terminaba diciendo que esa acusación —y la amenaza que conllevaba— no le había dejado más solución que la que había tomado. «Ahora se sabe por qué me buscaban», escribía Gabo, «por qué tuve que irme y por qué tendré que seguir viviendo fuera de Colombia, quién sabe hasta cuándo, contra mi voluntad».

V. Los nombres de Feliza

A finales de junio, mientras en París empezaba a asomarse con retraso un verano tímido, más húmedo que de costumbre, y después de las lluvias de gotas gruesas quedaba en el aire el olor dulzón de los castaños y los plátanos y los tilos, volví a Bogotá con la intención de visitar de nuevo la casa taller e imaginar, allí donde ocurrieron, los últimos instantes que pasó Feliza en ese país que fue el suyo y es también el mío. Un lunes festivo, a las diez de la mañana, crucé la ciudad extrañamente soleada para encontrarme con Pablo y recordar, con él o gracias a él, esos días porosos. La casa quedaba en el barrio bogotano de Corferias, en una calle corta de un solo sentido donde hacen guardia más peluquerías de las que son necesarias, y donde se siente el ruido de las grandes avenidas cercanas y también el de los vendedores ambulantes de todo lo que pueda venderse, de aguacates a carcasas para teléfono; pero al traspasar el portón metálico y entrar en el antejardín, de repente el ruido desaparece, y uno se encuentra sin solución de continuidad en un lugar fuera del tiempo, a la sombra de una palmera que parece sacada de otros climas, rodeado de matas de moras y de maleza crecida, y corre el riesgo de tropezarse con la placa de piedra del *Homenaje a Gandhi*, que Pablo y Feliza trajeron a casa cuando alguien quiso robarse la escultura.

Me pareció conveniente que Pablo me recibiera en el ala nueva de la construcción, un espacio que Feliza no llegó a habitar realmente, porque así pudimos trazar una frontera invisible entre el presente y el pasado, mantener a raya a los fantasmas o sólo darles entrada cuando fuera oportuno. Nos rodeaban los libros de arte que fueron de Feliza, una colección incompleta de novelas de quiosco muy populares en los años setenta —también yo las tuve en mi biblioteca de niño: en esos tomos de lomo verde leí *Los tres mosqueteros* y *Sandokán* y *Veinte mil leguas de viaje submarino*— y otra colección que ya no era de mi tiempo: las revistas *Mito*, que evocaban otras presencias. Vi catálogos de las exposiciones de Feliza: el de *La baila mecánica*, con imágenes inquietantes en tonos sepia; el de las *Camas*, de 1974, que la diseñadora Marta Granados armó con una hoja laminada en las páginas centrales, para que sugiriera al desplegarse el movimiento de las esculturas. El catálogo llevaba un texto de Hernando Valencia que comenzaba diciendo así: «El estudio de Feliza Bursztyn tiene en frente un jardín». Y ahora, cincuenta años después de la publicación de ese catálogo, yo estaba frente a ese jardín, detrás de unos ventanales amplios por los cuales entraba la luz generosa del día, con una taza de café en la mano, recordando esos años: recordando a Hernando Valencia, recordando la inauguración de las *Camas*, recordando los años que vinieron después. Sí, también yo los recordaba, a pesar de no haberlos vivido: en los últimos meses, se habían vuelto parte de mi propia memoria.

Pablo regresó con un objeto pequeño, tan pequeño que le cabía en la mano cerrada. Era una cabeza de piedra gris, como una reproducción a escala de algún ídolo de la isla de Pascua, cuyos ojos eran dos diminutas conchas de mar, y también eran conchas su boca entreabierta y sus orejas. «Es un abrecaminos», explicó Pablo. «Así le dicen. Feliza lo trajo de Cuba. Le gustaba decir que eso era lo que trataba de hacer». Lo puso sobre la mesa. «Sea como sea, Feliza viajó a Cuba, expuso sus chatarras de colores, volvió a Bogotá. Y nadie la paró en el aeropuerto, como la primera vez, y eso fue un alivio». Luego se quedó en silencio un segundo. «En el taller hay todavía una obra de esa serie. Feliza no se la llevó a Cuba, porque era demasiado grande para el presupuesto de transporte que le dieron. ¿Quieres verla?».

Salimos del ala nueva, cruzamos en diagonal el jardín y entramos a lo que fue durante años el taller de Feliza Bursztyn. Pablo me explicó que esas claraboyas las había mandado abrir él mismo cuando se dio cuenta, a mediados de los setenta, de que a Feliza le gustaban ciertos puntos del galpón enorme más que otros, y encima de esos puntos, en el techo altísimo, Pablo abrió una tronera para que la luz cayera en vertical, como el agua de una cascada. En el taller, regados por ahí, vi los instrumentos de trabajo, dos tanques de gas, varios motores cubiertos de óxido y restos de carros estrellados: accidentes del pasado, pensé, ruinas en espera de una forma. Las fotos más conocidas de Feliza tienen por escena ese lugar: Feliza, con su delantal de trabajo, posando sonriente junto a una jaula de pájaro; Feliza sonriendo entre las figuras cubiertas de telas de *La baila mecánica*; Feliza sentada en una banquita que desaparece bajo su falda, con guantes de cuero y máscara antigás y un collar de perlas que le cuelga del cuello, soldando una lámina de chatarra que despide chispas blancas. En ese espacio estábamos ahora Pablo y yo, frente a una figura compuesta por tres láminas de chatarra distintas: una roja, una verde y una de color azul cielo. El conjunto hacía pensar en una pequeña embarcación de vela.

«Esto se llama *Homenaje a Francis Bacon*», me dijo Pablo. «Ya ves: demasiado grande para que la transportaran. Y aquí se quedó, la pobre».

Feliza estaba satisfecha cuando regresó de exponer en la isla —la sensación del deber cumplido, la satisfacción de haber compartido exposición con Negret—, pero también muy preocupada. «El bloqueo es brutal, esa gente está sola», decía. «Hay que ayudar, Pablo, hay que ayudar en lo que se pueda. Me dieron unas invitaciones para los de acá. Quieren que vayan los artistas, que vayan los escritores. Yo dije que les ayudaba a repartirlas». Eran diez, doce sobres que allí, sobre la mesa del teléfono, se veían perfectamente inofensivos, a pesar de su membrete notorio de Casa de las Américas; junto a ellos Feliza puso una caja de cartón rígido, del tamaño de una página de papel, que contenía las impresiones en blanco y negro de siete exposiciones recientes. «Que no se me olvide», dijo Feliza. «Esto es para devolvérselo a los fotógrafos». Por último puso en la mesa una pequeña colección de discos de acetato: discos de Pablo Milanés y Silvio Rodríguez y Vicente Feliú que Feliza había traído como regalo para Pedro Cote, el hijo mayor de Alicia y Eduardo. Pablo les echó una mirada, riendo para sus adentros: porque a Feliza no le gustaba la música de la nueva trova cubana, y sólo quería darle un regalo al hijo de una amiga. Luego abrió la caja de las fotografías, sin saber quiénes eran los artistas, y vio un jinete llanero montado en un caballo blanco y, al fondo, un cielo de un gris intenso y granulado. Cerró la caja y la dejó donde estaba.

«Caramba», exclamó entonces, tratando de sonar ligero. «Eres el correo privado de la cultura cubana».

Durante los días siguientes, Feliza se dedicó a buscar a los destinatarios de las invitaciones y a los dueños de las fotografías, y se dio cuenta de que ya conocía a la mayoría, pero de otros tuvo que averiguar el número de teléfono o investigar la dirección correcta para llevar el sobre. Pablo llegaba de su trabajo y se la encontraba junto a la mesita del teléfono, sentada en la banca de madera que también le servía para trabajar en sus esculturas, hablando animadamente y contando intimidades de su viaje a La Habana. Después de un par de veces, le sugirió que esas largas conversaciones telefónicas no eran convenientes. «No sabemos quién está oyendo», le dijo. Pues había llegado a una convicción que no sabía demostrar: su línea estaba intervenida.

«Uno levantaba el auricular y siempre había ruidos raros», me dijo Pablo.

«¿Como si una persona estuviera oyendo?», pregunté.

«No, una no», dijo Pablo. «Yo hacía una llamada y sentía que estaba hablando con tres personas en la sala. Todo era muy torpe, muy chabacano... Dos cuarenta y cuatro sesenta y cinco cuarenta y cuatro: todavía puedo recitar el teléfono. Bueno, pues se lo dije a Feliza. Le dije que seguramente nos estaban oyendo las llamadas. Pero ella no hacía caso».

«No estoy haciendo nada malo», le dijo ella una vez. «Tengo que entregar estas cosas, Pablo. Y para eso tengo que hablar con la gente».

«Pues los invitas a la casa, los invitas a un café, y les entregas todo en persona», dijo él. «No se tiene que enterar todo el mundo».

«¿Y cómo los llamo?», dijo Feliza. «¿Por telepatía?».

«Con ella no había manera», me dijo Pablo. «Si algo se le metía en la cabeza, no había manera de sacárselo. Y yo había visto cosas: el tablero de la empresa de teléfonos quedaba justo en frente de la casa, por ejemplo. En diez años de vivir con Feliza, yo nunca había visto a nadie trabajando ahí. Y en esos días venían todo el tiempo, apareciendo de repente, trabajando en algo un par de horas y yéndose otra vez sin que nadie en toda la cuadra supiera para qué habían venido. Y eso se lo dije a Feliza. Y se lo volví a decir, hasta que ella se puso brava».

«No me jodas más», le dijo. «Yo voy a hacer esto porque se lo prometí a los cubanos, punto final. Esa pobre gente no puede ni mandar una tarjeta de cumpleaños. Y yo puedo ayudar y voy a ayudar. Es una bobada, Pablo. Nadie me va a fusilar por repartir unas invitaciones».

La noche del allanamiento, se habían ido a la cama más temprano que de costumbre. Pablo me condujo por la casa taller hasta llegar al espacio que fue su habitación, donde comenzó todo: la construcción inhóspita que los arquitectos amigos convirtieron en apartamento acogedor a principios de los sesenta. Vi los dos pisos a los que se subía por la famosa escalera de madera, y la subí yo mismo con autorización de Pablo, y en medio del esfuerzo recordé o imaginé la noche en que Feliza resbaló y cayó por estos peldaños. «Aquí fue el golpe, ¿no?», le pregunté a Pablo. «Ahí fue, ten cuidado», dijo él. «Por eso Feliza tuvo que empezar a ponerse la vaina esa, el arnés horrible. Decía que era como un cinturón de castidad y Gabo se moría de la risa». Subí al primer nivel, donde quedaba en esa época una especie de salón con cojines, y enseguida subí al siguiente. Allí estaba, ese viernes de julio de 1981, el cuarto donde dormían Pablo y Feliza cuando oyeron los golpes en la puerta. Estaba oscuro y el silencio era total; por eso, y por el material de la puerta, los golpes retumbaron con violencia. Eran las dos de la madrugada.

«¿Qué pasa?», dijo Feliza.

«Quédate aquí», dijo Pablo. «Voy a ver».

Bajó las escaleras difíciles (y yo hice lo mismo). Encendió la luz, cruzó la cocina y llegó a la puerta. «Era una puerta especial», me dijo Pablo. «Alguna vez hablamos con Feliza de que esa puerta no tenía gracia y habría que ponerle algún adorno. Me fui para la oficina una mañana y cuando volví, por la tarde, ya Feliza había convertido un pedazo de carrocería en una especie de aldabón gigantesco, y lo había soldado a la puerta de metal. Tal vez eso hizo que los golpes sonaran todavía más fuertes». Llegué hasta la puerta, que ya no tiene la figura adosada de entonces: es una plancha metálica que se abre con un temblor, como el de una lámina de aluminio cuando se intenta que imite el sonido de un trueno. La abrí como la abrió Pablo esa noche. «Ahí estaban», me dijo Pablo. «Cinco, seis hombres, todos vestidos de civil, todos con ruanas. Pero debajo de las ruanas de algunos asomaban los fusiles, y otros cargaban los fusiles bien visibles en las manos».

«Usted se llama Pablo Leyva y aquí vive la señora Feliza Bursztyn», gritó uno de ellos. «Traemos una orden para hacer una requisa».

Feliza bajó entonces. «¿Qué pasa?», preguntó con voz tímida. «Se me sientan ahí», dijo uno de los hombres, señalando las sillas del comedor, señalando la misma mesa donde la mano de Feliza había sufrido un golpe feroz muchos años atrás. Desde allí, Pablo podía oír los movimientos de los hombres en el cuarto de al lado, subiendo y bajando las escaleras de madera, abriendo y cerrando cajones y armarios. «Estaban destrozando la casa», me dijo Pablo. «Quitaban los cojines de la sala, metían la mano hasta el fondo en los sofás. Desbarataron nuestra cama, tabla por tabla, revisando hasta las fundas de las almohadas. Mientras tanto, otra gente había entrado al jardín. En ese momento me di cuenta de una cosa: ¿cómo habían entrado? Los golpes habían sonado en la puerta de adentro, la de la casa. Pero para llegar ahí habían tenido que abrir la puerta de la propiedad, la que da a la calle. ¿Cómo, si estaba cerrada con llave?». De repente ya no eran cinco los hombres, sino muchos más: quince, veinte, era difícil de saber. Entraban y salían como si conocieran la construcción entera de memoria: todos de ruana, todos vestidos de civil debajo de la ruana, todos armados con fusiles cuyos cañones se asomaban. Al final se acercó a ellos el mismo que había anunciado la requisa. Era, evidentemente, el que estaba a cargo.

«El permiso para porte de armas», dijo.

«¿Qué?», dijo Feliza.

El hombre traía en las manos una caja blanca que Pablo reconoció de inmediato: en su interior estaba la pistola desarmada, la Beretta 950 que un cuidandero aburrido había reducido a tres piezas inservibles. Y eso fue lo que dijo Pablo: «Pero si eso no sirve para nada».

«Es un arma de fuego», dijo el hombre. «Dónde está el permiso de porte de armas de fuego».

«Pero si está desbaratada», dijo Feliza.

«¿Entonces no hay permiso?», dijo el hombre.

Feliza tuvo una intuición. «Mire, eso está aquí porque es un pedazo de chatarra», dijo, «y yo trabajo con chatarra. Soy escultora y trabajo con chatarra, soy artista y...».

«Yo sé quién es usted», la cortó el hombre. «Quédese tranquilita la señora».

«Yo también le dije a Feliza que se quedara tranquila», me dijo Pablo. «Era capaz de soltarles un madrazo y quién sabe qué más. Y ahí fue cuando el tipo sacó unos papeles de debajo de la ruana y me dijo que tenía que firmar».

Eran dos párrafos ilegibles, cada uno en una página de papel delgado como el que se usa para hacer copias al carbón en los juzgados. Y ésa debía de ser la tercera o cuarta copia, pues las palabras eran borrones y apenas se alcanzaba vagamente a distinguir los nombres propios escritos en mayúsculas. «Pero esto no se puede firmar», dijo Pablo. «No se entiende nada».

«Hay que firmar», dijo el hombre.

«Yo no puedo firmar lo que no se entiende», dijo Pablo.

El hombre levantó el fusil y el cañón apuntó a la cabeza de Pablo.

«Usted firma porque firma».

«Y firmé», me dijo Pablo.

«Muy bien», dijo el hombre. «Ahora nos vamos. La señora nos acompaña».

«Cómo así», dijo Feliza. «No, yo no voy a ninguna parte».

«Usted nos acompaña. Está bajo arresto».

«¿Con qué cargos?», dijo Feliza.

«Se lo explicamos allá», dijo el hombre.

«¿Allá dónde?», dijo Pablo.

«Allá donde vamos con la señora», dijo el hombre.

«No había nada que hacer», me dijo Pablo. «Nos dejaron subir a vestirnos, y entonces se me ocurrió algo: le dije a Feliza, en voz bien alta para que todos me oyeran, que se pusiera el arnés. Ya había pasado tiempo desde el accidente de la escalera y no era necesario que se lo pusiera tanto. Pero pensé: tal vez así la tratan mejor».

Feliza entendió. Así, llevando el arnés de aluminio a la vista de todos, salió al frío de la madrugada bogotana. Los hombres armados abrieron la puerta grande como si ya conocieran sus mecanismos; el que mandaba se acercó a la Wartburg amarilla y ordenó:

«La señora Bursztyn se va manejando su carro, porque eso también es evidencia».

«Yo voy también», dijo Pablo.

«Esto no es con usted», dijo el hombre. «Contra usted no hay ningún cargo. Mejor que no busque lo que no se le ha perdido». Y le espetó, como un insulto: «Civil».

El hombre que comandaba el allanamiento subió con Feliza como copiloto de la Wartburg amarilla. Pablo, mientras tanto, buscó las llaves de la Wartburg azul, y no supo cómo tuvo tiempo de sacarla en reversa, cerrar bien el portón de la casa y volver a arrancar sin perder a los demás de vista. Como en un sueño manejó por calles desiertas, cruzando la ciudad hacia el norte, pasando junto al *Homenaje a Gandhi* y por debajo del puente de la calle 100, hasta que vio la Wartburg de Feliza reducir la velocidad y entrar en las instalaciones de la Brigada de Institutos Militares. Dejó la suya abandonada de cualquier forma en el parqueadero y comenzó a seguir a los hombres de ruana, caminando por las instalaciones apagadas, pero en cierto momento el que mandaba lo detuvo con la mano y le pidió que mirara al suelo. Pablo encontró sobre el pavimento una línea pintada.

«Si pasa de aquí», le dijo el hombre, «me toca arrestarlo también. Usted dirá».

Pablo levantó la cabeza, pero ya no vio a Feliza. No había tenido tiempo de despedirse de ella, decirle que no se preocupara, asegurarle que él iba a arreglarlo todo.

Se devolvió a su carro y salió a la carrera Séptima. Le tomó un par de cuadras darse cuenta de que no había encendido las luces.

¿Cuánto tiempo pasó? Con los años, esa virtud tan sencilla, la de recordar cuántas horas pasaron en ausencia de Feliza, se iría debilitando o confundiendo, y a veces Pablo contaría la historia hablando de un día entero y a veces de un día y medio y a veces de dos días. Mientras Feliza permaneció arrestada, el reloj dejó de tener todo sentido, o bien lo perdió en la memoria de Pablo. Lo primero que hizo fue repasar en su mente todos los contactos que tenía en el mundo político de este país, pues le parecía claro que la causa de lo que le había ocurrido era la ley todavía reciente del presidente Turbay: el Estatuto de Seguridad. Mientras manejaba hacia el sur en su Wartburg azul, tratando de mantener a raya las entrometidas emociones, avanzando por avenidas que apenas se despertaban sin decidir su destino, recordó la tarde, después de una exposición de Feliza en la galería San Diego, en que el mismísimo presidente los había invitado a comer en un restaurante del norte de la ciudad. Pero no, pensó Pablo, Turbay no era presidente aún: era un candidato que se interesaba en los intelectuales y en el arte, y había asistido a aquella exposición —*Acero sobre acero*, se llamaba— y luego había querido comer con ellos. Les había hecho preguntas que parecían genuinas con su voz gangosa. Se había jactado de los muchos libros que había leído. Y ahora Feliza estaba presa por una ley desquiciada de su gobierno paranoico.

Trató de preguntarse qué le estaría pasando en este momento; trató de apartar de su mente las imágenes más horribles.

Enseguida supo, con repentina lucidez, que sólo le quedaba la prensa. Acudir a los periódicos: todos los medios impresos habían entrevistado a Feliza, y algunos de ellos, varias veces. Pensó en *El Tiempo*, el más poderoso del país, pero también pensó que su redacción estaba llena de amigos del gobierno, y tuvo la intuición de que sus agobios iban a ser mejor recibidos en otra parte. Lo demás ocurrió como entre brumas: poco después del amanecer llegó a las instalaciones de *El Espectador*, esperó a que abrieran y denunció lo ocurrido, y luego esperó la llegada de un reportero que lo invitó a sentarse, le dio un café solidario y tomó nota de lo que Pablo le contaba. El reportero le dijo que pondrían en marcha las investigaciones y le aconsejó que se fuera a descansar. Pablo obedeció parcialmente: volvió a su casa, pero no para descansar, sino para sentarse junto al teléfono y dedicarse a hacer llamadas de desespero.

Pronto descubrió dos cosas. Primero: puesto que el Estatuto de Seguridad facultaba al gobierno para juzgar a civiles en consejo de guerra, iba a ser necesario encontrar a un abogado que se especializara en jurisdicción militar. Segundo: ningún abogado parecía estar disponible. A medida que el día avanzaba, Pablo se fue sintiendo más y más solo. Un periodista importante contestó su llamada, le prometió que averiguaría lo posible y colgó; una hora después lo llamó con noticias que no eran buenas.

«La cosa va a ser difícil, Pablo», le dijo. «A Feliza la acusan de ser correo secreto de la guerrilla».

«Pero eso es absurdo», dijo Pablo.

«Entre los funcionarios cubanos y el M-19», dijo el periodista.

«Pero es absurdo», repitió Pablo. «Ella no hizo más que traer unas fotos».

«Yo le digo lo que he averiguado», dijo el periodista. «Más no puedo hacer».

Otra periodista, ésta de una revista para mujeres, le dijo que Feliza les había puesto las cosas muy fáciles. «¿Qué cosas?», dijo Pablo. «¿A quién se las puso fáciles?». La periodista contestó: «Usted me entiende, Pablo. Mucho escándalo, siempre con escándalos. Y esos amigos que tiene, qué quiere que le diga». El reportero de *El Espectador* con el que había hablado en la mañana sumó una versión más a las teorías que ya flotaban en el aire: el allanamiento de la casa taller tenía un solo objetivo, y era buscar la espada robada de Simón Bolívar. Porque había corrido el rumor de que la estaba escondiendo una figura del mundo intelectual, y algún funcionario del ejército habría creído que, si un artista trabajaba con metales, no había mejor lugar que su taller para esconder la espada. «Pero se la robaron hace siete años», dijo Pablo. «¿Y ahora creen que la tenemos nosotros?».

Entre dos llamadas, mientras una gestión obligaba a esperar el resultado, Pablo trató de arreglar las habitaciones que los hombres armados habían dejado como el paisaje de una ciudad saqueada. Devolvió los cajones a sus rieles y los cojines a sus muebles y la ropa, tirada por todas partes, a los ganchos de aluminio. Descubrió que faltaban cosas y que nadie (por supuesto) le había dado una lista de lo que se llevaron, pero al comentárselo a Santiago García, en una de tantas conversaciones de apoyo, recibió un sarcasmo: «No, Pablo: los militares no hacen inventarios». Habría que esperar a que Feliza regresara para saber qué más se habían llevado, pero Pablo notó un faltante: la foto enmarcada de Feliza con Jorge Gaitán Durán. Aunque tal vez se había perdido antes: no había manera de saberlo. Pablo barrió la tierra seca que las botas habían dejado en la alfombra; descubrió que alguno de los hombres había cogido un vaso del escurridor y se había servido un trago de agua de la llave; descubrió también que la caja de las fotografías tampoco estaba ya en la mesa del teléfono. En algún momento de ese frenesí, el aparato volvió a sonar: era de nuevo Santiago, que le daba la noticia del arresto —por segunda vez— del poeta Luis Vidales. Pero esta vez no se lo habían llevado a las caballerizas, como la anterior, sino que lo habían interrogado durante horas en su propia casa.

«Esto no es bueno», dijo Santiago. «Están buscando algo. Y mientras no lo encuentren, Feliza va a seguir allá metida». Hizo una pausa. «Qué vaina tan injusta: que le pase esto a Feliza, justamente a ella. Pero uno nunca sabe de dónde vienen las injusticias, ¿no? Patricia me lo dijo el otro día: si Feliza pintara eucaliptos en acuarela, nada de esto le habría pasado. Me dijo: "No me persiguen a mí, que soy de las Juventudes, pero sí la persiguen a ella"... No se entiende. Se siente culpable, Pablo».

«¿Culpable? ¿Por qué?».

«Porque fuimos nosotros los que llevamos a Feliza a Cuba», dijo Santiago. «Yo hablé con Haydée Santamaría. Yo le dije que había esta artista colombiana, y que había que traerla. Patricia le dijo: mientras que Feliza Bursztyn no venga a La Habana, es como si el arte moderno no existiera. Y la invitaron, y Feliza se enamoró de los cubanos. Y por eso la culpa es nuestra».

«No diga pendejadas, Santiago», dijo Pablo. «Feliza se enamora de la gente. Eso es como una enfermedad y no hay nada que hacer. Y nadie tiene la culpa».

«Pero nosotros la llevamos a Cuba», dijo Santiago.

«Bueno», dijo Pablo. «Pero si no hubieran sido ustedes, habría sido alguien más».

Pablo estaba sentado en la mesa del comedor, frente a un café con leche, cuando oyó los golpes metálicos en el portón de la propiedad. Era el ruido que no habían hecho esa madrugada los hombres armados, que llegaron directamente a la puerta interior. Pablo atravesó el jardín a pasos largos, abrió, se encontró a Feliza y le pareció inverosímil. «Hola», dijo ella. «Ya llegué». Se abrazaron sin decir nada, y entonces Pablo le tomó la cara entre las manos y la miró fijamente a los ojos, como si quisiera confirmar que Feliza seguía viviendo en ellos: «¿Estás bien? ¿Qué te hicieron?». «Bien, sí», dijo ella con un hilo de voz, una voz de niña. Entonces entró a la cocina, caminando despacio, vencida por un cansancio de siglos, y en ese momento Pablo vio que se quitaba del pecho un pedazo de papel, o algo que parecía un pedazo de papel y que debía de tener todavía su propio adhesivo, pues Feliza lo pegó a uno de los hexágonos de arcilla de la pared. Pablo se acercó. No era papel, notó entonces, sino un trozo de esparadrapo un poco más grande que la carta de una baraja, con un número cinco escrito y reteñido en lápiz oscuro. «¿Y esto qué es?», preguntó. Feliza respondió: «Mi número. Yo era el preso número cinco. Pero después te cuento. Ahora lo que necesito es darme una ducha bien caliente».

Después de la ducha cayó en un sueño profundo como el sueño de la anestesia. Y cuando despertó, a la mitad de la noche, el cambio de su respiración despertó a Pablo también. Feliza se quedó mirando al techo, con los ojos llenos de lágrimas y la cara cruzada por un gesto desolado que Pablo no había visto nunca. No dijo nada; Pablo supo que no era el momento de hacer preguntas. Así, en ese silencio, vieron el amanecer.

En la tarde llegaron los periodistas. El reportero de *El Espectador*, el que le había tomado a Pablo sus primeras declaraciones sobre el asunto, era quien más preguntaba, y Feliza parecía de repente haberse reventado de tantas palabras que llevaba dentro. De un momento al otro fue como si no pudiera parar de hablar. Contó que la habían llevado a unas caballerizas y le habían puesto una venda en los ojos —pero le pidieron disculpas por tener que hacerlo— y no se la habían quitado nunca. Durante el tiempo que pasó vendada tuvo que responder a un interrogatorio que a veces le parecía absurdo y a veces redundante. Le pidieron que hablara de su viaje reciente a Cuba (muy bonito Cuba, dijo ella), de las razones de ese viaje (mostrar sus latas de colores, dijo ella), de la gente a la que vio en ese viaje (artistas y escritores, dijo ella: gente aburridísima). Le preguntaron si era colombiana, y eso le produjo la indignación que no le había producido nada más. «Nací en la clínica Marly», dijo. «Soy más colombiana que el presidente». «¿Pero quiénes eran?», preguntaba Pablo, y ella decía: «Nunca los vi. Eran dos, pero nunca los vi». Dijo que no estaba sola: en el mismo sitio sintió la presencia de otros detenidos, aunque no hubiera podido verlos. Y terminó diciéndole al periodista: «No, no puedo decir que se hayan extralimitado conmigo. Hasta me ofrecieron tinto, igual que la vez del aeropuerto. Parece que eso es lo único que saben hacer». Pero después, cuando el último periodista se hubo despedido, le contó otras cosas a Pablo.

Le habló de estar horas sentada en un suelo de tierra y paja. Le habló de los caballos, de su relincho y sus resoplidos, del ruido de sus cascos sobre el suelo. Le habló del miedo: los caballos le pasaban tan cerca que podía olerlos, y en algún momento llegó a pensar que iban a pisarla. Le habló de las amenazas: las voces de los hombres le preguntaban si no le daba miedo que la violaran, y lo hicieron tantas veces, y en tonos tan distintos, que Feliza acabó por gritar: «Pues vengan y me violan ya, hijueputas. Y así salimos de esa vaina». Le volvió a hablar del miedo, y luego del frío, y luego del cansancio, y luego de lo que se siente al estar un día entero con los ojos vendados, la claustrofobia, la imaginación desbordada que siempre espera lo peor, la desorientación brutal de no saber dónde es arriba y dónde es abajo. Le habló de la pregunta que ella les hizo a sus interrogadores no una, ni dos, sino más de diez veces: «¿De qué me acusan?». Y le habló de la respuesta de la voz sin rostro, digna de una obra de teatro: «Lo vamos a saber ahora por lo que usted nos diga». Pablo la escuchaba sin interrumpir, convencido de que Feliza no quería tanto comunicar lo ocurrido como saber, oyéndose hablar, que no se había vuelto loca. Y en medio de su verborrea incontenible se fue instalando entre los dos el alivio de lo que ya había pasado. Fue tan intenso que Feliza perdonó la desaparición de sus joyas, dos cadenas y tres anillos, que había dejado en su mesa de noche antes de que llegaran los militares. «Pero no estoy segura», decía, «y no voy a acusar a nadie de lo que no me consta».

Pablo sólo podía alegrarse de haber dejado el episodio atrás. «Ya está», decía. «Ya pasó todo. Ya podemos seguir adelante».

Estaba equivocado. Tres días después del regreso de Feliza, *El Independiente* publicó una nota sobre el arresto que terminaba con la noticia más indeseable del mundo: «La famosa escultora será juzgada por porte ilegal de armas». El artículo contaba del arresto en la madrugada del viernes, hablaba de las sospechas que pesaban sobre Feliza e incluía esas palabras pavorosas: *juicio verbal de guerra*. Entonces aseguraba, pero era imposible saber con qué fundamentos, que Feliza Bursztyn habría de presentarse ante el juzgado militar en quince días de calendario. Ni Pablo ni Feliza entendieron por qué un periodista había tenido acceso a semejantes informaciones antes de que a ellos les hubiera llegado siquiera un rumor, ya no digamos una notificación con sellos y firmas. Pero llegó la notificación y Feliza se presentó ante el juez militar. Tuvo que soportar que el juez le hablara de la pistola desarmada y le dijo que tenerla sin permiso era un delito y tenía cárcel, y luego le puso delante un documento para que firmara. Era el compromiso de volver a presentarse dentro de dos días hábiles. «Esto era lo que no podía pasar», dijo Pablo. Si había consejo verbal de guerra, dijo, que fuera para él, que sí había tenido la pistola en las manos, que sí la había disparado (un tiro al aire para probarla antes de dársela al cuidandero), que sí había dejado en ella sus huellas digitales. «Tú ni siquiera la has tocado».

«Esto no puede estar pasando», dijo Feliza.

«No vamos a dejar que pase», dijo Pablo. «No vamos a dejar que te frieguen por eso. Ya que no han podido fregarte por otra cosa».

«¿Y entonces qué hacemos?».

Feliza hizo la pregunta, pero ya conocía de sobra la respuesta. Comenzaron las averiguaciones, pidieron consejo a gente de confianza, se encontraron en cafés del centro con abogados amigos y con amigos de los amigos, y acabaron citándose con un funcionario de la embajada mexicana que estaba ya enterado de su caso: había estudiado los documentos y la situación, y ahora se permitía informarles que Feliza Bursztyn cumplía los requisitos para pedir el asilo político. Y les explicó lo que iban a hacer enseguida.

«Yo pensaba que uno se presentaba en la embajada, pasaba las puertas y quedaba ya a salvo, refugiado en otro país», me dijo Pablo en la casa taller, casi cuarenta y tres años después de esos días que les cambiaron la vida. «Pero no: la casa donde se recibe a un asilado, como es apenas obvio, no es la misma residencia de la embajada. Ni es tan fácil como llegar andando. Hay que llenar papeles, muchos papeles, pero eso no importa: lo que importa es que hay que llegar sin que nadie se dé cuenta, porque en la puerta del horno se quema el pan. Recibimos la dirección y nos pusimos a ver cómo llevar a Feliza en secreto. Porque toda la manzana de la casa taller estaba vigilada: por donde miráramos había un agente, y no disfrazado, sino a la vista de todos. En la práctica, le habían dado a Feliza la casa por cárcel».

Pablo hizo lo que no había hecho hasta ahora: pedir ayuda a su familia. Su hermano Bernardo era el que más confianza le ofrecía, de manera que se dirigió a él antes que a nadie. Para ese momento, ya Pablo se había percatado de las rutinas de sus vigilantes: cada vez que salía en su Wartburg azul notaba los mismos carros de placas civiles que lo seguían en la distancia, y aprendió a perderse por las calles del centro para enredarles los seguimientos hasta que lograba liberarse de ellos. Esa tarde, Bernardo llegó a la casa taller, metió su carro al garaje y abrió el baúl, cuya tapa bostezó como una bestia. Feliza tuvo que hacerse a la idea: se acostó en ese espacio oloroso a caucho, de medio lado, con las piernas recogidas y la cabeza recostada en las manos. «Si toca, toca», dijo.

«Era un carro cómodo, no como los nuestros», me dijo Pablo. «Y Bernardo siempre ha sido un conductor excelente. Pero no quiere decir que a Feliza no le diera miedo».

Tan pronto se hizo de noche empezó la operación. Pablo salió primero, manejando su Wartburg azul hacia el sur y luego hacia el oriente. Feliza había construido, en el puesto del copiloto, una figura hecha de cojines y barras de metal. La cubrieron con una sábana y afinaron la silueta con ganchos de ropa, y Pablo se permitió una broma: «Ésta va para *La baila mecánica*». Ahora, dando vueltas por las calles estrechas de La Candelaria, giraba de vez en cuando la cabeza para fingir que le estaba hablando a Feliza, y le parecía inverosímil que esa pantomima pudiera convencer a alguien. Dio vueltas durante más de media hora, el tiempo que le tomaría a su hermano llegar a las instalaciones de la embajada mexicana, y luego se regresó para su casa, dando de nuevo mil rodeos innecesarios por oscuras avenidas donde soldados patrullaban con el fusil terciado sobre el pecho. Según se enteró después, su hermano llegó en pocos minutos al barrio de Teusaquillo, donde Feliza había crecido, y buscó el primer recodo disponible en esas calles tranquilas para bajarse y liberarla a ella de su encierro de claustrofobia, y con ella al lado continuó el recorrido hacia el norte. Pablo, de regreso en la casa taller, se sentó a esperar. A eso de las nueve entró la llamada convenida.

«Quiubo, ¿todo bien?», le preguntó a su hermano.

«Todo bien», dijo él. «¿Y a usted cómo le ha ido?».

Sólo quedaba esperar. Fueron pocos días, pero mucho ocurrió en ellos. Pablo estaba trabajando como asesor para asuntos de medio ambiente en una dependencia del Ministerio de Agricultura. «Un día me llama el ministro y me cita en su oficina», me dijo Pablo. «Me dice que siente mucho lo de Feliza, que le ha llegado voz de que el gobierno está muy preocupado. Yo pienso: se acaban de dar cuenta. Les está saliendo el tiro por la culata y se acaban de dar cuenta». Porque se había publicado en los periódicos un comunicado de prensa que protestaba en términos implacables contra las agresiones del gobierno de Julio César Turbay, y citaba en particular los casos, muy notorios, de Feliza y de Luis Vidales. El comunicado traía decenas de firmas importantes: periodistas, gente de teatro, pintores de prestigio y hasta políticos conservadores cuyo nombre formaba parte de la historia de su partido. «Y ahí estaba el ministro preguntándome cómo podían ayudarme. En otras palabras: qué quería yo».

«Muy simple», le dijo Pablo. «Que dejen a Feliza en paz».

Pero todo parecía seguir adelante: nadie desmintió las acusaciones, nadie mandó decir que se suspendía la tal audiencia en el juzgado militar, nadie sugirió que hubiera sido excesivo lo de pasar a una escultora por consejo de guerra. Las señales que les llegaban eran contradictorias: un día, la Cancillería colombiana anunció en la prensa que no había cargo alguno contra Feliza; días después, un militar de alto rango dijo tener pruebas de que Feliza Bursztyn servía de correo entre la Revolución cubana y el M-19. No había cómo orientarse en la selva de voces, de artículos en los periódicos, de rumores de salón. Y los rumores estaban recorriendo el país. Una mañana timbró el teléfono, y Pablo, que ya se había acostumbrado a que una llamada pudiera cambiarles la vida, se sorprendió al oír la voz de Jeannie. «Me acabo de enterar», dijo ella. «¿Qué es esta locura? ¿Qué está pasando?». Estaba en el sur de Colombia. Llevaba unos días viajando por su cuenta, explorando ese país que era el de su madre, y en Ipiales, una ciudad de la frontera con Ecuador, la había alojado Carlos Pantoja. La coincidencia era formidable. A pesar de la estática, a pesar de la sospecha de ser escuchado, Pablo pudo darle a Jeannie una versión de los sucesos recientes que sirviera, por lo menos, para tranquilizarla. Él no estaba tranquilo, por supuesto; pero no tenía ningún sentido cargar a la hija de Feliza con las mismas preocupaciones que estaba sufriendo él. Había empezado a enfrentarse a la verdad incómoda de que no tendrían dinero para financiar este exilio.

«Si no hubiera sido por Gabo, no sé qué habríamos hecho», me dijo. «Para ellos también tenía que ser difícil, porque estaban vigilados. En fin: cuando llegó el beneplácito, yo ya tenía el pasaje de Feliza en la mano. Iba a volar a Ciudad de México y se iba a quedar en la casa de los Gabos. Y luego veríamos por dónde seguía la vida».

La víspera del viaje, Patricia organizó una serenata de despedida. Llamó a los amigos del Teatro La Candelaria, invitó a los conocidos de Feliza, se aseguró de que lo supieran tantos simpatizantes de su causa como fuera posible. «No recuerdo cómo supo dónde estaba Feliza, ni cómo supo cuándo era el viaje», me dijo Pablo. «Pero todo se sabía entre ellos». Unas treinta personas se reunieron esa noche frente a la casa de asilo, en un parque mal iluminado, y empezaron a cantar canciones de Silvio Rodríguez y de Mercedes Sosa y de Carlos Puebla. Iban por la segunda estrofa de *Hasta siempre, comandante*, cuando notaron que un grupo de soldados del ejército, salidos de quién sabe dónde, empezaban a rodearlos. «Aquí se queda la clara», estaban cantando, «la entrañable transparencia», pero entonces Patricia cortó en seco la canción. Lo hizo a tiempo para que los soldados no reconocieran las letras ni sus intenciones; pero algo había despertado sus sospechas, o sabían más de lo que Patricia creía. De manera que levantó la voz:

«Aquí van *Las mañanitas*», dijo. «Para el señor embajador de México, en su santo».

Y todos entendieron. Fue una versión mediocre, pues muy pocos se sabían la letra y menos aún podían tocar la música, pero ahí estaban, un grupo de amigos de Feliza Bursztyn despidiéndola sin mencionarla, a la luz del alumbrado público y ante la mirada de las fuerzas del orden. Después de unos minutos, se encendió una luz en una ventana. La ventana se abrió y una figura se asomó al vacío.

«El embajador les manda decir», anunció en voz alta, «que agradece infinitamente esta serenata y todas sus muestras de cariño. No va a poder asomarse para darles las gracias en persona, porque se siente indispuesto. Tengan todos ustedes muy buenas noches».

Los soldados comenzaron a retirarse como habían llegado: tampoco era cuestión de meterse con los diplomáticos de otro país, y tan cerca de sus edificios. Para Pablo fue siempre evidente que Feliza los había salvado con ese gesto creativo pero simple, una figura anónima dando las gracias a nombre de un embajador que probablemente ni siquiera estaba allí (pero los soldados no tenían por qué saberlo). Nunca llegó a confirmarlo, sin embargo, porque otras preocupaciones lo embargaban en ese momento. Al día siguiente, en las horas de la mañana, un vehículo con placas diplomáticas llevó a Feliza al aeropuerto El Dorado, y allá estaba Pablo, esperándola para despedirse de ella. Una pequeña cofradía se había reunido en el terminal para abrazar a Feliza, y entre los amigos se habían colado algunos periodistas y dos reporteros que trataron de hacer preguntas impertinentes sin que nadie les respondiera. Lo que Feliza no esperaba, en cambio, era la presencia de su hija Jeannie, que acababa de aterrizar desde el sur de Colombia. Se abrazaron en silencio. Feliza, a quien las palabras nunca le habían faltado, esta vez no encontró para decirle a su hija más que una: «Viniste».

Pablo conservó las fotos que se publicaron al día siguiente. En una de ellas aparece Fanny Mikey, la actriz argentina, abrazando a Feliza como Jeannie la había abrazado antes y como otros la abrazaron después; Feliza, por su parte, llevaba unas gafas de lentes oscuros que le escondían el rostro como a un forajido, pero se las quitó al despedirse de Pablo, y él vio sus ojos grandes empantanados en llanto, y el rastro de las lágrimas de muchas horas en la piel cansada. La abrazó y sintió bajo sus manos el arnés de aluminio, y le dijo: «Cuídate mucho, mi amor. Nos vemos apenas se pueda». Y ella contestó:

«Sí. Y tú te cuidas también».

La palabra *ostracismo* viene de *ostraka*, los pedazos de cerámica donde los atenienses, reunidos en asamblea, grababan el nombre de quien había atentado contra la comunidad con su comportamiento. Luego los pedazos se llevaban a una parte del ágora rodeada por un cerco de madera, y los magistrados los apilaban y los contaban, y el ciudadano cuyo nombre apareciera más veces era desterrado con la prohibición de volver a la ciudad antes de que diez años hubieran pasado. Ahora, mientras escribo, pienso en el nombre de Feliza, que tanta gente escribió mal en el curso de la vida, que ella adoptó sin pedir permiso ni esperar aprobación siendo apenas una adolescente: cuando el nombre que recibió de sus padres, Felicia, dejó de parecerle conveniente o preciso. Después averigüé que Felicia no era ni siquiera el primer nombre que sus padres le quisieron dar. Pero nada de eso importa ahora. Sea cual sea la palabra, la imagino así, repetida en pedazos rotos de vasijas griegas, miles de veces, escrita por miles de manos distintas, bien o mal, miles de personas escribiendo al mismo tiempo los nombres de Feliza.

«Fueron días horribles», me dijo Pablo. Estábamos sentados en el comedor de la casa taller; yo tomaba mi café ya frío frente a la misma mesa en que Pablo firmó documentos ilegibles la noche del allanamiento, y podía ver, a tres pasos de mi lugar, la pared de hexágonos de arcilla donde estuvo pegado durante muchos años el esparadrapo con el número cinco. «Yo sólo podía pensar en ahorrar, sí, trabajar más horas de las que tiene el día y ahorrar lo que se pudiera, porque mi único proyecto era ayudar a Feliza, claro, y además seguirla adonde ella se fuera. Y no se sabía dónde sería eso. Ella llegó a la casa de los Gabos en Ciudad de México, y a veces se me olvida que también esa casa era la casa de un exiliado. Pero por lo menos era su casa: era de ellos, tenía sus cosas, podían vivir allí. Feliza lo había perdido todo y yo estaba a punto de perderlo también. Y no había nada que hacer. Era como estar en un tren, yendo al precipicio a cien kilómetros por hora, con plena conciencia de que no hay nada que hacer: allá está la caída y no hay nada que se pueda hacer para evitarla. Era como si el mundo se apartara de nosotros, como una fuerza centrífuga. La gente me dejó de pasar al teléfono. Una buena amiga de Feliza me colgó después de decirme: "Yo no sé qué haya hecho, pero todo el mundo sabe que siempre ha sido una loca perdida. Nunca ha respetado nada, Pablo, nunca le ha importado nada. Eso antes era gracioso, pero ya no". Yo no se lo conté a ella, claro. No quería deprimirla más.

»Un mes después de la despedida en el aeropuerto, me fui a visitarla a México. No era sólo la urgencia de verla y saber cómo estaba, no era sólo la falta que me hacía, sino la necesidad de tomar decisiones importantes. Allá llegué, a la casa de Gabo y Mercedes, y me quedé diez días. La vi demacrada, pero eso era de esperarse. Por lo menos se animó con mi llegada y en la mesa, durante las comidas, hablaba sin parar. Me contó cosas que nunca me había contado. Me contó, por ejemplo, de un accidente que había tenido de niña, a los dos o tres años. Había salido a dar una vuelta de la mano de su niñera, e iba atravesando apenas la calle cuando vio al caballo, uno de esos caballos mal alimentados que arrastran carretas y recogen basuras. El caballo venía hacia ella y Feliza tuvo miedo. Quiso volver a su casa, se soltó de la mano de su niñera, empezó a correr y resbaló en medio de la calzada. Y el caballo, al pasarle por encima, le pisó la espalda y le rompió una clavícula. Me contaba todo esto y yo trataba de preguntarme por qué, a qué venía esa historia, hasta que entendí que se había acordado por el miedo que había sentido con los caballos de los militares.

»Una tarde, mientras Mercedes y Feliza daban una vuelta caminando por el barrio, me quedé solo con Gabo. "Así ha estado desde que llegó", me dijo Gabo. "No para de hablar, no para de contar el arresto, las caballerizas, todo. Es como un disco rayado". Yo le pregunté: "¿Y tú? ¿Tú cómo estás?". Gabo fue muy parco: era como si de repente le molestara hablar de lo que le había pasado. Entonces hablé yo para contarle algo que él no sabía. Le conté que una tarde, saliendo de visitarlo a él en su apartamento de Bogotá, me encontré con Chepe, el conductor de confianza que lo llevaba de un lado al otro cuando pasaba por esa ciudad imposible. Le hice a Chepe una pregunta de cortesía, cómo van las cosas, cómo está todo. Y él empezó a hablarme de los carros que los seguían todo el tiempo, de las personas raras que los estaban esperando en cualquier lugar al que llegaran. Tenía miedo, eso era evidente, y se dio cuenta de que me había preocupado con sus palabras. Entonces me dijo: "Pero no se preocupe, don Pablo. Yo a ellos los defiendo con mi vida". Gabo oyó mi relato sin decir nada. Luego pareció que iba a contestar a lo que yo le había contado, pero lo que hizo fue decir: "Bueno. Ahora lo importante es decidir qué vamos a hacer".

»Nos pusimos a sopesar los pros y los contras de todo. ¿Dónde nos podíamos ganar la vida? ¿Dónde podíamos encontrar trabajo? Llegamos a pensar en quedarnos allá, en Ciudad de México. Pero yo nunca he sabido cómo es eso de manejar contactos. La diplomacia de las relaciones personales nunca se me ha dado bien. Y no conocíamos a nadie ni teníamos una relación con la ciudad. Feliza se movía en Nueva York como si estuviera en casa, y además Estados Unidos era el país de sus hijas, y además en California vivían su hermana y su madre: Hela trabajaba en la Universidad de Stanford con un premio Nobel de Medicina y Chaja se había mudado a Palo Alto para estar cerca de ella. De manera que eso era lo más evidente, la primera opción que se nos vino a la cabeza. Pero cuando Feliza fue a pedir la visa nueva, resultó que otros habían llegado primero: el consulado de Estados Unidos en México había consultado con el de Bogotá, y el de Bogotá había dado su concepto. ¿Resultado? Le negaron la visa.

»No recuerdo quién puso sobre la mesa la idea de París. Muy rápidamente se volvió una posibilidad real. Antes dije que Feliza se movía en Nueva York como en su propia casa: lo mismo pasaba en París. Feliza se sentía realmente cómoda en cualquier parte, y eso por una razón muy sencilla: le gustaba la gente. Se enamoraba de la gente. La gente le causaba una curiosidad infinita, y además seducía a todo el mundo con ese buen humor que sólo desapareció después de la noche de las caballerizas. En fin: todo esto es para decir que yo era lo contrario. Yo no hubiera podido instalarme en cualquier sitio, empezar de nuevo así, de la nada. París, sin embargo, era parte de mi pasado igual que del suyo... Gabo se puso a hacer llamadas. No sé si llamó primero a Régis Debray, que era el consejero de Mitterrand para asuntos latinoamericanos, o a Mitterrand, que le encargó el tema a Régis Debray. Y quién sabe cómo, pero de repente había la posibilidad de una beca para Feliza. Habría que hacer más papeles, pasar una entrevista, demostrar ciertas cosas: tampoco era regalada. Pero si se lograba, si al final la conseguíamos, Feliza tendría un estudio donde trabajar y una plata modesta durante unos meses. Tendría seguridad social, y yo también. Ella no quería ni hablar de temas de salud, pero yo sabía que esa tranquilidad era importante. Eso era oro puro y así nos despedimos en México: "Nos vemos en París". Qué maravilla de frase, ¿no te parece? "Nos vemos en París". Como para una película romántica. Me devolví a Bogotá, seguí trabajando en los contratos que tenía, tratando de ahorrar lo que pudiera. Quise recuperar la Wartburg de Feliza para venderla también, pero nadie dio razón de ella: era como si se la hubiera tragado la tierra. Y yo no insistí. Por puro miedo, claro.

»Después me enteré de lo que Feliza había estado haciendo en esos meses de la separación. Consiguió un equipo de soldadura y tres hojas de chatarra en un taller de la zona, y acabó haciendo una escultura en el jardín de la casa, una figura roja que puso frente al estudio de Gabo. Allá se quedó, como para fregarle la concentración. Viajó una vez más a Cuba, pero no para exponer nada en ninguna parte, sino para hacerse exámenes médicos. Tantos años de fundir metales y soldar chatarra sin la protección adecuada le habían afectado seriamente los pulmones. Cuando empezó a usar su máscara antigás, ya el daño estaba hecho. Pero eso nunca le cambió la personalidad. Gabo decía: "Si suelta esas palabrotas con medio pulmón, imagínate con el pulmón entero". En todo caso, los médicos la examinaron por arriba y por abajo y no encontraron nada de que preocuparse. Agotamiento, eso era todo: Feliza estaba agotada y necesitaba reposo. Y ésa fue la mujer que me encontré en París: una mujer agotada. Desde Bogotá conseguí un apartamento, así que Feliza pudo salirse del apartamento de la Payita y llegar allá, a ser vecina de Mitterrand... Me puse a cuidarla, porque se había alimentado muy mal, y lentamente fue cogiendo mejor cara. Ya estábamos juntos, y juntos todo se aguanta mejor. Y entonces se terminó ese año y empezó el siguiente, y de verdad creíamos que todo empezaba de nuevo. Gabo y Mercedes llamaron desde Barcelona y nos dijeron que iban a pasar unos días en París, que querían vernos, y así acabamos reuniéndonos en el apartamento de ellos. Estaban también Enrique Santos y María Teresa Rubino. En algún momento Mercedes se acordó de que no había llamado al restaurante, y cuando fue a hacerlo, llegó diciendo que nos había cogido la noche, que nos tocaba irnos ya: porque eran las nueve y media y la cocina cerraba a las diez. Le dijo a Feliza: "Te va a encantar ese sitio, hay un *borsch* divino". Y me acuerdo de que Feliza sonrió apenas, pero sonrió, y contestó: "Sí, sí. Eso es definitivamente lo que voy a pedir". Nos pusimos los abrigos y salimos. Viernes 8 de enero, con un frío de espanto, casi nadie en las calles. Y de esto me acuerdo: los periódicos habían dicho que esa noche iba a nevar».

Cuando salieron del apartamento, la temperatura había caído. Una humedad nueva se sentía en el aire, como si hubiera llovido mientras estaban adentro. Pablo y Feliza caminaron en dirección del boulevard Raspail, una avenida de altos árboles desnudos y escasos transeúntes, y allí, en el momento de atravesar el amplio separador, Pablo se dio cuenta de que los otros les habían tomado ventaja, o ellos dos se habían rezagado. Andaban a paso lento, acaso porque el pavimento brillaba y otra vez tenían miedo de resbalar, acaso porque algo le pesaba en el cuerpo a Feliza. De nuevo Pablo le preguntó: «¿Estás bien?». Ella se aferró a su brazo, como había hecho tantas veces en estas últimas semanas, y le dijo con algo de impaciencia: «Sí, sí, estoy bien. Pero vamos sin afanes, por favor». Pablo levantó la cabeza, escrutó la noche alumbrada: los otros cuatro estaban ya muy lejos, fuera del alcance de su voz, caminando veloces para llegar a tiempo a la mesa reservada. «Pero que no se nos pierdan de vista», dijo. «Yo no sé llegar al restaurante. ¿Cómo era que se llamaba?».

«Estoy mareada», dijo Feliza.

«Ya vamos a llegar», dijo Pablo. «Eso es por no haber comido nada en tanto tiempo».

«Pero si nos tomamos la sopa».

«Por haber caminado tanto sin comer nada».

«Vamos despacio, ¿sí?».

«Sí», dijo Pablo. «Pero que no se nos pierdan».

No se les perdieron. El grupo había preferido caminar por las calles interiores en vez de salir al boulevard Montparnasse, tal vez por evitarse las ráfagas de viento frío de los espacios abiertos, y Pablo los vio alejarse por la rue Notre-Dame des-Champs y doblar a la derecha en una encrucijada. Cuando llegó a la misma esquina pudo ver a Enrique —el abrigo negro de Enrique, su sombra como la cola de un cuervo— entrando de último al restaurante, y no tuvo problemas para identificar el lugar; pero Feliza se movía con tanta lentitud que luego, cuando por fin les dieron alcance a los demás, ya todos estaban sentados a la mesa, sin guantes ni gorros, y comenzaban a recibir las cartas de manos de un mesero canoso. Fue tan agradable cerrar la puerta detrás de sus cuerpos entumecidos, y relajar los hombros y no sentir el peso temeroso de Feliza en su brazo, que Pablo se dejó caer en la silla como si volviera de un viaje largo. «Yo sí me tomo un vodka», dijo. En ese momento se dio cuenta de que los puestos habían sido asignados según un orden meticuloso, dictaminado sin duda por Mercedes: él estaba entre ella y María Teresa; a Feliza le correspondería sentarse del otro lado, entre Gabo y Enrique. Pero antes de ocupar su sitio, Feliza preguntó dónde quedaban los baños.

«No me demoro», dijo. Y se perdió entre las paredes de espejos.

Era tarde, pero los comensales no parecían tener la intención de irse a sus casas: Dominique era un lugar vivo, vivo y ruidoso, un asueto en medio del frío, como si allí la gente no creyera en el invierno. Dos parejas jóvenes se acercaron, las cabezas gachas, la voz tímida, para decirle a Gabo cuánto admiraban sus libros. «Monsieur *Marquez*», le decía uno de ellos, poniendo el acento en la última sílaba. Gabo no comentó nada al respecto cuando los jóvenes se fueron, pero María Teresa aprovechó el momento para preguntarle cómo iba el libro nuevo. Se refería a *Crónica de una muerte anunciada*, que había sido noticia no sólo por ser la primera novela de Gabo en seis años, ni por su tiraje escandaloso de un millón de libros, ni porque Gabo hubiera declarado tiempo atrás que no volvería a escribir novelas mientras Pinochet siguiera en el poder, sino por el terremoto político sin precedentes que había rodeado su publicación, cuando Gabo tuvo que exiliarse en México para que el Ejército de su país no lo arrestara con acusaciones espurias que podrían acabar en cosas peores. Pero mejor no pensar en eso: habían venido aquí para desquitarse, para dejar aquello atrás, para olvidarse de los maltratos. Gabo contestó a la pregunta sin solemnidad —«Bueno, esa vaina va bien»— y sacó las gafas de lectura para ver la carta de los vinos. «Feliza lo estaba leyendo», comentó Pablo. «Ahorita seguramente te va a decir algo». Miró alrededor, buscándola: vio las paredes cubiertas de espejos, los reflejos de las luces, el movimiento duplicado de los cuerpos, y entonces vio a Feliza, que volvía a la mesa con un gesto de tensión en la boca entreabierta, como el que hacemos cuando nos hemos acordado de algo desagradable. Al sentarse no miró a nadie, ni siquiera a Pablo; se acomodó en su silla, se puso la servilleta en las piernas y tomó la carta entre las manos. Pero parecía distraída.

«Mira, Feliza», le dijo Mercedes. «Aquí está ese *borsch* que teníamos ganas de pedir».

«Sí, Merce», dijo Feliza. «Qué maravilla».

Y entonces ocurrió. Feliza levantó la carta, como para leer mejor, pero sus ojos no buscaron las palabras, sino que se fijaron en los de Pablo por encima del rectángulo de cartón laminado. Pablo conocía esos ojos de memoria, a fuerza de escudriñarlos para descifrar una emoción (espiar una risa próxima, atajar una tristeza), pero la expresión que vio entonces le pareció inédita, como si los ojos le quisieran decir algo que no le habían dicho nunca. Entonces Feliza los cerró y sus manos se relajaron sobre la carta y de su cara se fue la sangre y su cuerpo entero se deshizo, o pareció que se deshacía, y su cabeza desgonzada se inclinó hacia el lado derecho, y luego fue como si el cuerpo entero se fuera detrás de la cabeza, deslizándose por un espacio que no existía y cayendo al suelo con un golpe seco y discreto. Pablo la llamó y volvió a llamarla mientras se ponía de pie bruscamente, empujando la silla sin cuidado, y sus zapatos se enredaron con las patas de otra silla en el intento de rodear la mesa y llegar a tiempo al lado de Feliza, para evitar que algo pasara: cosa absurda, porque todo lo que podía pasar había pasado. El silencio se hizo en su cabeza, como si alguien le hubiera tapado los oídos, y oyó su propia voz llamando a Feliza y la voz de los demás, de Mercedes y de María Teresa, de Gabo y de Enrique, llamando a Feliza y llamando a los meseros y pidiendo ayuda, y alguien decía que la pusieran en el suelo, boca arriba, y alguien sugería que la acercaran a la entrada, donde había más espacio y más aire, y alguien dijo por fin que ya habían llamado a los médicos bomberos y enseguida aseguró, con toda la convicción del mundo, que no tardarían en llegar.

A Feliza la declararon muerta a las 10:15 de la noche, después de grandes esfuerzos de seis paramédicos que le hicieron masajes en el corazón, le dieron respiración asistida, le clavaron agujas en el cuerpo, la sacudieron con el desfibrilador y le cubrieron la boca y la nariz con una máscara de oxígeno, y siguieron haciéndolo todo más allá del momento evidente en que sus esfuerzos eran inútiles. Uno de ellos se acercó a Pablo, que miraba sus movimientos paralizado por el espanto, y le dijo: «Lo siento mucho, señor». Uno de los médicos se agachó y le cerró la boca y Pablo supo que nunca se olvidaría de esa imagen. Pero lo demás, en cambio, lo vivía desde lejos, y las imágenes ya no eran nítidas. El revoloteo de la gente, las palabras de los amigos, la lenta desaparición de los demás clientes, que se retiraban sin hacerse notar, como la marea, fingiendo que apartaban la mirada. En medio de la confusión, Pablo recordaría la figura de un médico joven que parecía especialmente abatido, y recordaría también haber tratado de consolarlo o, por lo menos, de agradecerle sus esfuerzos. El médico se presentó, dijo que trabajaba en Médicos Sin Fronteras, le dio la mano y luego se giró para despedirse de Gabo:

«Soy su admirador», le dijo con cierta solemnidad extraña. «Lamento conocerlo en estas circunstancias».

La espera larga, las luces del restaurante apagándose y la llegada de un vehículo donde metieron el cuerpo sin vida para llevarlo a la morgue: todo parecía lento. Enrique había pedido un taxi para seguir a Feliza hasta que ya no fuera posible, y Pablo recordaría también el trayecto en silencio por calles oscuras, un barrio donde el metro era elevado; bajo el puente se abrió una puerta de rejas de hierro. Un hombre de bata que no se atrevió a mirar a Pablo a los ojos le pidió que recuperara los objetos de valor, y Pablo fue recorriendo el cuerpo de Feliza y guardando en su mano los anillos, la argolla de su matrimonio en Copenhague, los aretes de presión y una cadena de oro. El hombre de la bata abrió una puerta y tras ella desapareció la camilla rodante que se llevó a Feliza. Fue la última vez que Pablo la vio.

No volvió a la rue de Bièvre. Enrique tenía que recoger a María Teresa en el apartamento de Gabo y Mercedes; Pablo viajó con él desde la morgue, y una vez llegaron alguien insistió —pero quién, con qué palabras— en la conveniencia de que pasara la noche allí, en un sofá de la sala, con Gabo y Mercedes en el cuarto de al lado. A las seis de la mañana, después de varias horas de vigilia irremediable, salió a la calle sin despedirse de nadie y se dirigió a la boca del metro Vavin. Sintió algo en la cara y levantó la vista: estaba nevando. En las ramas de los árboles se había acumulado ya una delgada película blanca. No había otra persona en la calle. Iba bajando las escaleras cuando se le apareció, como una imagen clara y distinta, como un anuncio en la pared del metro, la posibilidad de terminar su vida. Allí, allí mismo: ¿por qué no? El tren pasaría en minutos: un paso, un salto y acabar con todo. ¿Qué razones había para seguir viviendo allí, en esa ciudad que no era la suya, o para volver a Colombia, ese país que tanto le había quitado? Pero entonces se dio cuenta de que nadie le había explicado lo que harían con el cuerpo de Feliza. ¿Cómo volvería a Colombia? ¿Qué pasaría si alguien decidiera enterrarla aquí, por evitar trámites engorrosos o costos innecesarios? Pablo recordó una vieja encuesta periodística que Feliza había contestado una vez, igual que una docena de artistas más. A todos les habían preguntado en qué ciudad del mundo les gustaría vivir, y Feliza fue la única que respondió sin dudarlo: «En Bogotá». Era su responsabilidad, pensó Pablo: a él y a nadie más le correspondía llevar a Feliza de vuelta a su ciudad y asegurarse de que la enterraran como ella hubiera querido.

Llegó el metro, Pablo lo vio pasar frente a su cuerpo y detenerse, y vio que las puertas se abrían. Un mendigo dormía en una de las secciones de cuatro sillas. Pablo se sentó en el lado opuesto del vagón, se puso la cara entre las manos y comenzó a llorar.

> El País. *Enero 11 de 1982*
> *Cadáver de Feliza Bursztin será traído a Bogotá*
>
> Cuando disfrutaba de una comida en un lujoso restaurante de la capital francesa fue víctima de fulminante ataque cardiaco la escultora Feliza Bursztin, el viernes pasado. En ese momento la acompañaban el escritor Gabriel García Márquez y Enrique Santos Calderón, lo mismo que su esposo Pablo Leyva.
>
> El médico que la atendió dijo que Feliza no había sufrido nunca dolencias cardiacas y que el infarto que le produjo la muerte podría haber sido por problemas de angustia o tensión nerviosa.
>
> Llevaba dos meses en París, luego de haber pasado una temporada de varias semanas en México en compañía de su marido.
>
> El miércoles 13 de enero, los despojos mortales de la tan premiada y conocida escultora serán traídos a la capital del país, para su sepelio. En estas gestiones están colaborando muchísimo el consulado de Colombia en París y la empresa de aviación Avianca.

La tormenta arreció el miércoles 13 de enero. París amaneció cubierta de blanco: los colegios cerraron y los camiones de sal recorrieron las calles, pero no daban abasto para derretir la nieve que caía en copos tan gruesos que herían la cara, empujados por vientos brutales que cambiaban de dirección y reventaban los esqueletos de los paraguas. «Había estalactitas en las calles», me dijo Pablo en la casa taller. «Yo nunca había visto algo semejante. El hielo colgaba de las lámparas. Colgaba de los toldos de los restaurantes, que tuvieron que cerrar. La ciudad estaba en caos y la cosa iba a peor». Pablo se consideraba afortunado, pues había llegado al aeropuerto Charles de Gaulle antes de que las autoridades cerraran la autopista, sin que los retrasara un accidente como los que ya se mencionaban en la radio. «*C'est le bordel*», dijo el taxista, aferrado a su timón como empujándolo, tratando de ver con claridad a través de la sopa blanca de la tormenta. «Tendremos suerte si llegamos vivos». Durante el trayecto desde París, Pablo había podido ver por la ventanilla el carro mortuorio que llevaba el ataúd sellado de Feliza, pero antes de llegar al aeropuerto lo perdió de vista; supuso que esos vehículos tenían entradas distintas, y ni siquiera se inquietó ni hizo preguntas a funcionarios que ya estaban muy preocupados por el caos que la tormenta estaba sembrando en sus rutinas. Ya se había acostumbrado a la idea de no tener control sobre el cuerpo de Feliza. En estos días había firmado papeles, cumplido con trámites, atendido a la solicitud de la funeraria, que le había pedido llevarles la ropa con la que Feliza habría de ser enterrada, y Pablo había escogido el vestido verde y las botas altas que ella se había puesto para la fiesta de Año Nuevo. Pero lo hacía todo mecánicamente, tratando de no pensar demasiado, tratando de no ver a Feliza vestida de verde, con atuendo de fiesta, pero ya sin vida.

Ahora, a bordo de un avión cuya tripulación conocía la noticia —y sabía perfectamente que a bordo viajaba el marido de la escultora muerta—, Pablo sólo podía pensar en las obligaciones que lo esperaban al llegar. De repente hubo un anuncio por el altavoz: la tormenta había arreciado; despegarían de inmediato, porque esperar unos minutos más era correr el riesgo de que el aeropuerto declarara su cierre y tuvieran que permanecer en tierra por lo menos varios días. La tripulación se movía, las puertas se cerraron, la nave comenzó a carretear. En minutos estaban atravesando las nubes densas, y el avión se sacudía con fuerza, pero Pablo no tenía la presencia mental ni siquiera para sentir miedo, ni tenía forma de saber, durante las horas largas del vuelo, que el cuerpo de Feliza no viajaba con él. La decisión de despegar de prisa no les había dado tiempo de cumplir los trámites y completar los protocolos, y el ataúd sellado se había quedado en París. «Me enteré al llegar», me dijo Pablo. «Y fue la sensación más rara del mundo. Pensé que Feliza se había quedado sola. Absurdo, sí, pero me dio tristeza por ella».

El Tiempo. *Enero 13 de 1982*
El viernes llegan los restos de Feliza Bursztin

Debido a demoras en algunos trámites con el gobierno francés, el cuerpo de la escultora Feliza Bursztyn sólo será traído a Colombia el viernes, informó su familia.

La familia de la escultora dijo que el cuerpo llegará el viernes en la mañana y permanecerá en la Funeraria La Candelaria hasta la hora del sepelio.

Feliza Bursztyn será sepultada en las primeras horas de la tarde del mismo día en el Cementerio Hebreo, al norte de Bogotá.

Cuando le pedí que me hablara de la noche de su llegada, Pablo recordó que se fue directamente del aeropuerto a la casa taller, y se metió en la cama sin desempacar maletas ni visitar las habitaciones aunque sólo fuera para revisar su estado después de tantos días de descuido: no le importó que nadie hubiera cuidado la casa en su ausencia ni que los ladrones hubieran podido hacer estragos, pues les tenía más miedo a los recuerdos que pudieran asaltarlo. Durmió vestido, en las mismas ropas invernales con las que había llegado de diez horas de vuelo, y dejando una lámpara encendida, tal como lo había hecho desde la noche del allanamiento. Pero las tres de la mañana lo sorprendieron allí despierto, en la misma cama donde pasó Feliza la última noche antes del exilio. Un pensamiento no lo dejaba en paz: los pedazos de la Beretta que había guardado en la mesa de noche. «Ése fue el error», se decía, «eso es lo que no había que hacer». A pesar del frío cortante, decidió bajar al taller. Cuando Feliza vivía, los dos tenían la costumbre de mantener encendida la chimenea naranja, que sólo apagaban antes de irse a dormir; en los últimos años, Pablo había comprado una segunda chimenea para la habitación contigua, y más tarde una tercera para el taller de Feliza, cosa de que ella pudiera trabajar como le gustaba: en las horas húmedas y heladas de la madrugada bogotana, cuando la temperatura baja tanto que la escarcha se acumula en las ventanas. La imaginó: en los días siguientes, la imaginaría muchas veces, porque no había en este taller, ni en la propiedad entera, un solo objeto que no la evocara, ni un solo espacio que no trajera una memoria demasiado viva. Al llegar la noche anterior había entrado por la puerta principal, adornada con un viejo guardabarros verde convertido en escultura sin título. Esa mañana había caminado frente al cuadro de Alejandro Obregón, una barracuda pintada al fresco sobre piedra que el pintor le había regalado a una amante y que la amante, después de una pelea, le había regalado a Feliza, no sin antes desfigurar la piedra con un destornillador de estrella. Ahora mismo había pasado por la cocina, en cuya pared de baldosas estaba todavía pegado un esparadrapo con el número cinco. Pablo lo había visto de lejos, sin acercarse ni mucho menos atreverse a tocarlo. Todavía no estaba listo para esas cosas.

Pero en cambio había recordado una conversación que tuvo lugar en esa cocina, mientras Feliza preparaba una sopa de garbanzos en cazuela. Ella se había quejado de un dolor en el brazo izquierdo; Pablo se preocupó y le sugirió ver a un médico; ella se negó diciendo que nada de médicos, que no era grave, que se había pasado la tarde entera levantando chatarra y sus músculos quejicas y sus articulaciones débiles le estaban haciendo reclamos por el esfuerzo. Al día siguiente, sin embargo, Feliza llegó a la casa taller acompañada de un amigo, el cardiólogo Adolfo de Francisco. «Mira con quién me encontré», le dijo a Pablo. «Estaba en la clínica para que me revisaran lo del arnés, y ahí estaba Adolfo. Y se me ocurrió que hace rato no venía a la casa». Y el cardiólogo pasó la tarde con ellos, conversando animadamente de todo menos de la salud de Feliza, y cuando se hizo de noche se despidió como si nada y se fue para su casa. Y ahora Pablo sospechaba que Feliza no se lo había encontrado por casualidad en la clínica, sino que había ido a verlo. Porque su corazón había empezado a dar aviso. ¿Podía ser eso cierto? ¿Y de qué tipo de aviso se habría tratado? Pablo no lo sabría nunca, y ya no importaba de todas formas. Éste era su mundo ahora: el mundo de las cosas que ya no importan.

Cuando empezó a clarear, volvió a la cocina, se hizo un café sin mirar el número pegado en la pared y luego se instaló en la biblioteca, la más reciente ampliación de la casa, dispuesto a organizar las fotografías dispersas y los archivos de prensa. Le pareció que era necesario hacerlo: no sólo por afán genuino de orden, sino para ocupar su atención en algo concreto y evitar así que la tristeza lo hundiera en un pozo sin fondo. Estaba pensando en la familia de Feliza: así llamaba Pablo a las cinco mujeres que compartían su misma sangre. Eran sus tres hijas, que vivían en Texas, pero también su madre y su hermana Hela, que habían volado desde San Francisco. Pablo siempre le había tenido a Hela un aprecio que no se explicaba por sus encuentros exiguos. Para ella fue la primera de todas las llamadas, que siempre es la más difícil, pues se trata de hablar por primera vez con otro ser humano de la debacle de nuestro mundo.

«Perdón», le dijo Pablo. «No pude hacer nada más».

«Ya lo has hecho todo», respondió Hela.

«No pude», dijo Pablo.

«Ya lo has hecho todo», repitió Hela.

La hermana de Feliza fue generosa: se ofreció a llamar a su madre, lo cual habría sido un tormento para Pablo; se ofreció a llamar a las tres hijas de Feliza; se ofreció incluso a comprar los pasajes de todo el mundo de su propio bolsillo, pues Pablo se había gastado el dinero que le quedaba en la repatriación del cuerpo, y había salido de aquellos trámites con la revelación de que no hay nada más caro para alguien que volver a su país después de muerto. Él aceptó la oferta, porque no hubiera podido hacer otra cosa, y por eso no tuvo control sobre fechas ni horas de llegada; y así se explica que no haya sabido cuándo aterrizaron las mujeres en Bogotá, ni si habían llegado con pocas horas de diferencia o en días distintos, ni mucho menos si alguien las había esperado en el aeropuerto. Su propia noción del tiempo estaba todavía desconcertada por un insomnio testarudo que tenía tanto de *jet lag* como de melancolía, de manera que después, cuando trataba de recordar esa semana, Pablo no logró nunca precisar el día en que oyó el timbre estridente de la calle y luego los golpes fuertes sobre el portón metálico, y al abrirlo se las encontró a todas, a las cinco mujeres, paradas en el andén estrecho junto a dos maletas, mientras Chaja todavía empuñaba por la punta el bastón de madera con el que había tocado a la puerta.

«Quiubo, mijo», le dijo ella en perfecto bogotano, pero con el acento yiddish que nunca llegó a perder. «¿Por qué se demoró tanto?».

Durante los primeros instantes de la visita, Pablo les habló de asuntos materiales. Tomaron decisiones sobre escrituras oficiales; planearon visitas a notarías. Pasaron el resto del tiempo en la casa, y Pablo recordó un libro de Álvaro Cepeda cuyo título resumía la situación: *Todos estábamos a la espera*. Y la espera transcurría en medio de una serenidad imprevista, como si compartieran una casa de montaña en lugar de estar pendientes del cuerpo de la mujer que los había unido. Nadie o casi nadie vino a visitar a Pablo en esos días extraños de duelo sin ataúd, de velación sin cuerpo velado. Era como si en la casa hubiera un brote de peste. Pablo lo entendió bien: en la paranoia persistente de esos días, y tan poco tiempo después del arresto y el escándalo que le siguió, ser visto en casa de Feliza Bursztyn —entrando, saliendo, hablando con Pablo— era algo que mucha gente prefería evitarse, y alguna, sencillamente, no podía permitirse. El teléfono de la casa timbraba varias veces al día, y con frecuencia se trataba de un conocido que llamaba a dar *el sentido pésame* o *las más sinceras condolencias*; y Pablo respondía con frases de cortesía, igual de huecas o de insulsas, y aguzaba el oído para detectar señales de que el teléfono seguía intervenido. Y a veces oía algo, el ruido sospechoso que había aprendido a reconocer, o la torpeza del agente que escuchaba al otro lado de la línea: una respiración, un rozar de las ropas con las ropas, incluso una palabra distraída seguida del regaño de otra voz. Y entonces, sin colgar siquiera con su interlocutor, les espetaba:

«Buenas, ¿quién está ahí? Aquí estoy yo. Me llamo Pablo Leyva. ¿Con quién tengo el gusto?».

O bien, brutalmente:

«Si buscan a Feliza, ella no está. Ya se murió y además no ha llegado».

Las hijas de Feliza tomaron posesión desde el primer día de una habitación que siempre fue suya, pero que nunca se conoció oficialmente como la habitación de nadie: ni siquiera como una habitación de huéspedes, pues a Feliza, que tantas noches puso camas improvisadas en el suelo de la sala, le parecía un castigo tener que recibir a alguien por obligación. La habían construido unos cinco años atrás, cuando las niñas empezaron a cumplir la mayoría de edad y comenzó a ser posible lo que antes hubiera sido sólo una ilusión: que viajaran solas a Colombia para visitar a su madre. A veces venían dos, y no siempre las mismas, y a veces las tres juntas, pero sus visitas le alegraban la vida a Feliza, que las llevaba por la ciudad para que vieran sus esculturas o les daba clases de acuarela en el taller. A ellas, además, les fascinó desde el primer momento la vida de su madre, y nadie se sorprendió cuando Bethina dijo que también ella quería ser artista. Pablo, que les había tomado un inmenso cariño en el curso de los años, se sintió bien acompañado por ellas: la casa ya no era tan grande. En las tardes de esa semana, después de que Chaja y Hela se habían ido a casa de su anfitriona polaca, las tres hermanas se apoderaban de la rutina, preparaban de comer con lo que hubiera a mano y luego, tan pronto se sentaban todos a la mesa de madera de la cocina, empezaban a hablar de Feliza. Pablo confirmó que Jeannie, Bethina y Michelle habían heredado la belleza de su madre, pero en ellas había quedado poco de su paso por Colombia, esos breves años de su infancia ya olvidada que era el relato de otros. Las hijas de Feliza eran norteamericanas; hablaban un español medio olvidado, y el inglés de Pablo nunca fue tan bueno como el de Feliza; pero en las dos lenguas imperfectas se encontraban para recordar, para contar anécdotas, para llorar juntos, no sólo con llanto, sino con palabras.

Las noticias de París eran positivas: el aeropuerto Charles de Gaulle despertaba de nuevo. Por fin saldrían los vuelos atrasados y llegarían a su destino los equipajes que se daban por perdidos; por fin el cuerpo de Feliza Bursztyn, en su ataúd herméticamente sellado, aterrizaría en el aeropuerto El Dorado de Bogotá. Fue bueno saber que la espera terminaba por fin, pero también era verdad que la tormenta en París había tenido beneficios inesperados. Si el ataúd hubiera aterrizado a tiempo, la familia de Feliza habría asistido al entierro y regresado a Estados Unidos un par de días después, tal como estaba planeado; tras la obligación imprevista de aplazar su viaje de regreso, sin embargo, las hijas tuvieron el tiempo suficiente para hacer preguntas. Se dieron cuenta de que necesitaban saber, con tanto detalle como fuera posible, por qué había muerto su madre y qué se hubiera podido hacer para evitarlo. Y así fue como Pablo contó, por primera vez, lo que había sucedido desde el allanamiento. Pero ocurrió algo extraño: después de un relato más o menos detallado, después del llanto y los abrazos, alguna de las niñas volvía a preguntar cómo había pasado todo. Era como si entendieran perfectamente durante la explicación y luego, terminada ésta, dejaran de entender.

Y Pablo, paciente, explicaba de nuevo.

A ver si también él lograba entender mejor.

Días después, en un exfoliador de hojas amarillas y con su propia pluma de punta gruesa, Chaja Bursztyn se sentó a escribir:

> *Mi hija Feliza nació en la clínica Marly de Bogotá, a las ocho de la mañana, el ocho de septiembre en el año 1933. Al dar a luz pude escuchar la exclamación de los médicos que me atendieron, ¡qué niña tan gran-*

de! Esa niña siguió grande en todo el sentido de la palabra.

En las siguientes veinte páginas contaba que los padres habían querido ponerle a la niña el nombre de Feigele, que en yiddish quiere decir pajarito, pero luego pensaron que era mejor facilitarle la vida o no condenarla a la obligación de deletrear para presentarse. Entonces escogieron Felicia; y fue ella misma, en su adolescencia rebelde, quien cambió la grafía, diciendo que prefería que su nombre reflejara sus sentimientos: porque era rebelde, es verdad, pero también era feliz. Chaja contaba anécdotas de Feliza cuando era niña: la vez que recibió un juguete nuevo de regalo y de inmediato le regaló a otra niña otro de sus juguetes, como si tuviera derecho solamente a una cantidad fija; la vez que se fue sin avisar para pintar las montañas. Contó del primer viaje de vacaciones a tierra caliente, de las clases de pintura, de la primera exposición de Feliza y de su orgullo de madre cuando, viviendo todavía en Tel Aviv, un hombre oyó su apellido y se le acercó para preguntarle si era por casualidad pariente de la artista. Allí, en esos papeles amarillos, se contaba una vida que me pareció fascinante justamente por su ostentosa normalidad. Hay algo conmovedor en los recuerdos que una madre o un padre guardan de sus hijos, en especial si acaban de morir, pues todo nos parece una perversión del orden de las cosas: son los hijos los que deberían estar recordando a sus padres muertos, escribiendo sobre ellos, contando sobre ellos sus anécdotas banales, y no al revés.

No al revés.

No: no al revés.

El cuerpo de Feliza Bursztyn llegó a Bogotá en la tarde del 15 de enero y fue enterrado en el Cementerio

Hebreo cinco días después. El 2 de julio de 2024, un martes de sol, Pablo Leyva me permitió que lo acompañara a ver la tumba, que llevaba algún tiempo sin visitar. La noche anterior yo había leído una vez más las páginas de Chaja, las veintiuna páginas que contaban la vida de su hija muerta prematuramente, pero que se interrumpían por alguna razón después de la visita de Feliza a Israel en 1967. Chaja no siguió más adelante: habrá tenido sus razones. Al llegar a ese punto de la historia dejó una línea en blanco y escribió: «El resto de la vida intensa, productiva, activa e interesante de Feliza es conocida por todo el mundo. Ella era como un libro abierto». Y pensé que Chaja tenía todo el derecho del mundo a creerlo o sentirlo, pero mi percepción de Feliza era justamente la contraria. No, Feliza no fue un libro abierto: más bien vivió una de esas vidas que no puede contar ninguna biografía, ni siquiera la que hubiera escrito su propia madre de haber llegado al final. Y aquí estaba yo, sin embargo, tratando de capturarla, o más bien de encerrarla en prosa, como dice el poema de Emily Dickinson. Pero la prosa del poema es la vida pedestre, convencional y restringida, y la mujer que tiene la voz escapa al encierro con la fuerza de su mente: su mente es como un pájaro alojado en una perrera, y le basta querer su libertad para salir volando. En eso pensaba yo al llegar al cementerio con la impresión de estar terminando un largo viaje, pues habían pasado veintisiete años desde la tarde en que leí, durante mi primera temporada en París, la columna que había publicado García Márquez tras la muerte de su amiga Feliza. «Se murió de tristeza», escribía allí García Márquez, y fue entonces cuando me pregunté por primera vez por qué estaba triste Feliza, y fue entonces cuando me respondí que nunca lo sabría: ni yo ni nadie, porque hay verdades que desaparecen con quien muere y ni sus seres más queridos logran conocer. Ocurren en un territorio de nuestra conciencia que no es accesible, que es invisible y está irremediablemente oculto, y no hay nada que podamos hacer para visitarlo. O casi nada.

Al llegar al cementerio recibí una kipá que Pablo me prestó para cubrirme la cabeza, y empezamos a caminar hacia la tumba de Feliza. El día del entierro, me explicó Pablo, el lugar que le asignaron a Feliza quedaba alejado de las otras tumbas, tal vez como castigo por su rebeldía histórica, tal vez como manifestación física de la distancia incómoda que Feliza había mantenido siempre con su comunidad; pero en los varios años transcurridos otros entierros le habían dado alcance y la habían rodeado, igual que el crecimiento caótico de mi ciudad le había dado alcance al cementerio. En otro sentido, sin embargo, el lugar era el mismo. En 1982 sus fronteras eran muros de ladrillo rojo, y lo son todavía; detrás de los muros se levantaban sauces y eucaliptos que se movían con cada ráfaga de viento, igual que se mueven hoy. Cuando llegamos a la tumba de Feliza, le pregunté a Pablo qué significaban las palabras hebreas que había sobre la lápida, y él sacó su teléfono y buscó la información exacta en algún lugar de esa memoria portátil. *Aquí yace Feige*, decían las palabras, y luego daban la fecha de nacimiento, en el año 5693, y la de la muerte, en 5742, y terminaban con esta leyenda: *Que su alma se una al eslabón de la vida eterna*. Debajo de esas palabras, en letras que pude leer, estaba el nombre *Felisa Bursztyn*, y pensé que ni siquiera después de muerta se liberó esta mujer de las erratas, y que ésta, en particular, ya no se podría corregir: pues ya no se trataba del barro de las cerámicas rotas, que contienen el nombre de la persona expulsada por los diez años siguientes, sino del mármol más definitivo del mundo, el que sirve de expulsión a un territorio sin regreso. Pablo señaló con un dedo la letra cambiada, hizo un comentario, yo respondí con otro. Sonreímos. Y entonces nos callamos los dos, como si ya no tuviéramos nada más que decirnos sobre Feliza.

Ahora he vuelto a París para terminar este libro en la misma habitación donde lo empecé, con la ventana abierta y las ramas de la gran acacia entrando por la ventana, a pocos pasos de la academia donde Feliza aprendió a esculpir en los años cincuenta. Desde aquí los imagino, imagino a todos los que acompañaron a Pablo el día del entierro: no he hecho otra cosa que imaginarlos desde mi llegada. Sé que una pequeña multitud rodeaba el ataúd, ese ataúd recién llegado de París, mientras el rabino pronunciaba el kaddish y todos llenaban el aire con sus movimientos y sus roces y sus murmullos. Junto a Pablo estaba Carlos Pantoja, que había viajado desde el sur del país para despedir a Feliza y ahora esperaba a que el rabino terminara para leer un breve homenaje a su vecina de otros años. Por lo demás, aquella pequeña multitud no podía ser más heterogénea, como los curiosos que se agolpan frente a un accidente y se preguntan cómo pasó todo y se lamentan al unísono, y sé que alguien comentó en algún momento que esto era típico de Feliza: sólo ella era capaz de juntar en el mismo sitio a gente tan distinta. Y sin duda era verdad, pues allí, despidiéndola, no sólo estaban los familiares de Pablo y los de Feliza, sino que había también políticos conservadores y comunistas clandestinos, grandes empresarios y caras famosas de la televisión, militares en uso de buen retiro y simpatizantes de la Revolución cubana, dramaturgos de largas patillas y fotógrafos ya célebres que no tomaban fotos, porque ya las habían tomado todas cuando Feliza estaba viva. No estaba presente en cambio ningún representante del gobierno, y esa ausencia, supongo, no sorprendió a nadie que recordara lo ocurrido seis meses atrás. Hoy, cuando tanto tiempo ha pasado, me parece entender que cada uno de esos asistentes tenía su propia imagen de Feliza Bursztyn, construida a partir del cariño más terco o de la envidia sinuosa, sobre la complicidad del arte o la compasión de la tragedia, y me parece entender también que cada uno de ellos tenía una imagen incompleta, y que esa imagen, después de la muerte prematura de Feliza, se quedaría tal vez incompleta para siempre. Y los imagino a todos allí, después de la ceremonia, alejándose del rectángulo de tierra de la tumba mientras el viento sacude con un susurro las copas de los árboles, cada uno hablando de Feliza como si hubiera desentrañado sus misterios. Y la imagino a ella —porque nada me impide hacerlo— soltando una tremenda carcajada.

Agradecimientos

Veintiocho años pasaron entre el origen remoto de esta novela —el primer pequeño latido, como diría Nabokov— y su punto final. Por circunstancias diversas, y más por coincidencias imprevisibles que por cuidadosa voluntad, los dos momentos ocurrieron en París; y ahora, al dejar constancia en esta nota de mi gratitud con quienes me han prestado su ayuda durante este largo viaje, me da gusto comenzar con el Institute for Ideas and Imagination, cuyo edificio de Montparnasse fue un espacio de complicidad intelectual, agitación creativa y apoyos diversos del que nos beneficiamos, acaso para siempre, mi libro y yo. Agradezco, pues, a Marie d'Origny, Mark Mazower, Brunhilde Biebuyck, Meredith Hunter-Mason y Sari Castro, pero también a mis compañeros de batallas allá en Reid Hall: Ana María Gómez López, Fabiola Ferrero, Hannah Weaver, Thomas Dodman, Maboula Soumahoro, Éric Baudelaire, David Scott, Maria Stepanova, Walter Frisch, Jessee James, Paraskevi Martzavou, Yea Jung Park, Jay Bernard, Mohammed Elshahed y Daniel Medin.

Agradezco también a todas las personas que en el curso de estos años me han ayudado, algunas veces sin saberlo, a escribir *Los nombres de Feliza.* A veces me dieron acceso a la información, los recuerdos y los documentos que me permitieron imaginar la vida de Feliza Bursztyn; a veces me procuraron un espacio donde escribir, lo cual puede ser con frecuencia tan difícil de encontrar como el dato más testarudo. Comienzo por

Pablo Leyva, a quien dedico este libro por más razones de las que caben en esta página, pero quiero también dejar constancia de mi gratitud con Camilo Leyva Espinel y María Victoria Gómez (Mavé), cuya erudición, paciencia y complicidad fueron imprescindibles durante todo el proceso. Dos documentos fueron de especial importancia: *Feliza Bursztyn: Elogio de la chatarra* (Museo Nacional, 2010) y *Feliza Bursztyn: Welding Madness* (Muzeum Susch, 2022). Enseguida tengo el placer de escribir los nombres de Miguel Acevedo, Patricia Ariza, Julia Buenaventura, Antonio Caballero, Fidel Cano, Juan Gustavo Cobo Borda, Jimena Coronado, Pedro y Ramón Cote Baraibar (y la memoria de Eduardo Cote Lamus y Alicia Baraibar), Carlos Cubillos, Rodrigo García Barcha (y la memoria de Gabriel García Márquez), David Feferbaum, Paula Gaitán (y la memoria de Jorge Gaitán Durán), Pedro Alejo Gómez (y la memoria de Pedro Gómez Valderrama), Alberto Gómez Gutiérrez, Marta Granados, Daniel Hahn, Rodrigo Lozano, Gloria Moreno, Aura Lucía Mera, Gautier Mignot, Ofelia Muñoz, Arestakes Nevcheherlian, Tatiana Ogliastri, Iván Onatra, Lucas Ospina, Luis Quiroz, Julio Sánchez Cristo, Sandro Romero Rey, Carlos José Reyes, María Teresa Rubino, Pedro Ruiz, Clarisa Ruiz, Joaquín Sabina, Gloria Samper, Daniel Samper Pizano, Doris Salcedo, Enrique Santos Calderón, Alejandro Santos Rubino, Miguel Silva, Pilar Tafur, Liliana Trujillo, Guillermo Uribe, Margarita Valencia (y la memoria de Hernando Valencia Goelkel), Irene Vasco, Gustavo Vasco, Mauricio Vasco, Margarita Vidal y Abigail Winograd.

De otro orden es la deuda que tenemos este libro y yo con Pilar Reyes, mi editora desde hace veinticinco años, con mi agente María Lynch y con esas lectoras de perspicacia sobrenatural que son Carolina Reoyo, en Madrid, y Carolina López, en Bogotá. Y cierro este catálogo de gratitudes con los nombres de Mariana, Carlota y Martina: un eneasílabo que da orden a mis días.

J. G. V.
Reid Hall, París, septiembre de 2024

Índice